黄裳集

创作卷Ⅷ

黄裳论剧杂文 彩色的花雨（上）

山东人民出版社·济南
国家一级出版社 全国百佳图书出版单位

黄裳与女儿容仪、女婿刘伟合影

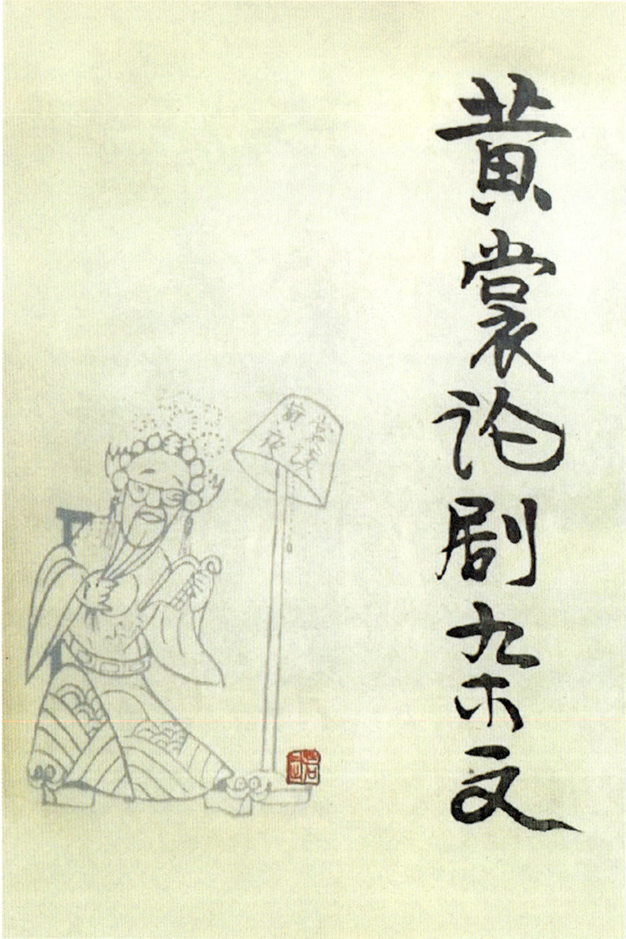

《黄裳论剧杂文》1984 年四川人民出版社初版书影

目　录

黄裳论剧杂文

黄裳论剧杂文

《黄裳论剧杂文》，剧评集，收入《旧戏新谈》《谈水浒戏及其他》《西厢记与白蛇传》三书，又剧评散篇，1984年6月四川人民出版社初版。

据初版本编入，但《旧戏新谈》等三书不再重出。

继往开来的艺术大师

《宇宙锋》

——看梅兰芳的三出戏之一

很早就想对梅兰芳先生所表演的几出重要作品做点分析记录的工作，可是因为看戏不多，能力限制，这工作始终没有进行。在这方面存在着两种困难：记录什么，怎样记录。这两个问题始终不能解决。经过一年多以来的思索，在我自己说来，总算逐渐有些眉目了。

首先是记录什么的问题，要选择哪几出戏呢？

梅先生几十年来演出的节目，将近一百出。有很多出是我根本没有看过，或虽看过也已事隔多年，印象淡薄了的。要在这许多节目中间，选出代表作来，的确也不是容易的事。

如果从青衣、花衫、刀马旦、时装、古装、昆曲这些方面来着眼分类，自然也不失为一个方法。不过这方法多少有些形式主义，很难从中抓住梅先生在中国京戏舞台上达到的高度成就的精粹。

梅先生今天还经常上演的，有十个左右的节目。经过仔细的思索，事实上这十个节目也就主要地概括了他几十年的舞台实践。让我们来看一下，从角色的身份说，有贵妃、丞相之女、大家闺秀、小家碧玉、传奇性的女英雄，一直到市井妇女以神话人物面貌出现的白蛇。这，就主要地概括了封建社会中各个阶层的妇女人物。

再从角色的年龄来看，有十八岁怀春的少女，有浸淫在幸福的新婚生活中的少妇，也有十分成熟了的女性，有的还是以久历风霜有着充足的社会经验的寡妇身份出现的。

虽然他所表演的角色如此广泛、复杂，可是这一连串人物，就她们的精神生活说来，几乎完全是一致的，她们都是在封建社会中遭受无情迫害的人物，她们都对封建社会抱着坚决反抗的心情，虽然由于出身、环境的不同，表现出来的反抗方式彼此并不一样。

这就是梅先生作为一个表演艺术家的伟大的地方。他真正继承并发扬了优秀的现实主义的中国古典戏剧的传统，他用具体的舞台实践概括地表现了中国妇女勤劳、勇敢、热爱自由、坚韧的性格。

如果从这个角度来看，选择代表作的工作也许就并不十分困难和茫无头绪了。

其次，就是怎样记录的问题。这是个具体的技术问题，是更为复杂、困难也更多的。

几百年来，曾经流传下来不少曲谱（或工尺谱），是记录演员的唱腔的；也流传着一些身段谱，特别是梨园抄本的曲子中间，保留的这种身段谱最多。这是记录舞台上的动作的，是专家的工作，也是戏剧工作者（内行）的工作。在我们外行说来是困难的。

我曾经尝试过仔细进行记录身段的工作，结果并不理想，顾此失彼，记录不完，最后终于达到了“眼花缭乱口难言”的地步，在最丰富多彩的地方往往没有留下一字。演后追忆，只有惘然。先前总以为是看得少，就多看几遍，其实也并不能解决问题。有时候追寻得愈细腻，发现的也就愈多。

曾经想向几位看梅先生戏最多的他的学生请教，结果发现这些学生也是在困惑的情况当中。因为她们都是专家内行，身段地位摸得熟了，却每每在再看一遍的时候，又发现了不同的地位与表情，很使她们无从捉摸了。这是一个很有趣的问题，很好地说明了梅先生现在的表演是已经达到了充分掌握了规矩，因此，突破、活用了规矩的地步。换句话说，今天他在台上，已经不完全是在演戏，他充分地使用了多少年来掌握的熟练技巧，自如地在创造着一个个活生生的人物了。

自然，在许多次表演当中，不可能是完全一丝不动的。

一张照相可以复印多少张，完全不变，可是一张艺术作品，就不可能有同样的多少张。有时候看见画家展览，在作品上声明可以订件，照样再画若干张的情形，总觉得非常奇怪。莫非这位画家已经改行做摄影家了么？同样，如果要求一位表演艺术家在他每次完成一个完整的艺术创作时完全不走样，岂不也是同样天真的要求吗？

有一次和梅先生谈天，朋友就提出了这样的问题，代表学生说出了困惑的所在。梅先生笑了，他说了很可宝贵的意见。自然，他是不习惯用我们批评家的术语的，他说得自然、生动极了。

> 我在台上做戏，并不能扣准了说准做到哪儿，有时候，做到了那个地方，非笑出来不可了，就笑了；有时候逼到那儿，不禁不由得就要笑，我可没有记住到这地方非笑不可。有时候没有笑，那是当时台上的情形能早收住就早收住了，其实并不是我觉得该严肃了。

他说的是《醉酒》里面一个极为细微的地方，是他的一个非常细心的学生看了出来的。这正好说明了他最近演出的《醉酒》，已经不是演员在演杨玉环，而实在是杨玉环在舞台上了。我当时觉得非常感动。这岂不就是他自己说明了已经进入了角色完全浸入在角色的精神生活里面了吗？底下他又提到另外的一点：

> 在台上演戏，有时候得看对方（指同台的演员）怎么样，有时候他使劲了，我才能用出力量来；要是他没使什么劲，我倒折命用力，那就不对了。

他的这一段话也是很有意思的。他这是说舞台上的谐和。演员必须注意这种谐和，才能替演出带来真实的感觉，不会使观众感到哪个是在突出地做戏。自然，他是不赞成某些演员的松弛的，因为这就会把整个的演出给拉下来，可是他也不能自顾自地突出，说这是前辈艺术家的风度自然可以，更应该着重的是他对现实主义表演的体会与掌握，和他对演出的整体的尊重。

这两段话对许多学习他的艺术的人说来，应该是非常重要的。今天，已经应该在一腔一字、一个身段、一个笑靥之外，更多地注意他对整个戏剧、人物的掌握，摸索他的现实主义表演的轨迹了。

自然，这并不是否认基本动作的重要性，正相反，只有充分掌握了这样的武器之后才有条件谈到进一步的学习。这些，想在后面较详细地提到。

在今天，对梅先生的表演艺术进行比较有系统的整理，应该是适当的时机了。这里，就把我个人的初步的、浅薄的看法写出来，希望得到多方面的指教，好让我进行更好的修改。

关于剧本

《宇宙锋》是梅兰芳先生的代表作，这无论是公众和他自己都承认的。他对这出戏所下的功夫最大，修改也最多，今天，确定下一个正规的舞台本，是很有必要的。

中国戏曲研究院编辑的《京剧丛刊》第十一集里，收有《宇宙锋》。这个本子和梅先生最近的演出本还有很多不同的地方。譬如，修本一场的反二簧八句，梅先生很早以前就已经减为六句了，这在他的《舞台生活四十年》第一集里有很详细的说明。可是在《丛刊》本里却依旧保留了“猛然间又只见天昏地暗，许多的怨魂鬼站立面前”两句，这个本子可能是为了供应一般演出时参考的。

除了这两句之外，比较大的差别，有下面这几处。

在赵女得知赵高要将她送进宫去之后，《丛刊》本有：

赵女：你待怎讲？

赵高：送进宫去。

演出本没有了，紧接起叫头，“爹爹呀！”是比较紧凑的。赵女对父亲的作风，是深知的，因此，赵高这种荒谬的举动，也就并不是意外的了。接下来的两句散板，《丛刊》本作：

儿自幼曾读过圣贤经传，
岂做那失节妇遗臭万年。

演出本是：

老爹爹在朝中官高爵显，
却为何贪富贵不顾羞惭。

这里演出本是好的，不是消极地为了圣贤经传而守节，却主动地斥责父亲的无耻，斗争性是更强的，然而却并未强到了喊口号的地步；同时，用大臣的身份来作为理由，也正和历史情况符合，就是用“封建道德”的标准衡量起来也是完全说得通的。

其次是“招头”的问题了。《丛刊》本，慢说是圣旨，就是一把钢刀，将女儿首级斫（读为“招”）了下来，也是不能从命的了哇！

这一次的演出，凡是“招”都改作“斩”了。斫是否有“招”之一音，还不知道那根据，总之，《宇宙锋》是由民间艺人创造的剧本，只要看那老本文字不好的地方比比皆是，就能明白：它既非出之文人之手如“临川四梦”，也并未经过士大夫怎样的加工，因此它是素朴的、富有生命力的。要说“斫”字一定有什么“招”之一读，翻出宝贝的古画来加以考据，是不免要落空的。改作“斩”自然也好，照旧路读招，也是可以的，我觉得“斩”和“招”只是一音之转，这种衍化原来是很可能的。

下面是《丛刊》本的：

> 见此情倒叫我难以分辨，
> 必须要定巧计才得安然。

演出本上句作：

> 见此情我这里不敢怠慢。

这是比较合理的。那分别也是一个主动一个被动。是无法分辨才想办法呢，还是看到事机紧迫，只有马上设法应付呢？这中间的优劣是不必多说的。

其次是：

他那里道我疯我随机应变。(《丛刊》本)
听说疯我这里随机应变。(演出本)

不但在词句上，在情势上演出本也是更为紧凑贯穿的，就正像抽刀砍不断的水流，和随机应变的语气是更合拍的。

底下是《金殿》一场：

赵女　哇！我乃玉皇之女，法力无边，岂容你等大胆，放肆！还不与我退下了！(《丛刊》本)
赵女　嘟！我把你们这些狐假虎威的强盗，狗仗人势的奴才！我乃丞相之女，指挥老爷之妻，岂容你们这等放肆、大胆！哎呀，记责啦！(演出本)

论装疯，自然是玉皇大帝云云颇有疯气，然而演出本却更有深刻的涵义。照我的体会，梅先生这出戏的好处，就正在并非一无破绽地装成完全疯子。像赵女这样的人物，并非老于世故、可以变化莫测的人物，她的装疯，是迫不得已、极为苦痛的事。提心吊胆，处处怕露出马脚，而偏偏有些破绽。而且，在装疯的过程当中，突然碰上了解决不了的困难，不是装疯所能拖下去的时候，就有极大的可能乞灵于此外的力量，来抵制当前的困难。就像这里，装疯的结果是架起了“刀门”，显然，皇帝是想不管真疯假疯，使用武力了。如果还照样装下去，那效果就不大。于是，她只有想到自己的身份，到底还是丞相赵高的女儿、匡家的媳妇，在封建社会中，这两个头衔是还有些用处的。

这时赵女的心境，在底下四句散板里是表现得很清楚的，正是装疯与真实面目糅合的地方。

“记责啦!”这三个字是极妙的，它表现了女性的柔媚，用昵昵的儿女声口把忽然并不疯癫的破绽，极不费力地就又过渡到疯狂情况里，而且没有些微的痕迹。同时提醒观众，发表了一大篇义正词严的议论的是一个弱女子，无疑，效果是极好的。

再下面，

赵女　哎呀呀，我也不知你这皇帝老官，有多大前程，动不动就要斫头来见。我且问你，一个人的头斫了下来，还长得上么?(《丛刊》本)

这一段，梅先生最近参照了德珺如先生的旧本改作了下面的样子：

赵女　哦哟哟，我也不知这皇帝老官，有多大的脸面，动不动就要斩人的首级，你可晓得，一个人的首级斩了下来，他是还能长得上的哟。

这个旧本是保留了更强烈、明朗的斗争性的。在这里，赵女说的是反话，然而赵高却并不理解。这才是赵女的真正悲哀所在，她真情流露地又叫出“老爹爹”来，马上又感到不对，转口“我的儿啊!”掩饰了过去。人物心理的变化、跳动，在这简单的几个字里，表现得真是明确极了。

那一段义正词严的说白，开头的几句，

想先皇当年，东巡岱海，西建阿房，南修五岭，北造万里长城。(《丛刊》本)

现在是也有一些变动的。原剧作者，提出秦始皇帝的这一些业绩来说明“先皇”的建树，在今天来看，也的确有他的见解。不过也存在着一些问题。“东巡岱海”的原词是“东平大海”，现在舞台本是“东封泰岱”，有了典据，音色念起来也响亮。“西建阿房”却并不能算是怎样的“德政”，值不得提出来夸耀。梅先生现在改念“西建咸阳”，是改得好的。“南修五岭”，初看实在有些羌无故实之感，“五岭”是大庾、始安、临贺、桂阳、揭阳，见《广州记》。《史记》的《淮南王安传》有，“秦始皇使尉佗踰五岭，攻百越”。如果把“南修五岭”改为“南攻五岭”，就完全合理了。这虽然是小问题，可是梅先生曾经屡次提出，觉得不妥当，希望改正，现在终于做了较好的修改，他这种不怕麻烦，尽力想把剧本改好的精神，是值得佩服的。

关于剧本部分，现在就先谈到这里。

关于表演

现在想就《修本》和《金殿》两场，谈谈梅先生的表演。

梅先生在《舞台生活四十年》当中，对这两场有过很仔细的分析。他在创造赵女这个人物时，经过了不少辛勤的劳动，使我们今天怀着敬意来看这个演出。我们从这两场里可以看到他具有代表意义的表演艺术的各个方面。

在赵高坐下说完道白，命门官传话，请“小姐出堂”以后，台下整个地肃静了下来，观众用沉重的心情迎接走出台来的这个不幸的女性。穿着兰地白团花的衣服，发髻上束着白的赵女，移着沉重的步子从后堂出来的时候，就给观众带来了一种低沉的感觉。典型环境里的典型人物，只在这最初的一瞬间，就奠定了整个演出的基调。

梅先生特有的凝重，给舞台带来了无可比拟的压抑的感觉，使人感到好像暴风雨来临之前的满天墨云，这时候大地是静止的，可是任何一点动静都可能挑起这场天气的变化。

我说“特有的凝重”，并不是夸张的说法，这是演员的气质和舞台经验结合了创造出来的东西。已在最初一瞬间，就清楚地为人物下了定义，确定了这是丞相之女而不是别的；这是个几乎失去了所有幸福的可能，因此也就有可能扔开一切顾虑、束缚，坚决进行战斗的女性而不是别的。

面前坐着的是牺牲了自己、已经事实上成为敌人了的父亲。

这两场戏的发展是非常紧凑的，几乎没有留下一些松弛的余地。一开始就密集了的墨云，只有在最初的一瞬间多少裂开了一条隙缝，漏出一条狭小的日光。这就是赵女脸上出现过的仅有的笑容。

这就是当赵高说预备修本，奏免匡家罪名的时候，是演员的才能使人物从绝望的深渊边缘拉了回来，她的身上跳动着激动的喜悦。这四句西皮原板中间，充分传达了人物内心的动荡。她命令哑奴浓墨伺候以后，忍不住地微笑着，站在那里不肯马上就座，用水袖指着修本的父亲唱出了第一句。然后在第二、三句中间，几次窥视本章写到何处、本上写些什么，和哑奴交换着幸福的眼色，她掩饰不住心头的喜悦，流露出一个矜持的少妇的没有洗净的娇憨，更表示了朝夕相处的哑奴和她的亲密的关系，事实上这是她在这个世界上仅有的唯一的一个可以亲近的人。

这个轻松的场面是一闪即逝的。下面我们来看冲突发生时的情形。

在“恭喜我儿，贺喜我儿”之后，赵高说出了“明日早朝，送进宫去!”的计划，赵女在惊哑之余，一连有三个叫头，把紧张的局势一直推到无路可走的地步。赵高使用了两件武器，都是封建时代最凶狠的法宝——“父命”和“圣旨”。照例，祭起了这样两件法宝以后，应该是无坚不克的了，除了屈服，就只剩下了斗争的一条路了。

下面就是“装疯”。这里我们来看一下哑奴的作用。

谁都知道，装疯是哑奴最初给赵女的提示。然而赵女却也并非愚蠢到了那样的地步，没有这个提线的，就一些都装不下去了的。

在梅先生的演出中，我们看到两个地方，一个是在反二簧“摇摇摆，摆摆摇，扭捏向前”一句之前，赵女不等哑奴提示，就已经明白了要做些什么，只用一个娇痴的抖袖，就带过去了这一次的指导。

还有一次是在“随儿到红罗帐……”之前，《舞台生活四十年》里所说的那个用水袖打掉了的手势，在今天的演出里，就根本没有了，是用极端痛苦的心情，水袖两拂把哑奴还不曾比划出来的手势压回去了的。

我们说，哑奴在演出中间的责任是给赵女在装疯卖傻之余显露真实痛苦面目的一个方便，她并不是导演，而是把赵女满腔悲愤传达给观众的一个媒介。因为在这种特别的情况下面，原有的背弓方式已经不胜负荷了。

在这里，我们不能不接触到一个问题：应该不应该庸俗地用西洋的话剧眼光来向中国古典歌舞剧要求“加强现实性”呢？这个问题，用《宇宙锋》为例，就是应该强调装疯装得活龙活现呢，还是强调把主要的力量放在刻画赵女复杂的心理上。细腻，不应该强调成为自然主义的搬运，自然生活中的形形色色在移植到舞台上来的时候，是必须加以挑选的，特别是移植到歌剧的舞台上，那挑选就必须更严格。如果整个的表演是中国歌剧的形式，而在其中的某些章节，突出地做了过分的真实的抒写而使整体受到了损伤，其实是并不协调的。就像在一幅泼墨的米家山水中间，突然出现了一个着色的工笔美人，那情况是滑稽的。

牵连着这个问题的是中国歌舞剧特有的表演方式。在前面，我提到不应该一招一式地刻板地要求舞台动作的摹抚，因为这是一条死路。就像中国的文人画发展到清初的四王，就走上了绝境一样，四王不是没有工力，然而他们没有生活，胸中没有丘壑，只是规抚前代作者的作品，这样就使他们的作品成为僵死的东西。然而四王也还有他们的地位，就是因为他们有一套纯熟的技巧，他们的错误是只要抄袭而不创作。如果在一个连基本画法还没有掌握好的“画家”面前，就先强调批判四王，也是失之过早的。

在中国的古典歌剧里，是也有那么一套程式的，这些程式是前辈艺人辛勤从生活中提炼出来的艺术表现方法的总结。只有掌握了这样的工具才能在舞台上进行创造、刻画人物的工作。如果脱离了人物的内心活动，浑身都是这样的程式，那是不可取的行为；可是不问青红皂白，一见面就说这是形式主义的手法，这样的“批评家”恰恰证明了他们本身就是形式主义者。

梅先生在《宇宙锋》里运用得非常巧妙的程式化动作，可以举出几个突出的例子加以说明。

首先让我们想起的是水袖。它可以帮助演员传达种种内心的情感。在赵女听见父亲答应修本奏免匡门罪案的时候，赵女的水袖活动地前后甩了三下，这就大大地帮助了她的内心轻快激动的刻画，使我们想起所谓“手之舞之，足之蹈之”的意境。

在赵女向父亲激烈地争辩的时候，三次叫头“爹爹呀!”之后，赵女都有上前几步，一顿，然后把水袖拂在赵高身上的动作。观众好像从水袖这样的一拂之中，清楚地看到了做女儿的满腔愤懑都从袖管里倾泻上赵高身上了。

在“抓花容脱绣鞋扯破衣衫”一句里，赵女微侧了身子，一只手的水袖高举，另一只手微倾向下，将袖口微微一拂，就恰好说明了“脱绣鞋”的动作。和这个身段相似而尺寸较小的是“摇摇摆，摆摆摇……”，同时这个身段又是放在迟缓的行进当中的，就造成了舞姿中间摇摆的形象。

至于表示不屑、娇嗔、微愠、激怒……这些不同的情感状态时，辅助、补充、终于完成了面部表情的就都是水袖。

其次，是圆场。

在中国古典歌剧中间，圆场的效用真是大极了。它是构成舞蹈重要的基本因素之一，它可以把或大或小的空间紧缩在舞台面上，使观众完全了解剧本所需要传达的内容。它的使用也是极为自由的，可以是整个舞台那样大的圆场，也可以是一个转身这样小的圆场（姑且把它也归入圆场的范畴当中）。

《金殿》一场，赵女初见二世，有这样一句：“有道是，这大人不下位，我生员么，喏，是不跪的哟!”梅先生在念这一句当中，那身段是微微摇晃着身子，右手在提起的膝盖上微微一拍，再在唇口上一扫，接着是一个小圆场，正好在念完的时候依旧回到原来的位置。每次演到这里，一定会得到台下热烈的欢迎。这样的圆场，除了消极地解决了僵立死念的局面，同时又造成了赵女在金殿上自由活动的印象，就好像整个的丹墀都成了她游戏的场所一样。

同样，在念到“东封泰岱……北造万里长城”的时候，也有一个小圆场，观众的视野，于是就随了赵女的动作扩大了，好像真的看到了秦始皇帝缔造的整个美丽的山河。

在六句反二簧里，几乎在每一个整身段当中，都运用了圆场的动作。圆场替身段的起伏带来了完整的感觉。

由圆场联想起来的三笑，这就更是一个突出的程式化动作。京剧里的笑，永远是起伏的三个阶段，原来创造这样的程式的时候，是有很强的真实根据的。现实生活当中，遇到好笑的事，往往是先微笑，再忍不住地笑，最后才是放声地大笑了。这就是歌剧中间的三笑。在“我要上天”“我要入地”两个身段以后都有三笑，和三笑在一起的是拍手走一个小圆场。梅先生自己说，这三笑很不容易，做不好就要破坏了整个的气氛。这是真正的经验之谈。赵女在这怎么能笑得出来的情况下，偏要勉强地笑，而且还得狂笑，这笑声中间是饱含着眼泪的。

为什么说现实的生活需要经过提炼，才能放在表演艺术里去，那原因就在舞台上需要的是最浓缩、最集中的表现，而不是如实的生活的堆砌。在一共不过十句的唱词当中，艺术家要通过作者的意图，把赵女疯狂的模拟夸张到极强烈的地步。同时还得顾到角色的身份，和她同时出现、完全不同的另一真实面貌。在这里出现了最强烈的表现感情的手段——笑，在青衣说来，是并不多用的。对父亲说出“随儿到红罗帐……”这样的话来，就更是大胆的处理。这个处理是大胆的，也是合理的，对赵高说，是有最强烈的说服性的，使他相信女儿的确是疯狂了。因为是出于他亲手的策划，才使匡家满门剿灭，夺去了赵女的丈夫；一个新婚的少妇失去了爱人是可能陷入疯狂的绝对可能的理由。赵女必须在这里表现出对丈夫的激情，同时又要表现出对自己父亲说出这样的话来的困难，以及她勉强克服这种困难的努力。梅先生在几十年中间处理这个场合的蜕变，最足以说明他体会刻画人物的努力的轨迹。

最后，我想提一下梅先生对一些小动作的讲究，艺术家就是在构成舞蹈姿态最细小的地方也都不肯放松的，不能容忍全身上下有些微的破绽。在《舞台生活四十年》当中，他提道：

> 赵女在“三笑”以后，有一个身段，是双手把赵高胡子捧住，用兰花式的指法，假做抽出几根胡须……

这是一个很美妙的动作，凡是看过《宇宙锋》的观众都不会忘记的，构成这个美妙动作的重要因素就正是那“兰花式的指法”。不是一把抓住，也不是用两根指头捏住，而是用参差的兰花式的指法夹住，抽出了胡须。想想我们的艺术家在自己的手从长长的水袖下面出现的极少的刹那，也要使它好看，发挥正面的作用，帮助构成整体的美，真使人引起虔敬的心情。

这样的情况还不只是这里，在赵女念“慢说是圣旨，就是一把钢刀，将儿的首级斩了下来，也是断断不能依从的哟”的时候，右手从水袖中间伸出，也是用极美妙的姿态指向自己的颈部的。同时，在唱到“那边厢又来了牛头马面”的句子，也有两个身段，牛头是双手放在头部上方，中指和食指伸出，做出牛角的样子；马面则将双手拉下，在下颔下面伸出。

凡是这种运用手指的处所，梅先生总要尽量把它处理得美妙。艺术家仔细地观察自然界的现象，加以合理的运用，安置在舞蹈姿式中间，成为必不可少、多种多样的组成部分。这正是值得宝贵的经验，如果把这些看作形式主义的，事实上就是给艺术创造加上偏狭的桎梏，成为不折不扣的“封条主义”了。

赵女在金殿上对秦二世做了不屈不挠决死的斗争，几度紧张的局面都应付过去了，几次破绽都遮掩住了，这个坚强的女性在强大的敌人面前一直是勇敢、坚韧的，可是到底也筋疲力尽了。最后好容易被“赶下殿去”，赵女在出去的时候，还强振精神对武士们示威，可是一眼看见迎上前来的哑奴，她坚持了许久的伪装崩溃了，她的真实情感暴露了。她在敌人面前坚强，可是在亲人的怀抱里就完全显露了一个女孩子的柔弱，戏到了这里，真让人有凄凉绝代的感觉。梅先生在这里表示了历史的真实，创造了最高的悲剧的气氛，不平凡的结尾，使这个著名的悲剧更为完整，更为动人。

一九五四年五月

《醉酒》

——看梅兰芳的三出戏之二

在梅兰芳周信芳舞台生活五十年的纪念会上，梅先生的致词里，有一段这样的话：

> 欧阳先生（予倩）说得一点不错，我在舞台生活上所以有这样一些微小成就，并没有什么特别窍门，只是劳动的积累。

这几句诚恳的话值得我们仔细地体会。梅、周两位先生和所有伟大的艺术家一样，都是经过漫长、艰苦的劳动过程，才取得了艺术上的辉煌成就的。从这两句简单朴实的话里，我们可以深刻地体会到他对劳动的感情。这应该是每一个表演艺术家不可缺少的优秀本质。

我想用几十年来梅先生学习、改进《贵妃醉酒》这出戏的过程，说明这个事实，也说明他具体地体现了“推陈出新”的实践过程。

杨贵妃的故事一向就是戏曲作者喜爱的题材。远在元代就已经出现了《秋夜梧桐雨》这样的作品，诸宫调里也有着王伯成所作的《天宝遗事》，明末有钮少雅的《磨尘鉴》，到了清初又出现了洪昇的《长生殿》。但是梅先生所演的《醉酒》却和这些剧本没有什么关系。它的来源，是“时剧”的《醉杨妃》。

“时剧”究竟是怎样的一种东西，现在也还不能下十分明确的界说。不过根据乾隆刻本的《弦索调时剧新谱》，可以知道这么几件事。它所收的完全是所谓“时曲”，有时候“文义是极其鄙俚”（见该书“凡例”）的。像《思凡》《花子拾金》《花鼓》《借靴》这些节目，原来都是所谓“时曲”。它是一种比较自由的演唱形式，盛行于清初，可能受到明末的一些“杂戏”的影响，是最初企图从昆曲高度凝固的规矩里挣扎出来的表演形式。它也有曲牌，可是并不完整，而且只是一些普通常用的牌子，如“山坡羊”“挂真儿”（殆即“挂枝儿”）“驻云飞”……是一般的演员最熟习的套子。演员们自己想创作新的节目，或者想把民间流行的小曲搬上舞台，又得不到作家的帮助（当时的作家们是很少肯替演员写这种“低级”玩意的），只能运用自己熟习的曲牌，进行简单的创作。当然不可能依照，也主观地不愿意依照那些严紧的格律，于是就产生了“时剧”。

在“时剧”当中，往往一出戏里只有一个或两个牌子，此外就只用“前腔”解决问题。像《醉杨妃》，开头是“新水令”，结尾是“清江引”，中间大段唱词就完全是自由运腔，别无牌名的根据的。

至于《醉杨妃》的根源，我觉得倒多少和诸宫调《天宝遗事》有些关涉。只要看看《雍熙乐府》里所选录的那些片段，就分明可以看出，作者特别抓住了杨玉环和安禄山的关系在着意描写。也许是经过了《弦索调时剧新谱》的编者的删改罢，在《醉杨妃》里，色情的描写是较少了，可是依然提到安禄山，也正有着和高、裴二力士调笑的描写。可以看出它从《天宝遗事》里所获得的一定的影响。

不过有一点是必须指出的，“时剧”《醉杨妃》里虽然夹杂着这些不健康的描写和穿插，那主题却是极为鲜明的。它特别突出了一个在封建制度迫害下面的女性——杨玉环的苦闷和反抗心情。正因为杨玉环是贵妃，环境是帝王的宫闱，矛盾的对方是当今皇帝的李三郎，那反抗意义就更具有典型性，有更高的暴露性。如果我们撇掉那些不健康的成分，更深刻地来看问题，就可以发现《醉杨妃》是有着鲜明丰富的人民性的。

我们所熟习的伟大古典戏曲作者洪昇所写的《长生殿》，就对杨贵妃故事做了正确的处理，扩展了剧本的主题，通过戏剧本身反映了时代的脉搏。他虽然没有采用《醉酒》这样特定的细节，可是同样地，他也在自己的自序里提出了这样的口号，“史家秽书盖削不书”。他在三百年前就提出来要肃清长远纠缠在杨玉环身上的淫秽描写。

这使我们联想到梅兰芳先生对《贵妃醉酒》的改革工作，他们在这一点上是共同的。

梅先生在《舞台生活四十年》第二集里详细地叙述了他

逐步修改《醉酒》的经过。从他的叙述中间，我们可以体会出一个优秀的表演艺术家的工作态度和方法。

没有例外，梅先生想保留修改这样一个优秀的传统节目，首先是出发于对遗产的热爱，他向路三宝先生学习了这出戏，他认为这是一出典型的舞台名剧，中间又包含了多少前辈艺人可贵的舞蹈演技创造，在旧戏里是一个创格，于是对它发生了热爱。

然而他又看到，这出戏在一些主题掌握得不正确的演员身上，被演成了一出黄色淫荡的戏，在一般观众心里也造成了不正确的印象，以为是不能保留的坏节目了，觉得是极大的损失，因为他对这出戏的反封建意义有深刻的理解，就逐渐在历年的表演当中努力进行修改。

他的修改也不是一下子完成的。多少年来，他就在舞台上逐渐进行修改的酝酿，用他自己的话来说，就是对这些不合理的表演“陆续加以冲淡”。

不是对剧本主题有着深刻的认识，对戏剧工作本身的意义有着正确的理解，有着浓郁的演员责任感的人，是不可能理解这种心情的。作为一个演员，没有什么事情比被迫在台上歪曲角色，歪曲戏剧主题再痛苦的事了。

我们可以用梅先生在另一出戏里创造的一个身段的经过来说明演员的这种感情。在《宇宙锋》里，哑奴指示赵女装疯的过程当中，在赵女唱“随儿到红罗帐倒凤颠鸾”之前，哑奴有一个手势。梅先生说他每次演到这里都觉得不舒服，可是并没有什么具体修改的办法。忽然有一次在台上，又到了这里，哑奴还不曾做出手势，台上的赵女就已经有了厌恶的预感，突然一个水袖正打在哑奴的手上，把这个演员和观众都不愿意看见的动作遮掉了。

这样的创造，我们是可以理解的，也正是梅先生在《醉酒》当中进行“冲淡”的具体说明。正是陆续积累了这样细小的改革，才有了唱词念白彻底的改革。

从梅先生最近的演出里，我们可以看到一出面貌全新的《醉酒》。如果我们承认“时剧”《醉杨妃》是它的祖本的话，对比一下，是会发现这中间是有着本质不同的改动的。

从《醉杨妃》到光绪中从汉剧衍化出来的《醉酒》之间，已经有了不少的变化。除了开头的“新水令”和结尾的“清江引”一直到今天还几乎保存着原状以外，变化最大的是当中的一大段。《时剧新谱》在唱词旁边只注工尺而不注身段，所以不可能明确地知道当日的演出情况，不过可以确定的是，“时剧”本子里并没有唐明皇约定和杨玉环在百花亭饮宴而爽约的情节，也没有后来高、裴诓驾的情节，只是杨妃自己独饮，怨恨留恋梅妃的李三郎而已。

《醉杨妃》主要的唱词，除了交代高力士敬酒的细节以外，是完全用来描摹杨玉环的内心活动的。这是《时剧新谱》里所收诸剧的共同特色，场面的变动是较少的。现在我们选出当中两节来，看看那改动的痕迹。

《醉杨妃》：

杨贵妃，离月宫，似神女，下巫峰，直吃到日沉海底，沉醉东风。头一杯通宵酒，玉手捧金钟，想人生在世如春梦，遇酒不开怀总是空。想当初杜康造酒与刘伶，能遣高兴，能消闷怀，直吃到日沉海底，沉醉东风。日沉海底，沉醉东风。高力士殷勤奉，你那里殷勤遣我的陶情勉强地饮数钟。

这一段是在贵妃经过玉石桥，观鱼看雁，进入了百花亭以后，并没有交代唐明皇的爽约，没有能在开场之初立刻提出尖锐的矛盾来。《醉酒》里已经解决了这个问题，同时又把唱词中间的叙述过程变成了舞台上的动作。最后才提到的“高力士殷勤奉”，改在前面，变成了高力士、裴力士和宫娥们的三次敬酒。

原词里有一段：“适才饮酒之间，只见那宫娥彩女，一个个交头接耳，唧唧哝哝，多管是取笑与奴家。宫人呵，非是我爱饮刘伶，也只为无乐儿遣兴。若要我闷怀消，酒来除非是醉可除。”（《醉杨妃》）

这一段正是今天舞台上宫娥敬酒衍化的依据。原作者的用意是借宫娥们的窃窃私语，揭露贵妃的心情，手法是很好的。

梅先生在这里用三次不同的饮酒姿态的刻画，衬托出贵妃一贯的郁闷的心绪，比旧本的内容是丰富得多了。“人生在世如春梦”下面的一句，也从“遇酒不开怀总是空”改成了“且自开怀饮几钟”。梅先生在叙述当中，着重指出了前人所改动的这句句子的出色的地方。即使是简单的修改吧，却在人物性格上留下了不同的烙印，把人物从消极虚无的性格里挽救出来了。

底下我们再引一段《醉杨妃》里的原词，在贵妃回忆安禄山，怨恨安禄山以后，忽然又展开了另一个境界：

> 忽听得耳边厢声相送，惊得我好梦儿也难成。多应是主公怜念我冷冷清清，孤苦伶仃，我和你并入在宫闱里，正是酒不醉人人自醉，色不迷人人自迷。

这种人物心情的转换，也是很高明的写法。指出人物的幻想，写出她在绝望当中的希望，揭露了人物内心的复杂性，使人物性格更为真实，更为丰满。

在今天的舞台上，这一段是用高、裴二力士“诓驾”的情节来代替的。贵妃听到这个消息以后的惊喜，以及发现真相以后的空虚，简单的动作里面包含了丰富的内心生活。这正是用动作之间的“潜台词”代替了内心描叙，是舞台艺术上的一种进展。

梅先生在这里改动了唱词，把上面那后面两句改成了“这才是酒入愁肠人已醉，平白诓驾为何情，啊啊啊为何情”。同时也改动了表情，把老的表演方法处理得十分孤立的“诓驾”，加以丰富。这就正说明了他对剧本出色的理解，使不同阶段的衍化最后达到了更完整的境界。

以上所举的两节，是梅先生正确地体会了从《醉杨妃》衍变到旧本《醉酒》的过程，肯定了改编者企图的正确方面而加以巩固的例子。下面，我想再举出另外的一种情况来：

不觉得酒兴儿高，色兴儿渐渐迷。安禄山在何处，想当初那样的恩情，到如今一旦忘恩义。自古道，痴心肠的妇人，狠心肠的男子。你那里负心人自有天鉴知。(《醉杨妃》)

安禄山卿家在哪里？想当初你进宫之时，娘娘是何等地待你，何等爱你。到如今你一旦无情忘恩负义。我与你今后两分离。(旧本《醉酒》)

杨玉环今宵如梦里，想当初你进宫之时，万岁是何等地待你，何等爱你。到如今一旦无情，明夸暗弃，难道说从今后两分离！(梅改本《醉酒》)

看了这三段不同阶段的改本，不用费太多的话，就可以看出最后的改本的巧妙了。

杨玉环与安禄山的关系（即使只有野史里提到），以及她在这个具体场合对安禄山的回忆都是有完全的可能的。不过作为一个作者或表演者，都有必要考虑到主题的完整性。在这里展开的，主要是杨玉环和李隆基的矛盾。就应该紧紧抓住了这个矛盾来进行刻画，不应该把问题再扯开来，扯到安禄山或梅妃甚至是李白的身上去。过去就曾经有过这样处理的作者，遭到了失败的命运。

梅先生的修改，主要的成就就正在这里，附带地也解决了删去“秽书”的作用。更妙的是修改本原词依旧与旧本大体相似，只是把安禄山换作了李隆基。同时运用了人物自白、自问的形式，更使角色显出了非凡的跳跃性。最后一句“难道说从今后两分离”就更妙，这正是杨玉环这种人物的徘徊的心情的具体表现。她是具有反抗性的，可是绝不能想象她会革命，会勇敢地跳出这个宫闱的牢笼。在怨恨中间有依恋，是人物的一种“斩不断，理还乱”的复杂的心理过程。

附带说明一下，梅先生改动旧词，往往是采用这样的方法的。这是运用得最妙的一个例子。

《贵妃醉酒》是梅先生直到最近还经常演出的节目，他的修改工作，一直到最近还在继续着。这篇文章只粗略地谈到了剧本的改动，至于舞蹈身段上的改动，就来不及仔细地谈。梅先生说，去年春初，他在朝鲜和广东做慰问演出的时候，连续表演《醉酒》近一百场，在这样连续不断的认真演出中，使他确定了很多新的身段，比过去的演出有了更鲜明的进步。我愿意重复文章开始时提到的他自己的那句话，“劳动的积累”是他在今天获得这样辉煌成就的主要因素。希望我们的艺术家们都能向他这种优秀的品质学习，替人民创造更多更好的精神财富。

一九五五年四月

《醉酒》小记

记不起这是第几次看梅兰芳先生的《醉酒》了，每看一次总有一次新的感受。我总觉得他的表演，越来越贴近生活了。

比方说，听说唐明皇驾转西宫，杨玉环前行两步，以扇遮面，说道“且自由他！”用手一指。那种包含了怨、妒、负气……复杂的无可奈何的情怀，都在这一指之中泄露无余了。看的时候给我以鲜明的印象，久久不能忘怀。

可是，这一指又不是孤立地存在的。它和前此不由自主的惊恼，后此的强作镇静、故示坦然结合得十分紧密，不可分割。于是使人感到，这一指固然鲜明而又含意甚深，但却是连续的生活细节中的一个断片，是杨玉环激荡起伏的情感中的一个洄波，而不是演员在那里故作惊人之笔。所谓“羚羊挂角，无迹可寻”，应该就是揭示这样一种境界。

梅先生在舞台上塑造的古代女性形象，是丰富多样的。比如说，同是处身宫闱的孙尚香和杨玉环，在她们出台的一刹那，虽然都穿了宫装，却立即可以使人辨识得清清楚楚：一个是郡主，另一个则是贵妃；一个是三国东吴的郡主，一个是唐明皇的宠妃。

当杨玉环入座以后，摆弄着手里的扇子，念完“后宫宠爱三千众，三千宠爱一身专！”以后，得意地转动着，随即关上了手里的扇子。她那既未逾越贵妃身份，而又十分流动的姿态，就立即确定了人物的面貌。在一个女性身人，这种尺度的适当掌握，是塑造人物成功与否的决定性因素，梅先生在这种地方是掌握得极精确的。

如果要对《醉酒》进行精密的表演艺术分析，那应该有几十百倍的话好说。这里却不是适宜的场合，我只愿意说出我自己感谢的心情。感谢梅先生的表演，我仿佛真正接触了一个生活在一千多年前真实的女性的灵魂，为她的不幸遭遇而深深感动了。我们自然不可能看到真正的杨玉环，我们只能通过历史记载构成自己想象中杨玉环的形象。现在梅先生在《醉酒》里的表演，已经帮助我确定了想象中人物的形象。我觉得她不应该有另外的姿态神情。更有趣的是，梅先生的表演，把我过去对杨玉环曾经有过的一些不好的印象冲淡了。我理解她，同情她，觉得这也是一个受压迫的女性，是一个真正的女人。

在这里，我感到了现实主义表演的力量。

《穆柯寨》

——看梅兰芳的三出戏之三

穆桂英是杨家将传说中间一个极为可爱的人物。传说的创造者（这里应该体会做传说流行多少年间的人民群众），自由、大胆地塑造了这个女英雄，充分使用了美丽的想象。她后来是成为宋朝对辽作战的主将的，可是这位女元帅，天波杨府的儿媳妇，出身却是“山寇之女”。她从小居住的穆柯寨，就在山东沂水。一九五一年的夏天，我参加革命老根据地的慰问工作，从鲁南沂水的县城里出发，沿了汶河一直南行，走过风景十分秀丽的北大山，到了一个叫作岸堤的小镇，解放战争中曾经取得辉煌胜利的孟良崮，就在这附近。据当地人的口头传说，那儿就是当年孟良占山为王的所在，他的火葫芦就是在这里得到的。再过去三十多里，就是穆柯寨，现在还有穆桂英的点将台的遗址。这使我感到很大的兴趣，我当然并无考证的企图，不过有一点是可以确定的，穆桂英、孟良……这些英雄人物，到今天依旧活在人民的心里。

在旧戏中，和《穆柯寨》风格相似的戏，我们可以举出《樊江关》《虹霓关》《得意缘》这样几出来。然而这些戏里的女主角，却远不及穆桂英的可爱。《樊江关》里也描写了一个娇纵的女孩子——薛金莲，不过她是侯爷，是贵族的小姐，她的顽皮已经近乎无理取闹，虽然在人物性格刻画上是成功的，可是作为一个观众，是不会给她与穆桂英一样的同情的。《虹霓关》里的东方氏和王伯当阵前相爱的情节，似乎与《穆柯寨》的情节颇为近似，同时东方氏的举动，也在一定的程度上表现了对封建礼教的冒犯，可是这到底是不能和穆桂英少女的初恋相比的。《得意缘》里的女主角，也是“山寇之女”，戏剧也写了一对青年男女的婚姻碰上了封建势力的折磨，也成功地描写了人物内心的矛盾。可是那里的招亲还是父母之命，一对小夫妇和封建势力进行斗争，所用的柔情多于武力，这些地方就都不免露出了弱点。

和这些戏比起来，我们就不能不感到《穆柯寨》的可贵。

作者在戏里描写了一个真正生野的女孩子，在她身上几乎找不到封建的气息。她热情、勇敢、天真烂漫，可是她又是一个真实的有血有肉的人物，并不是虚构的人物。

我们再看，作者的处理，虽然通过了喜剧的形式，可是也写出为了争取婚姻自由和封建主义的冲突。贯串全剧的是非常健康的情感，对封建主义，则采取了蔑视的态度，加以无情的嘲讽。不同于一般旧戏所写的女性处于被动地位，遭到了迫害才挺身抗拒的情况，穆桂英在戏里是完全主动的。无论是恋爱、求婚、作战以及后来的回营请罪为丈夫向公爹求情，虽然举动上都不外于封建社会的人情，可是作为一个独立的女性的人格，是极为坚强的。这样的气魄，应该说是极为难得的。作者在这里使用了适当的夸张手法，是可以理解的，因为这三个有连续性的短剧，在整个杨家将的故事中，是有完全独立性的插曲，那主题是放在和封建主义的斗争上的。

我们说穆桂英是个野生的女性，是说她的个性的热情、豪放以及非常乐观地坚持自己健康的想法，而不能理解为她已经完全脱离了封建社会的人情。否则，这个人物就不可能这样完整、生动和有这样强烈的生活气息了。

无论在《穆柯寨》还是在后面的《破洪州》《天门阵》里，杨宗保都只能算作次等的人物，比起他的配偶来，是大为逊色的。作者把他写得非常单纯，虽然并不顽固，可是封建思想的感染还是相当浓重的。作者让穆桂英用十分尖锐的批评，把杨宗保那一套封建思想的教条打击得体无完肤，就在今天看来，依然是非常锋利的。

那是在穆桂英把杨宗保擒上山来，当面求婚被拒之后，杨宗保坚持一死，忠孝双全。穆桂英就立刻加以驳斥：

> 你听我告诉你，你若死在山寨，宋营无有降龙木，破不了天门阵，败在萧邦之手，大宋江山一旦付与他人，请问你的忠在哪儿哪？

杨宗保只能回答："这个……"她接着又指出：

就是老元戎不能为国报效，你杨家世代英名付于流水，哥哥啊哥哥，我请问你的孝又在什么地方哪？

这里对于忠孝的解释，都不是庸俗的传统看法（如杨宗保所坚持的那种看法），而是通过那个时代最尖锐的民族问题来说明的，于是就构成了极有说服力的理由。腐朽得近于崩溃的封建教条，在穆桂英这样充满着新鲜活力的女孩子面前，显得如此苍白无力，不堪一击，是表现了这个剧本有着高度思想性的地方。

这是我在看了梅兰芳先生的表演之后，对这个剧本的体会。

梅兰芳的表演，成功地传达出这样一个穆桂英的气息。他演得她单纯，完全是一个未经世故的女孩子，是封建社会里一个崭新的女性，那种娇憨、大方，是最可贵的。

这个女孩子对新鲜事物有极大的兴趣。对于雁，对于孟良、焦赞这样的黑红二将，对于杨宗保，她都有兴趣。可是在这中间，就有着显明的差别，鲜明地开展了一个少女的精神世界。

在这里，应该指出梅兰芳在表演当中，突出地描写了少女的娇憨。

穆桂英是女将，而且是一位了不起的女将，不用说是武艺超群，骑起马来是飞快的，作起战来是勇猛的，可是在这中间，却都脱不开娇憨。她听见丫环的报告，说：“姑娘，雁来啦。”这时候她在眼神里就显露出初步的激动。她翻转身去看雁，接过了丫环递上来的弓箭，搭上箭，试了两试，走一个小小的圆场，把弓放在背后，倾侧着放出箭去。回过头来正好让观众看见她得意的一笑。然后用极稳重的步子，迟缓的节奏，走一个“S”下场。

这里的射箭，不是那种“开弓秋月样”的正规射法，而是娇巧的背射；用得意的微笑说明射中了雁，极缓极稳的下场，却写出了一个在马背上疾驰的少女的身影，处处都离不开戏耍，因此，处处都不是正规的程式。

和焦、孟对战的一场，下场时笑着招手、点头，传达出来这个女孩子在碰到一个新的问题时的兴趣，这表现在下一场的独白中：

黑红二将杀法厉害，他若来时，红绒套索伤他！

等到遇见了杨宗保，她脸上就又增加了新的惊喜和笑，动作中间更增加了新的跳动，少女的心情不像平常那样的平静了。在初见面以后，就说出了她对杨宗保的欣赏与想弄清对方底细的焦急：

这员小将真不错，威风凛凛似韦陀。因何打我山前过，快把名儿对我说。

经过了京戏的特殊艺术样式，在对枪中间静止、彼此凝视以后，她心里有了新的决定，她一直是有绝对的乐观精神的，她一直相信自己的企图是会一定成功的。她决定捕获这个比起天上的雁重要到不知道若干倍的猎物了。

等到这个猎物捕获以后，她又焦急地走近去对他进行仔细的观察，她走到背梏了手的宗保面前，她的枪的缨子为宗保踏住了。她抽不出枪来，她急了，背着人向他拱手求情，不理，又用翎子拂在他的脸上，然后一推，才抽出枪来，转身，把翎子咬在嘴里，娇痴地笑着，下场，招手叫宗保随自己来。这一连串的动作，细腻地写出了一个少女心理的激动、变化，这些动作，都显明的是小儿女的戏谑，并不是什么调情，虽然从这当中也可以看出爱情的滋长来。

造成穆桂英性格可爱的另一方面，是她在一连串的情节发展中间，从来没有表现出羞涩的神气。这是传达人物健康的情感的关键，在这里，无论大家闺秀、小家碧玉的娇羞，都不曾出现过一点。

她一直保持着轻松愉快的心情，她一直有着绝对的把握，不相信自己的意图有些微失败的可能。在她的对白中间，到处都流露出了乐观的气氛。

在“枪挑穆天王”的开始，为了着重通过语言表现人物的个性，穆桂英改念京白。梅先生在运用口齿清楚、在干净里带着甜柔的京白时，也造成了最好的效果。“说亲”一场的京白，既不过于刚硬得失去了少女的声口，也不过分柔媚得削弱了角色的身份。

可以举开始时的一段独白为例：

且喜宗保被我擒上山来，押在后山，我有心跟他提起婚姻之事，他要是答应我的亲事，我就携同家小，带了降龙木一同投奔宋营；他要是不答应呀，

在这里，稍做一下迟顿，轻轻地咳嗽一声，接念：

说不定我可也许把他给杀了！

听了这句白口的观众，好像已经听见了穆桂英激动的心跳。

把杨宗保带了上来以后，就派穆瓜去探问，问他一个非常奇怪的问题（这个问题在穆桂英和观众心里，都是毫不奇怪的）：

你去问那小将，他既然被咱们擒住啦，他是愿意死呀，还是愿意活着？

想不到得到的回答也是非常奇怪的：

俺既被擒，速求一死，何必多言！

穆桂英叫穆瓜去说的底下一句话是：

穆瓜你告诉他，可是活着好得多呀！

这一句简单的话，把她在心里盘算了很久的两个共同的幸福生活向观众公开了。这是剧作者的最好的句子，也是演员在舞台上念出来的最美丽的语言。

“枪挑穆天王”用一个喜剧的高潮收尾。

在整个的戏里，穆桂英都不曾生过气，就是在和焦、孟对阵，焦赞说出了极不客气的话以后也不曾怎样地生气。只是在听了穆瓜的报告，说父亲和宋营的将官打了起来，并且挨了骂以后，她生气了，这是全剧唯一的一个地方，在穆桂英的身上涂得较浓的一笔。

一直到和杨延昭交手，一枪把他挑下马来，从背后抓住了他：

哈哈，你家元帅派将也不派个有能耐的来，单派你这个酒囊饭袋，今日被你姑娘打下马来，干脆，你叫我一声大姑，我饶了你，你叫大姑！叫大姑，叫大姑……

这中间只是极短的一刹那，她心里那点郁怒已经完全消失了。她到底还是个女孩子，这里活生生地刻画了一个女孩子争吵胜利了的满足。可是对方却正是她的公爹，这个情况由宗保说穿以后，她只能焦急地说了一句：

老爷子，您怎么早不说实话呀！

然后就跑掉了。

梅兰芳对这个剧本的体会与再现是成功的。看过戏以后，使人在脑子里产生了一个鲜明的穆桂英的形象。我觉得，好像和这个人物已经非常熟习，知道了更多在舞台上没有来得及表演的事，没有来得及说的内心语言。

一九五四年五月廿五日

别姬

近来人们又起劲地谈论起霸王来了，几乎把他当作目无群众，高高在上，一个人说了算，倒行逆施，最后终于落得个垮台下场的人物的代名词。人们就把这种不光彩的下场称之为“别姬”，实在形象得很。

人们也都知道梅兰芳有一出名剧——《霸王别姬》。

明沈璟撰《千金记》，就是演的这同一个故事。我曾看见过大兴传氏所藏万历中金陵刻本的《仇实父绘象千金记》二卷，有十幅插图，极为精美。其中就有《夜宴》《别姬》诸幅，可见这是古已有之的了，并非梅兰芳的创作。但据祁彪佳的评论，“纪楚汉事甚豪畅，但所演皆英雄本色，闺阁处便觉寂寥”，可见沈作是偏重于政治、军事斗争的描写的；突出了英雄儿女的情节，着重加以刻画，则无疑是梅的创作。

多年来，这出戏在梅剧团演出时的卖座率是最高的，远远超过《宇宙锋》等之上。这也说明，观众是喜欢这个故事，爱看它的舞台演出的。

有一次在缀玉轩中，偶然谈到了《霸王别姬》，一位朋友问梅，多年来和你一起演出过的霸王，有许多位了，你觉得哪一位最满意？梅思索了一下，答道：杨小楼。这回答并不出人意料。杨小楼是著名演员，又是梅的前辈。我曾看过他们合作演出此戏，的确十分精彩的。他确是最理想的霸王。

这话似乎有些语病，项羽不曾留下照相来，怎能知道他的真容而形成头脑中的“理想”的呢？这也确是一个难于回答的问题。按照司马迁的记载，项羽初起兵时，年方二十四岁；到乌江自刎，也不过三十一岁。他其实应该是一位英俊、勇猛、粗直、爽朗的年轻将军。杨小楼的霸王是打了黑白相间的“十字门”、面额各有一个斜“寿”字花纹脸谱的武将，而且有一部大胡子，似乎有些离开了真实。然而不然。我觉得项羽就应该是这个样儿的。如果有谁主张用小生来扮演项羽，那我是坚决反对的，当年虞姬所爱的，也必非油头粉面的什么“勇猛武生”，这也是确凿无疑的。

后来梅又解释了为什么说杨小楼是理想的霸王，那大意是这样的。

演员在台上演出，正像斗蟋蟀，要势均力敌，才能出现精彩的表演。如果一交手，其中之一马上落荒而逃，或逃出罐外，那还有什么好看！演员也有演员的“分量”，就和比赛以前蟋蟀要过秤一般，如果真是棋逢对手，咬起来不放，那才好看。

他举了个实例。他说，和杨老板演《别姬》，最后舞剑之前，虞姬慢步后退，霸王则步步紧逼了相送，双目直注虞姬。梅说：“真像过电一样，每演到此处，我眼睛里是有泪水的。”他还说，对方这时好像有一股力量向你扑过来，使你不能不也拿出相似的“力”来和他取得平衡。和前辈演员演出，最容易提高，那道理就在此。梅还说，演到此处，我背对着观众，但我的背上也是有戏的。

梅浣华这一节话说得好极了，生动、丰富、真实，十分深刻。项羽知道，虞姬这次是最后的舞剑。他紧逼着送她，虽然只是几步，而且没有任何话语，但那诀别之前的最后的依恋，霸王的而非其他任何男性所能有的依恋，就用眼神、步履完全传达出来了。他不愿，但不能不终于失去虞姬，这种复杂的情感，也完全表达出来了。可是一般的霸王，这时却只顾回过身去休息，甚至喝水，好像可以暂时脱身，台上只剩下虞姬的任务了。呜呼，岂不谬哉！

梅的《霸王别姬》最初写成的舞台本和晚年的演出本是不同的，后者精炼得多了。这是不奇怪的，是经过反复的实践检验之后，逐步修改、删易、提高的结果。但有一个故事值得一记。此戏初稿，是霸王的戏重，虞姬显然处于配角地位。但杨小楼和梅兰芳合演了许多场以后，就逐步减轻了霸王的分量。如戏的结末，按原本，虞姬“伏剑而死”以后，霸王还要与汉兵大战一场，杨小楼在这里是要显显本领的。但观众往往看见虞姬一死，纷纷“抽签”而去，更不关心霸王的命运。几次以后，杨小楼不得不叹口气，删去了最后的场次，成为今天的样子。

一九七八年十月

继往开来的艺术大师

在伟大的表演艺术家梅兰芳逝世二十周年的日子里，我国的广大观众和戏剧工作者将以感激的心情追怀这位艺术巨匠，追忆他在漫长的舞台生活中为观众创造的一系列闪光的舞台形象，追忆他为人民带来的难忘的美的享受，同时也将强烈地感受艺术家的人格力量，他那贯串一生的、通过对祖国人民及其文化艺术的热爱而表现出来的爱国主义精神。

大师一生到底曾经塑造过多少艺术形象，一时很难具体说清了。不过从他多年来经常演出、持续加工、最后在晚年趋于定型的少量节目中，还是可以获得一种清晰的概念。出现在八九个保留节目中的人物，在艺术家看来，无疑是他所认定并爱重的伟大中国妇女形象在舞台上的再现，因此他花了毕生精力塑造她们，用饱满的热情歌颂她们身上的优美崇高的精神品质，再没有什么比这能更清楚地说明艺术家的世界观的了。

在这有限的剧目中出现了宫廷的贵妃、豪门的少女、大家的闺秀，一直到神话中的女妖、传奇中的女将。这些人物都生存或产生于封建社会，经过艺术家有意或无意地挑选、塑造；作为代表人物，她们有着各自不同的经历、命运，都有着相同的反抗封建压迫的勇敢斗争精神。这正是艺术家企图着重告诉观众的，是必须予以重视的。

除了穆柯寨里出身的女将穆桂英之外，其余的人物，不论她们的社会身份如何，通通是有着不幸命运的女性。她们的斗争也都带有争取解放，争取生活权利的共同色彩。即使是皇帝的宠妃杨玉环，丞相赵高的小姐赵艳容也毫无例外地不能逃脱这种不幸的命运。这就深刻地揭露了这种社会斗争的普遍性和严重性。以女妖身份出现的白蛇，她的故事其实是代表着出现于社会下层、普通的市民中间的不幸的。雷峰塔的终于倒掉，象征的正是封建势力的最后破灭。艺术家选取这一剧目，使他所精心绘制的历史画卷补足了浓重的一笔，概括性因而大大加强，这也是不容忽视的。

所有遭逢不幸的人物，都对压迫而奋起斗争，这是最重要的。当然她们的斗争方式方法因客观条件的差异，而各有不同，并未采取雷同的模式。在有的观众看来，有的甚至还说不上是斗争。杨玉环的撒酒疯，杜丽娘的春梦，是不能与白娘子的真刀真枪相提并论的。但这不也正说明了艺术家反映社会斗争的视野是广阔的，发掘是深刻的么？有时出现在人物精神世界中的斗争比起真正的战斗场面还要来得激剧。艺术家在为不同剧目加工时所花费的不同劳动也可以从侧面反映这一事实。在《舞台生活四十年》中曾详细记下来他为改造《醉酒》花了怎样的气力。应该承认，经过几十年的加工，《醉酒》已不再是他从师傅那里接下来的《醉酒》了。

从这里我们也可以看出，梅兰芳是中国传统戏剧艺术的继承者，也是发展者和改革者。他的一生是京剧艺术改革家的一生。他的实践说明了他确信一个真理，任何事物如果停滞了，没有发展、变化，它的生命也就停止了。

从清末直到解放，梅兰芳生活在这一整个急剧动荡的时代里。在这半个多世纪里，京剧的面貌确是发生了巨大的变化。有许多东西，我们今天视为当然的，在过去，却往往是“离经叛道”的。我们决不可轻视甚至讥笑前人一步步走过来的改革的路子。梅兰芳是这种改革运动的先驱，并一直坚持到最后。试想他第一次取消检场人所遇到的阻力吧。这种阻力来自内外行，甚至包括了不少观众。他是最早排演时装新戏者之一，他把社会问题剧带进了古老京剧艺术的王国。今天还不能不佩服他这种尝试的勇敢与作为一个正直艺术家的正义感。

他的改革有的成功了，被观众和演员接受下来，成为京剧艺术中新的财富。这种改革成果是多方面的。但也有的失败了，作为经验教训，也为京剧艺术的改革、发展，提供了可贵的参考。五十年代初，他曾试图总结多年成功失败的经验，归纳为移步而不换形几个字。对此，是曾经有过不同的理解和争论的。照我的体会，他提出的是一个有群众观点的切实的改革方法。改革必须顾及群众能否接受，改革也不是推倒重来。有时表面看来缓慢，但那切实的措施，反而更能收到实效。梅兰芳在这里表现了他的胆大心细，有勇有谋，稳扎稳打，决不莽撞。他善于从不同社会阶层的人群中谦虚地吸收意见，随时争取扩大自己的眼界，打开樊笼，走向世界。他是率领剧团到西欧、北美、日本去的最早的文化使节。他的这些努力有很重要的一个原因，是企图进一步改革、发展从前辈手里接下来的传统京剧艺术。事实证明，他是一位始终不渝、脚踏实地的改革者。

梅兰芳在新中国生活、工作了十二年。比起过去，他的演出活动和政治活动空前地频繁并扩大了。他赢得了过去所不能想象的更广大众多的观众，人民给了他更大的荣誉。他写下了一部艺术家的自传；他一直到生命的最后也没有停止演出，为广大观众和戏剧工作者提供了精湛的演出范本；他用很大力量从事艺术教育，他的影响远远越出了京剧界甚至戏剧界。特别值得提起的是，他在生命的最后两年以饱满的政治热情创作了《穆桂英挂帅》。

对穆桂英这个人物，梅兰芳是很喜欢的。他在晚年也还偶尔演出过《穆柯寨》和《枪挑穆天王》，我听他说过，他要演出这两折戏，和演《宇宙锋》一样，是为了“过瘾”，译成普通话就是他希望在舞台上重新再现自己所爱的人物，并享受创造的喜悦。可以理解，这样一个蔑视并摆脱了封建束缚的充满了“野性”的少女是怎样激动了一位伟大演员的心，他多么希望在自己创作的人物画廊中添加这么一位别具一格的少女的形象。在艺术家的晚年，他会自然地想到，脱离戎马生活二十年后的穆桂英该是怎样的呢？在她身上，那些天真、爱娇……自然已经洗净了；但她的向往胜利、蔑视困难、乐观的一往无前的战斗精神是永远也不会褪色的。在祖国需要的时候，召唤一位久历沙场、建立了不朽功勋的年迈女将重新披挂上阵的时候，穆桂英将是怎样的呢？

这是演员心头萦绕着的好梦，也是艺术家自己喷薄欲出的激越心情。他在抗日战争前夕塑造了擂鼓战金兵的梁红玉、从军的雌木兰，接着是八年的蓄须隐居，表现了一位伟大艺术家的高风亮节。在生命结束前的冲刺中，表现的正是同样崇高的爱国主义精神，这一切汇成了他毕生艺术活动中贯彻始终的一个主要旋律。

人民的艺术家必将永远活在人民的心里。

《忆艺术大师梅兰芳》序

海宁许姬传、源来兄弟在梅浣华身边前后工作了四五十年。在他们毕生工作中间最有意义的应该说是协助梅先生写出了我国第一部表演艺术家的自传。在这以前，中国戏剧史上还没有出现过这样的作品。自《舞台生活四十年》问世以后，不少表演艺术家都继起做不同的努力，产生了一大批很有价值的艺术传记作品，记录了他们的艺术生活、表演经验，为后辈演员保留了珍贵的学习资料，为中国戏剧史近代篇积累了难得的素材，为广大观众提供了亲切而有益的知识。凡此种种，都不能不使我们记起前行者的劳绩，在开创这一自传形式中所花费的艰苦劳动，不能不想到二许的贡献。现在他们的《忆艺术大师梅兰芳》即将出版了，这部书可以看作《舞台生活四十年》的补充，因为种种原因和梅先生的过早逝世，这部表演艺术家的自传没有能按原订的计划最后完成，使广大读者和艺术学徒都感到惋惜。限于体例，有许多积累的素材也未能在“自传”中全部加以利用。现在放在读者面前的这本书，是在梅先生身后作者追忆故人，缅怀往事所作。不拘一格，写来要较自由，从第三者的立场对梅先生的艺术生活的许多方面加以研究、记录、评价。这是出于朝夕相处数十年、参与了许多艺术创作实践者之手的回忆，对了解这位伟大的艺术家一定有许多值得参考的处所，这是没有疑义的。

我因为参加过一点《舞台生活四十年》的组织和撰写的事务工作，所以在三十年前和作者开始接触，并进而成为颇为熟悉的朋友。从工作中逐渐建立起来的友谊是值得忆念的。因此当姬传先生要我为他们的著作写一点序跋之类的文字时，我是不好推辞的。当然我明白，我其实是没有资格狂妄地在他们的新作前面说话的人。

值得痛惜的是，当这本新书问世之际，源来先生因饱经林彪、“四人帮”的残酷迫害，离开我们已经三年了。

姬传先生要经常留在梅先生身边，住在上海的时候很少，因此《舞台生活四十年》在日报上排日发表时，和我来往商榷更多的是源来先生。今天回忆当年工作的情况，依旧是使人感到非比一般的亲切。姬传从北京或外地寄了原稿来，由源来加工，这不只是单纯的文字加工，要补充、核对史实，要把大量的素材组织成有系统有节奏的篇章，要访问梅先生的旧友和同伴，要访求许多文献资料，包括戏单、照片、唱片等许多事物。这并不是简单、轻松的工作，当年却是由一两个人全力以赴地完成的。源来当时已是五十许人，他付出如此巨大的精力，他的工作热情与细心谨慎都是使我不易忘记的。

论年纪我比他们两位要年轻二十岁，论学养、趣味……

也有很大距离。以一个年轻而外行的记者协助进行这样并无前例可循的工作，实在使我们感到了异常的困难。我与源来之间，开始时是曾有过许多不同的看法与矛盾的，不过这却未能使工作受到阻碍，到后来合作得是非常好的。因为我们的水平和能力，《舞台生活四十年》可能还存在着这样那样的缺陷，但想起我们曾为之付出的劳动，是直到今天想起也会使人高兴的。

姬传、源来都出生于旧家，从小就受到浓郁的文学艺术的熏染，他们都有对过去的文化遗产丰富的知识和非凡的兴趣。他们的兴趣是多方面的，金石书画戏剧等方面都是当行出色的行家。当然他们与戏剧界的关系更深。源来能吹一口极好的满口笛，我在俞振飞、言慧珠座上听到过，成就不亚于有“笛王”之号的许伯遒。源来收藏书画有许多精品，天泉阁中有不少“铭心绝品”，如此书中谈到明末陈定生、冒辟疆（巢民）等“四公子”的书画立轴，我在他们的书房中曾多次看到过。他家的“家疱”也是极精致的，这并非“海陆杂陈”，只是平常的几味时新蔬果，但别有佳致。我说起这些琐细的小事，也只是想说明他们是生活在怎样一种文化气氛之中，这是培养、滋育艺术家的十分必要的条件。

一九五八年以后，有一个时期，我已经处于交游零落、离群索居的状况。这时，仅有的友人，可以偶尔谈天、得共杯酒的好像就只剩下了源来。这是使我到今天想起来也还感到温暖的。我们之间的交往是平平常常的，有时一起到书店里去看画，到戏院里观剧，还一起到常熟去旅行过。谈话也总离不开戏曲、书画、诗文。这中间，我时常听他说起梅剧团频繁的演出活动的种种，还传来了梅先生对我的关心、问候，这都是极可珍贵的讯息，当然也使我感念不忘。

几年以后，我又约请源来写过几篇纪念梅先生的文字，这些也都收在集内；还共同商讨过一些篇章的文字与内容，犹如一九五〇年顷一起工作时一样。

“十年动乱”之中，大约是一九六九年的冬天吧，我们一些人奉命到乡下的干校去。临行之前的一个下午，我到源来的寓所去探望，这时我们已有年把不相往来了。走进门去，就发现应门的阿姨的面色有些异样。登楼以后走进他的书室兼卧室时，才吃惊地发现，不但是书画，就连一桌一椅也都没有了。源来披了一件棉袭，颓然地坐在一把破椅子上，袖着手，没有话，连眼神都呆滞了。这时我才知道一天以前他遭受了一次“毁灭性”的抄家。坐了一会儿就告辞，好像还是他提出了我的造访对自己没有什么好处之类的话。这一次的会面的种种到今天也还是依然在目。

这以后就是我们被一些可怕的“神话”缠在一起，为了清理辨明这“神话”，大约花了十年的岁月。

一九七八年我又在他的书室里看见他，壁上又挂起了发还的部分书画，有陈定生、冒辟疆的画幅，还有周亮工的楹帖。他的精神很好，还写出了新的文字给我看。却不知这时他的病已很深，没有多久就去世了。我还是从他的孩子的通知中知道这不幸的消息的。这就是我们交往的始末。

姬传在来信里说希望我写一点关于源来的事情。我虽然和他相熟，但说不上是故交。虽然三十年不能说是很短了，但到底还是不能说对他有深刻的了解，他在书画、艺文、戏剧方面的素养也了解得不够。但我觉得他是做了值得人们记住并感谢的工作的，没有他，《舞台生活四十年》就没有可能出现。这一点，我是可以确说的。

交稿的限期迫促，没有从容思考的余裕，只能用这草率的文字为故友的纪念。姬传今年已经八十三岁了，但清健如昔，写作不辍。他肚子里还藏着许多有关梅先生和关于戏曲的许多掌故、珍闻。深盼他能续有所作，奋力完成文集的续编，这将是人们所希望的，盖不只个人的切望而已。

一九八二年一月十二日

和盖叫天先生在一起

和盖叫天先生在一起（上）

一九五三年的下半年，我在杭州度过了一个愉快的秋天，这一段日子是使人难忘的。当时上海电影制片厂要把盖叫天先生的舞台艺术用电影记录下来。我的工作是从老先生的表演节目当中，选择一些有代表性的场次，并加以剪裁说明。接受了这个任务以后，我和影片导演一起到了杭州，要就近向老先生请教。

十多年来，在台下看熟了这位老艺术家的精彩演出，可是和他本人却并不相识。不过从各方面却听到了不少有关这位老人的传说，传说把他渲染成了一位传奇的人物。想想现在就要走近老人的身边，心里的确是有些惴惴的，自然也是兴奋的。

那一年的夏天特别热。接连几场秋雨最后才终于把炎暑赶走了。我们到杭州的时候就刚好在这样难得的秋天开始以后，西湖上依旧是一片绿，可是沉重的气压揭去了，换上来的是一种清新的风调。从里西湖坐车到了岳坟，再往九里松那面走不多远，车子就突然转弯了。

（如果有人称赞杭州的好处是“城市山林”，我觉得这也只有在这些地方才是正确的。在岳坟，在白堤……到底也都还是山林而兼城市的。就是林木和山水吧，也似乎过于拥挤了一些。)

眼前突然开阔了。灵隐路上的山群、玉皇山那一系列的南路山群，都远远地推了开去。更接近眼前的是一片水田和我们正在上面走着的公路，这公路就正像系在一件碧绿外衣上面的鹅黄带子。

远远望去，在水田尽处，有一排瓦房，素朴得很。一色的白垩墙，黑色的屋瓦和门窗。房子上面给树木遮满了。我们的车子过了十分钟才又叉进另一条沿河的小路。河滨种满了垂柳，河里有一群群的鸭子。车子到了一条小桥的旁边，在最末一家门口停了下来。

朴素的粉墙，黑漆的大门，门额上照例嵌了一块扁方的石额，照例是应该刻上“××山庄”之类的字样的，不过这里却没有。门口有两块长条石凳。大门开着，有小孩子在过厅里面玩，再进去是一排隔板的门。

拍了两三分钟的门以后，我们被工友让了进去。

进了排门以后是一个小小的庭院。

一抬头是一架葡萄，竹架沿着墙根伸展到里面的月亮门旁边，架上挂着一绺绺碧绿的葡萄。月亮门旁边是一棵顶端开着大黄花的芭蕉。向左望，是一个六角形的花格子门，从门格子里可以望见院子。院子并不太大，也许是给花草树木挤满了吧，显得一片浓绿。院子正中放着一个石制的经幢，地上是方砖。经幢后面是一个小小的石头佛龛，里面供着什么佛像却不知道了。

小小的院子里有桂树、梧桐，和一种不知名的结着朱红颜色的小果子的树。空隙的地方，就放着磁花盆和瓦盆，里面自然也栽着花树，在大厅的前庭走廊上安放着两只青花镂空的瓷墩。我们在这里坐了一会儿，嗅到了一阵阵隐隐的草桂香。

我们被让进了大厅。

这是一座标准的旧式中国住宅的厅堂。迎面悬着一块白地黑字的匾额，上面写着“百忍堂”三个大字。按照习惯，可以知道主人是姓张了。

大厅是够宽阔的，这从厅里安排了那么些家具摆设可以知道。两排红木椅子把大厅隔成了三个部分，除了正中一块以外，左右两边都可以闲坐，那里也都排了两行椅子的。（大厅却又显得并不太宽绰，这种印象也是从摆列着的大量陈设引起的。）

我们坐在椅子上喝茶，看着正面条桌上排列着的佛龛和数不清的塑像、香炉、烛台、瓷盆、瓷碟……在条桌前面是三尺多高的铜三事。两支铜铸的仙鹤分列左右，当中是一架古铜的香炉。从那镂空的炉盖四周，飘出了白烟，带来一股檀香的气味。

这地方清凉极了，也静极了。听不见一点人声，只除了庭院里鸟声。（铜炉里的白烟飘拂得很有规律，更显得四周的一切完全都是静止的。）

从开着的槅扇向院子里看，有一只松鼠从树上飞也似的蹓到墙头，把大尾巴一扫，停下来一两秒钟，就又箭也似的沿着墙头跑掉，看不见了。

端起茶碗来喝茶，可以清楚地听见自己啜水的声音；放下茶碗，听得见碗底和桌面接触的声音。

从后院传来了爽朗的笑声。盖叫天先生走了出来。他穿了一套灰布的裤褂，白袜子和双梁鞋。人不高，紫红色的脸膛，斑白的发头，一双圆而有神的眼睛。

现在就站在面前的盖叫天，如果不是那斑白的头发，很难使人相信这就是近七十岁的老人。看惯了台上的他，总有一个印象，他是颇为魁梧的，却不料私底下他只不过是中人的高矮。是那双厚底靴子，高罗帽给他造成了修长的感觉吗？是的，似乎也并不尽然，他有时候也穿薄底快靴，戴平常的帽子的。那么，怎么会同样地给观众留下魁梧的印象呢？这是很有趣味的问题。

他说一口河北口音的普通话，一连说着对不起让我们久等了。他是在后面练功来着。老人每天都有着经常的功课，从不间断的。特别是在极冷极热的天气里，他更格外坚持着练习。在艺人们说来，练功是讲究“三冬两夏”的。那就是说，在自然气候特别冷或热的时候，有着很好的锻炼，才能保证在舞台上的应付裕如。这样的道理正可以说明他艰苦的学习生活。

盖老先生的谈话是极为随便而生动的。他不断地转换着题目，常常从一件事跳到另外一件事上去。最后自然说到了正文，我们说希望能从他那里得到一些指数，作为编写剧本的借鉴。他马上就接下去说：

好啊。我正在练功，你们不是想看看我的动作吗？现在就先看看，给提提意见。

接着他就要来了棍，脱了小褂，只剩下一件汗褂，走到大厅外面的天井里去了。

这就是前面说过的，安放着石经幢的天井。他就提着那根齐眉的短棍走了下去，站在这一小块天井中间。他把棍横在胸前一比，棍梢恰好在经幢、石墩、树枝中间划过，四周的一切，正像替他留下了一个浑圆的空间，老人向我们一笑，就不慌不忙地舞了起来。

起初他舞得很慢。棍在他手掌里转动，在前身转动，交叉着转动。可以看得十分清楚，他的手腕是怎样扭转的；可以看得很清楚，棍是怎样伏贴地在他的五指中间盘旋。从右手交到左手，在身体的每一个部位都有着旋舞的棍影，有背花，有穿过跳跃的脚步的抡动，有大的旋转。像一把折扇，可以打开，可以闭拢。自然，旋律是愈来愈快的，棍影包围了他的全身，组成了一个浑圆的个体。（我想，飞机的螺旋桨发动起来以后就会造成这种印象的吧。）

随着棍的飞舞，身体的部位自然也有着激剧的变化，可是我的注意力却完全没有被引导到这方面去，只感到棍的旋律和舞棍者身体的转动是糅合在一起的。这已经完全成为一位整体。节奏的控制极为自然，每一个段落的开始和终结，都衔接得恰好。像看一幅名画似的，跟随着棍影的回旋，堕入了沉醉当中。直到老人结束了最后的亮相，把手中的棍扔在他儿子的手里的时候，才知道，这一节棍舞已经结束了。

他满身是汗了，接过了手巾揩着身上的汗水，笑着对我们说："不行了吧？老头子了。跟小鸡吃米一样的了。"

不知道怎样回答他好，印象里完全给棍舞的旋律占据着。我正在仔细地咀嚼这一次美好艺术享受。我觉得并不陌生，有着隔了多少年又重新温习一幅名画的那种心情，我忽然想起了，就问他：

> 这不是《白水滩》吗？
> 是《白水滩》。

盖叫天先生带着我们参观了他的住宅。他向我们叙说他起造这座房子的历史。那是三十多年以前，当他在上海的舞台上成名了以后，用历年积聚下来的收入造起来的。这一座房子当初起造的时候只有后院的两棵老桂，其余的花草树木都是他亲手插的，到现在就都已经长成了，他称赞杭州的土地的肥美，给他的园庭带来了那么许多绿色。

大厅后面是一所四合小院子，院子里是花圃，当中是砖铺的十字过道，在中间放着一个石园抬和四个石墩。这后面，他说本来是想搭一个小台的，后来没有搭成，这就是练功的地方。再走过去，我们看见了那两棵参天的老桂，桂树身上的皮，一大块一大块地被剥掉了，还没有很好地复原。敌伪时期，他的家被日伪军占了，后房变成了马厩，桂树皮也被剥下来上了药店。地板都被撬掉，家具也拿走了，现在的这些陈设，都是抗日战争胜利以后用演戏的收入重新制办起来的。

房子的最后一排，紧靠水田边缘的是厨房、餐室和另外两个小间，一间是仍然保留着的他的老母生前的佛堂，另一间是雨天的练功房。小小的一间，水泥地。空落落的，墙角放着一些彩色剥落的道具，这里面有刚才舞过的棍，《四平山》里用的锤，《闹天宫》里用的令旗和双鞭，《乾坤圈》里用的圈……

他拿起了上面缠着红白间杂绿带的铁圈，扔在地下，用脚一踩，那圈就伏贴地顺着他的脚面旋转起来，接着又跟随右脚离开地面，在空中旋转。同时他的手里还舞弄着别的武器。他说：

我预备在七十岁的时候，再重演这出《乾元山》。老头子我偏要扮上小孩。让你们同志们看看到底像不像？

这就是他近年来用功排练的戏，《乾元山》（又名《乾坤圈》）是他四十年前的杰作，也已经有几十年没有动了。解放以后他又重新想动这出戏。

这出戏里也有“走边”，也有耍圈，我从前还有别的穿插，一面脚上耍圈，一手舞枪，一手还要弹乐器。有人就说我这是洒狗血，海派。其实他们不知道，哪吒是个小孩子，得表现出孩子的天真淘气来，孩子做事有时候就免不了带着点胡闹。只有《春香闹学》里，陈最良那种糟老头子，才会骂他不懂规矩，走边，就是夜行。在旁人身上就是行路的身段，可是换在哪吒身上，就又得闻野花，看景致，跳跳蹦蹦的，这才能衬托出孩子的活泼劲来。

在大厅后面的廊沿底下，放着一大块满涂着飞金的木匾，看样子，是一家什么店铺的招牌，字号的名字已经撬掉了。大概这家铺子是“松鹤为记”的吧，在匾额的上下角雕着极为精致的浮雕，一棵盘旋的古松，下面有两只仙鹤，还有一个扶杖的老人。

在盖叫天的庭院里放着这样一块匾额，是很奇怪的事情。后来问起，才知道那来历。

这块匾放在旧货摊上，都快要劈了，当木料零卖。我一看，上面雕的这人物花鸟，多精致，得费多大功夫才雕得出来，眼看着就要毁掉，真可惜。我就当木料给买回来了，又没地方挂它，暂时就放在屋檐下面吧。

这个小故事，是可以概括地说明盖叫天的收藏态度的。他的家里充满了各式各样的古董，瓷器、铜器、木器、字画、雕塑……真是应有尽有。可是在专家看来，这中间却很少有名家的真迹。对这一点，他的意见是：

> 我又不是收藏家，也没有那么些钱来买古董。我也没那个本事看出真假来。不过有一点我是明白的，这都是几十年几百年以前，我们的老祖宗用手做出来的。一刀一刀地雕，一笔一笔地画，一下一下地捏出来的。不能看着它给毁掉。不管真的假的，有名没名，只要我看着好就行。

我想从这段话里，可以体会出他对文化艺术遗产的一些态度。首先，他是热爱、尊重前人的劳动的。他自己是经过几十年的苦学苦练，才得到了某些成就的。因此，他就特别珍惜别人的劳动，觉得这是辛苦的积累，不应该一下子给毁掉。其次，作为一个艺术家，他的兴趣是多方面的。他不是那种“老子天下第一”“只有自己的行当才最了不起”的人物。他喜爱一切艺术品，希望从不同的艺术制作里吸取滋养，运用在自己的身上。再次，他是有着高度的艺术欣赏水平的。凡是他所赏识的东西，在艺术价值上都有一定的特色。也就是说，总有值得学习的地方。

他这种对待文化遗产的朴素态度是值得佩服的。

在百忍堂正中的案上，安置了一套二尺来高的关羽的铜塑，是他很珍重的藏品。塑像两旁配有一刀一剑，都安在铜制的架上。剑还是普通的剑，那把“关王刀”的造型就很特别，刀头几乎占全长的一半，刀柄就显得特别短，非常突出地夸张了“关王刀”的特点。《水浒传》里鲁智深在五台山下市井的铁匠铺里打造兵器，待诏就说过：“便是关王刀，也只有八十一斤。”可以看出千百年来在民间传说里，这把刀是极著名的。要想在二尺左右的长度限制里表现出关王刀的特点，按照一般的比例制造，是不可能做到的。这把仅是刀头就占了一半的大刀，虽然不能真正拿来使用，但是在造型上却给人一种强烈的印象，说明了这种特殊武器的威严。

正中的关羽像是侧坐的。然而给人的感觉却是端凝庄重的，比起一般完全正面端坐的塑像给人带来更庄严的感觉。关羽的卧蚕眉微垂，双眼闭拢，脸上的线条极为严肃，衣褶和铠甲的皱纹和图案，分明地体现了飞动和静止的区别。在铜塑中间，这不愧是有高度成就的上品。

盖老曾经向我说过这个铜塑的故事。在抗日战争中间，离开杭州以前，他把这三具铜塑和另一套瓷制的罗汉像埋在花园的地下，胜利后回来才重新发掘出来的。家里的东西都失去了，只有这些是唯一的劫遗。

盖老最有兴趣的是这座塑像的姿态。他曾经仔细地分析过，侧坐的关羽的双足的排列和身体倾斜的角度，在传说中间就叫作“正子午”。

明明是斜侧着的，为什么倒叫作“正子午”呢？

从这里可以悟出很多艺术造型的道理。在舞台上，元帅或大将升帐，不论是关羽，或坐在“三军司命”帐帘下面的诸葛亮，大抵都坐的是这种“正子午”的方位，只有金殿上的秦二世之流才是端端正正像木鸡似的坐在那里的。为什么偏偏不是端正的坐法倒能给人以最端正的感觉呢？这是能够打开某些舞台造型秘密的一把钥匙。

盖老喜欢用“镜头”这样的字眼说明他在舞台上的部位给观众造成的印象。他常常用“拉云手”的姿式说明这个问题。他说一般的演员，总是正面向着台下的某些观众做表演，这样极少数的观众，看到正面的形象，感受到就只有大的压迫；绝多数的观众却根本看不到表演。

他自己拉起云手来就不如此。身体是微侧的，扯平的双臂帮助了身体造成英挺但却柔韧的侧翼感觉，向另外一面微侧的头部加上眼神的运用，就给人带来全面活动的印象。这样，所有台下的观众就都能得到满足，得到平均的感受。也就是说，人物是活的了。

绝大多数出色的雕塑，都不是正面端坐或直立的。这个道理很早以前就给我国的劳动人民发现了。铸铜匠人掌握了这样的原则，把分明是侧面的形象称之为“正子午”。卓越的表演艺术家们也在舞台上运用了这个原则，塑出了有无穷变化的美丽造型。

在杭州的那两个月中间，我住在里西湖的一家旅馆里。窗外正对着孤山和锦带桥。从这里到金沙港，一定要走到岳坟才能叫到车子。每天吃完中饭，慢慢散步走出去，等到到了盖老那里，总是下午一两点钟了。我们的工作总是在每天下午进行的。听他谈话，看他表演，和他讨论一些技术上的问题。这样一直谈到五六点钟结束。

等到工作一结束，盖老就高声地喊他家里的人：

给我们换两碗新茶来！

然后就总是向我笑笑说：

喝碗茶，定一定，咱们到哪儿玩玩去。

他对于“玩”有极大的兴趣。这个老人的活泼和精力的充沛有时候真使人惊异，他的兴趣之广也是可惊的。

他的小儿子养了三四只鸟，每天替鸟换食换水，洗澡，过笼。我觉得很有趣，就向他打听这鸟的特点在哪里，它们的叫声、习惯、饲料有什么不同……老先生听见了，跑过来提起鸟笼看看，说：“这种鸟我从前是不会养的，一点规矩都不懂。”接着他就判断这只鸟捕获以后不过只有几个月，平常有哪些不好的习惯……果然这些判断都是正确的。

接着他就告诉我，自己年轻的时候也有很长一个时期喜欢养马，养蟋蟀，养鹌鹑，养“胡入喇”，穿上漂亮的服装跑马，赶马车，这些都是在北方时候的事情；到了上海，还有一个时期对足球发生了浓厚的兴趣。在大学校里加入赛球，想过很多新的踢法。最后他半开玩笑地向我说：

我这点本事都是玩出来的！

是的，他有那么丰富的常识，对生活，对人情物理理解得那么深，这些都和他的“玩”有着极密切的关系。

他曾经企图在舞台上穿上冰鞋舞蹈，这里说的是那种鞋底装了四个小轮子的冰鞋。曾经每天在散戏以后到溜冰场去练习，后来扭伤了脚才停下来。

红绸舞，他在二三十年以前，就曾经在《劈山救母》里使用了，是象征神话戏里的霞光和火焰的迸发的。

四十年前他排《霸王别姬》，曾经在舞台上集中了近百的演员，进行有规律的舞蹈，表现演武的场面，那些地位、动作，都是他自己设计的。

他年轻的时候，极努力地练功。有一个时期，每天夜戏散场以后，从戏院打着飞脚回家。最高纪录打过三百多个，一直到支持不住的时候才停下来。

这些，在他说来，是都包括在“玩”的项目下面的。

“玩”，也包括除了京戏以外对一切民族形式的地方戏曲的观摩与欣赏。他没有些微的门户之见，几乎对所有的艺术形式都有浓厚的兴趣，到杭州来表演的艺人，经常来拜访他，他也总是热情地进行招待，细致地谈一些表演上的问题。我到杭州的时候，他刚好看过几次滑稽戏，对戏里有些讽刺的场面表示赞许。有一次在饭店里听到对过的戏场里在表演“滑稽京戏”他就说，有些京戏演员是应该来看看这样的表演的。滑稽京戏的表演者，在某些地方，的确准确地抓住了一些京戏舞台上的“怪相”和“怪腔”，进行了夸大的再现，其实是很有力的漫画手法的批评。

> 有些演员全身的毛病，在台上满是怪相，你说他他是不听的，可是让他一看这个就明白了。

总之，盖老先生所说的“玩”，是指工作之余正当的休息以及他对艺术锲而不舍的热爱。

在杭州的两个月中间，有一个时期，我们每天晚饭以后都到城里听书。过去因为忙碌的关系，从来没有连续听过两天以上的书，对江南一带特有的这种古老的民间说唱艺术，了解得十分粗浅。这次因为盖老的推荐，居然做了半月以上的书场常客，真可以说是出乎意料的事情。

在杭州，也有着本地的书场，那多半是附设在茶楼里面的。来的人主要的目的是喝茶，听书只是顺便听听。三年前的冬天，我曾经听过一次，是一种杭州本地的说唱，听不太懂，也就没有引起太大的兴趣。这一次听的书，就两样了。那是在专门的书场里，预先售票，对号入座。听书为主，附带喝茶。表演者大抵是从上海来的艺人，说的则是标准的苏州话。

盖老听书的兴趣是很高的。从金沙港进城，最快也得在路上消耗三刻钟。所以往往是在五六点钟赶进城来吃饭，饭一吃完就赶到书场。除了老先生夫妇，还带了儿子和孙女，所以几乎是全家出动的。碰到下雨，回去的车子就会发生问题。记得有一次散场的时候正好大雨如注，真是狼狈极了。我们走到湖滨，才找到一部三轮车，回过头去接盖老回家。不过这样的情况到底也只有一次。平常书场散场的时候，总是十点半左右。我们坐了三轮车回去。车过湖滨，秋天的月亮斜挂在天上，迎面吹来了微寒的夜风，像一盂沉静的深蓝墨水的湖夜，岸旁的垂柳也都静静的。到了断桥，回头一望，对岸只剩下稀落的几星灯火。这种夜游的好处，一些匆匆的游览者是没有机会领略的。

这时候，除了三轮车工友偶尔按几下喇叭声和轮胎和隄岸铺沙接触的沙沙声以外，几乎是任何声音都听不到的。盖老说话的声音就显得格外清楚。他总要对今天所听的书，谈一些感想。哪些地方说得细致、动人，哪些地方不合理、过火，或是噱头放得过于庸俗了，他都提出了中肯的意见。总的说来，他对评弹的评价是很高的，他说这中间真正有着了不起的学问、惊人的学问。他称赞表演者有着极为丰富的常识，一个人得用不同的声口描绘不同性别、身份、性格的人物。这些人物往往处在尖锐的矛盾冲突中间，心情往往是极端异样的，说唱者要在极短促的时间里面，换演两三四个人，的确不是容易的事。

他称赞评弹的演员，在台上只用一把扇子、一种乐器，就能吸引如许观众的注意。既无布景，也无服装，却能掌握住听众的情绪，能主动地让他们忧愁、失笑。

有一次一位年纪较轻的评弹艺人到他家里来请教，关于武松的性格……，因为这位艺人说的就是武松。盖老当天晚上就约我一起去听他的《武松》。虽然那位艺人的成就并不怎样，老先生还是用心地听完了，后来他对我说：

不能看他年轻就说他一定没有道理。多听听总能长点见识，我是碰到说《武松》一定去听的。

事实上，那位艺人在老先生家里听了两小时的谈话，看了盖老不少在谈话中间做出的身段，就都使用了；而且提高了嗓子，想用暴烈的声音刻画武松的勇猛刚强，结果自然是并不怎样佳妙的。盖老说：

他表演得太火了。武松不会是这样的人。武松是英雄，可是他也是人，决不会一天二十四小时都暴跳如雷的。

三年前的冬天我在杭州。有一天到南山去玩，三轮车工友问我要不要到一个新的名胜区去看一看，于是就去了。到了地方不禁大吃一惊。那时候和盖老先生还不相识，不过知道他最近还在上海的，而那个新名胜却是盖叫天墓。当时实在疑惑得很。后来打听了一下，才知道这是他自己所修的生圹。

这次在杭州两月，就又更多知道了一些有关这个生圹的故事。

当时我说不愿意直接问他有关这座新圹的事，是他自己向我提起的。一天傍晚，工作完了以后，他要家里的人去叫两部车子，对我说：

到我的坟上去看看好吧？

我就把三年前那次游览名胜的心情告诉了他，他听了哈哈大笑起来说：

你大概以为我已经“涅度”了吧？

我们坐上了车子，从金沙港出发，向玉皇山路上走去，扑面而来的是新秋傍晚的清新气息。眼前的玉皇山正像一面展开了的书屏，公路两边是水田和竹林。在车子上他告诉我，不久以前有人告诉他说，城郊有一座清代的旧墓，有一套牌坊和华表，因为修造公路，就要拆了。那些石材都将变成路基。如果他想要，可以免费赠送云云。这就引起了他的兴趣，请了石工，雇了两部卡车，把拆下的石材运来了。车子到了墓地以后，果然看见零碎的石材还散落地放在地上，有四五位石工正在那里工作着。

当时的墓地上已经有了一个比较小的牌坊。当中的横题部位还空着，两边的柱子上，已经刻好了那副著名的对联：

英名盖世三岔口，杰作惊天十字坡。

这副对联，过去他演出的时候是总要挂在舞台的两边的，上下联的第一个字都镶嵌了他的名字（他的原名是张英杰），同时对联里也有“盖”“天”两个字。不过可惜的是“叫”字却没有做进去，大概这样的俗语是无论如何也嵌不进雅致的对联里的。同时，为了对仗工整，用三岔口来对十字坡，自然是很恰当的。不过，这却也不能概括他的代表作，也是同样的缺憾。

因为有了新的牌坊，他要我替他想一副另外的对联，好刻上去。他把预期的对联内容也告诉了我。他说自己是北方人，却在杭州定居下来。他的另一个号是“燕南”，就是说“燕南赵北”的意思。这块墓地的附近，是杭州著名的“五峰”。外加襟带钱塘、西湖，希望能把他对杭州山水的感情组织进去。我是弄不来这一套的，这副对联后来终于没有做成。

在盖叫天所营生圹主墓的两翼，有着石围墙，他说这里可以加上些什么东西。我就顺便向他提起，可以把他的舞蹈身段的经验，有系统地整理一下，弄出一套“舞谱”来，选择一些有代表性的，用浮雕的手法刻在这里。

他听了非常高兴。因为我们当时正在进行这样的工作。一月以来，我听了他叙述怎样创造一些舞蹈姿态的过程，哪些是旧有的，哪些是由他创造出来的，哪些旧的程式而被他赋予了新的理解的，内容丰富得很。我感到能力不足，没有方法给予系统化。对舞蹈工作者的帮助是不大的，就劝他自己由基本动作，到复杂的运动组合，有机地整理出一系列的“舞谱”来，这个工作他非常赞成，而且认真地思索了一些时候，在家里练习了若干次。最后他自己很高兴地告诉我：

成了！你来看，我在台上随便怎样的动作，都不难看，那原因就是我熟练了这一套舞台动作。所以，不论怎样摆，都能“六合”，都不扎眼，就叫“一生二，二生三，三生万物”。这套东西给研究舞蹈的同志们看看，一定有用的。

他总是这样的。只要意识到自己的工作能对别人有用，就高兴得不得了。果然，“舞谱”编成了就连我这样的外行，看了似乎也能够有所理解。由慢到快，由单纯到复杂，由单纯的动作到运动的组合，由一般的动作到特殊的飞跃……我也很高兴。

遗憾的是，这些努力后来没有能够在纪录片里实现。

最后是牌坊横额地方的题字问题。他说，已经准备请朋友转请老画家黄宾虹先生给他写上“学到老”三个字。盖叫天站在自己的墓地上，在暮霭苍茫中用手指着右边去灵隐的路上，用沉重的调子对我说：

那是五十多年以前的事了。我第一次来杭州。跑山跑累了，在九里松的一个小亭子里歇脚，亭子里有一块匾，上面写着三个字，当时我还不认识这三个字，就跟人家打听。人家念给我听：“学到老！”那年我才二十来岁，我一听心里轰的一响，啊，“学到老！”……

他说到这里就不往下说了，在老先生的语气当中很少出现这样沉重的调子，我也没有说话。

斜阳照在老人斑白的鬓角上，他脸上的皱褶好像更深了，他的眼睛望着九里松那面，久久不动，秋风吹动着他的衣裤。从二十岁到七十岁，一个人就这样地站在舞台上，没有倒下，而且今后还要永远在中国戏剧史上站下去。我这个年轻人当时的确受到了深深的感动。

果然，没有好久，一张黄宾虹先生写着三个瘦挺的“学到老”的黄表纸拿到他家里来了。他珍重地从瓷插筒里拿出来，打开给我看。脸上充满了喜悦的感情。

没有好久，在离开杭州之前，我们又到他的墓地上去，三个朱红的“学到老”已经雕在牌坊的正额上了。

全国会演在北京举行，川戏的演出受到了普遍的重视与欢迎。盖老也是很欣赏这些节目的。川剧《彩楼记》中间有一折《评雪辨踪》，由曾荣华和许倩云主演，是受到大家喜爱的一个节目。我们有一次就谈起了它，《评雪辨踪》引起了盖老的回忆，他向我追述了小时候学这出戏的一段故事。

> 我那时候才十一二岁，在科班里学戏。我记得老先生们给我们说这出《吕蒙正》的时候，正是腊月天。
>
> 北方的十冬腊月，满地都积满了二三尺厚的雪。有一些日子一起床，头一件事先得拿着铁镐，开开门，把堆在门口的积雪给清除出去。开了一条路，好出去打水洗脸……

那时候我们这群小孩子，师傅每人都给一条棉裤。可不是给你定做的，是打旧货铺里买来给死人穿的那种裤子。又长又大，提起裤腰来，可以高过头，还能当风帽……

盖老说着就站了起来，两手高举，然后顺手把长大的裤腰向下一折，折回腰际。

白天就把裤腰围下来，掖进裤裆里，系上裤腰带。晚上呢，拉出来，头一缩，就是棉被了，就得仗着这条棉裤，过一冬。穿的鞋有面没底，叫名有双鞋。

在学吕蒙正的头一天，师傅吩咐，一天不给饭吃，第二天一早就叫起来，只给穿一件小褂，站到雪地里去。这时候，肚里没食，身上又冷，站都站不稳，一个劲地直打哆嗦。直等过了午，约莫两三点钟光景，好容易才把师傅给盼了来。

要教戏了吧。师傅的厉害，是人人都知道的。虽然又冻又饿，咧着嘴直想哭，可是谁敢露到外面来呢？挺着点，打着哆嗦的腿硬要让它别动弹，还得挺起胸脯来。

师傅走过来了。

师傅要我们张嘴，先说头一句台词，掀开台帘以后吕蒙正走出来张嘴的头一句：“苦啊！”。

我想，千万可别哆哆嗦嗦的，屏住了气，使出了浑身的劲来，张嘴一嚷：“苦啊！”没想到，刚出口，脸上就挨了师傅一个嘴巴子："不对！重来！"

怎么会不对呢？使的劲还不够大吗？这回可只有拼命嚷了，刚想张嘴，看看师傅那神气不对，第二个耳刮子又要来了，只好又把嘴闭起来，不敢响了。心里怎么想也想不通，越想越委屈，小嘴一撇，差点儿没有哭出来。

师傅看看差不多了，就说："你自己想想，一天没有吃饭，又冻了半天，心里是怎么个滋味，再来。"

这回可真来了。连冻，带饿，带委屈，鼻涕、眼泪都来了："苦啊……"可真像，真像赶斋扑空回来的吕蒙正。师傅一听："对了！对了！就是这个样子。"

盖老的结论是，"那一套教戏的方法是野蛮的，可是师傅说戏的路子是对的。到今天我还能清楚地记得吕蒙正赶斋，我还算懂吕蒙正的心事，都全凭老先生这点教导"。

盖老懂得吕蒙正的心情，也懂得其他戏里面人物的心情，更主要的是，他深深地理解这个复杂社会里人与人之间的关系。他虽然嘴里没有"现实主义表演方法"这样的字眼，可是他的"路子"一向就是遵循着这个方向的。他看人物、看事件，总比我们更深一层。他说过："吕蒙正没我苦，经验没我大。在科班里我见过吕蒙正，后来又到生活里去找。敢情老师说的话全对。"他在旧社会里闯了几十年，受过多少打击、迫害。这一些，和师傅教他吕蒙正时的挨饿受冻的印象一样，都成了他创造角色的丰富的内涵。他演武松，在《狮子楼》里的表演，就不同于一般的演员，也不同于一般肤浅的人对武松的期待。其实他的复仇心情是孕蓄得更深的。特别给我深刻印象的是他所演的《茂州庙》里的谢虎，在受到黄天霸之流无情迫害以后，破家复仇之前的表演，给人的印象就更深刻而鲜明。

在这些人物的身上，我们可以断定地说，是必然孕蓄着他自己的感情的。他把对旧社会的仇恨，寄托在武松、谢虎的身上而再现了。

对艺术家另外的一种重要要求，丰富而活泼的想象力，在盖老身上也是极为显著的。

在他著名的演出节目当中，《洗浮山》是有代表性的一个。《洗浮山》里的贺天保是带“黑三”的。（“黑三”是髯口的专名词，是飘然长拂的三绺黑色胡须的专称）

在贺天保探山的路上有一段极精彩的载歌载舞的场面。唱的是“石榴花”牌子，现在先把那词句写在下面：

> 又只见红日西下月无光，昏惨惨云雾柳成行。又听得庄中人语闹嚷嚷，马嘶尘滚风声狂。急慌忙催马拎缰，急慌忙勒马提缰。披星戴月阳关上，耳听得梆音响亮，奔扬长。

这一节著名的“马趟子”，中间包含了丰富的唱工和舞蹈。特点是通过了在马背上疾驰的人物，路上的一些景物细节和他的反应，刻画了人物的性格。这里的唱词几乎完全是风景的描写，没有一句话提到人物的心情，然而人物的性格却鲜明得很。这里没有布景道具，只凭演员手里的一根马鞭和音乐的伴奏，却能通过舞蹈给观众极明晰的实感。在达成了这许多要求的同时，更给了观众以美感上的满足。这是一场极细密地组织起来的舞蹈，每一个美妙的动作，无不与环境和人物息息相关。

盖老曾经仔细地对我分析过这一场戏。

在人物出场之前，先由喇叭吹出“胡卢卢”的一声马嘶，这就首先在环境气氛上着意地渲染了一笔。在人物上场以前，造成了紧张的气氛。

紧接着是“呛”的一槌锣，贺天保在帘内高叫一声：“马来!”锣鼓“回头”打上。人物出场以后，亮相，接着走到台口，一个小圆场以后，勒马一看，这是看看路程和天色，然后转过眼来看一下原野，北方的风景，美丽的自然风物给角色带来了叹赏的心情，接着他就喊出一声“呀!”来。底下是“帽子头”的锣鼓点，开“石榴花”。

盖老在这里开展了人物内心丰富的想象。这是北方秋天的薄暮时分。“又只见红日西下月无光。”正是黄昏，然而又不是平常的黄昏。新月是惨淡无光的，这是暴风雨将来的征兆。在他唱这一句以前的身段是，用马鞭左右拍击，同时左右踢腿，鞭子随着左右腿而高扬，亮出粉白的厚底靴子来。接着把飘拂的长髯一下子摔到右面肩上，马鞭也跟着摔在右面。左跨腿，整个地转身，鞭子打在右跨腿上。然后把马鞭翻执在后背上，肩头微微露出了鞭梢。这时再把髯口摔过来，用左手勒住马，亮相，然后再唱的。

这一些繁复的身段，表现了人物是在疾驰行进中的马背上。然而这还是一般的驰马。紧接第一句唱词以后，起了狂风，马惊了，角色用手一勒马缰，唱出第二句“昏惨惨云雾柳成行”来，这时候天色已经变了。底下才正式展开了北方农村收割季节里的情景。盖老想象：

> 在北方的大道上，两旁种着柳树。刚刚收割了的田地里，一堆堆地堆着麦子，要变天了，农民群众起了骚动。要快点在暴风雨未来之前把麦子收进屋里去，所以听到了嘈杂的人声。这时候狂风“吾卢卢”地吹着，沙石扑面而来，打在马的眼睛上面，马叫起来，惊了，不容易控制了。接着下面就有不同的几个身段，“催马拾缰”是还希望继续赶路，等到控制不了受惊了的马以后，就只得转过来“勒马提缰”！这两个具体的身段，说明了两个不同的具体过程。
>
> 等到暴风雨已经过去。星月重新在天际出现，这时候的田野变得清新静穆，正好在这时候走过了另外一个村庄，在这个村里正好打起了初更的梆子，这清脆的梆音结束了适才这一场紧张的局面，他又可以顺利地驰马前进了。

在纸上仔细描写舞台上急剧变化的动作是不可能的。通过盖老对具体环境的分析却可以领会在短促的时间内，自然环境和人物心情起了怎样复杂的变化。一个急忙赶路的人，在路途上面的遭遇，和他为了应付这些突变场面采取的措施，而人物心理的变化就正好被这些动作说明了。

在盖叫天所演出的角色里，贺天保和史文恭身上，都有着一种重要的东西，那就是胡子。

这里的胡子就是“黑三”。为什么不是“满”呢？不是好像“生活在空气当中”的“吊搭”呢？那原因也是很容易明白的。“黑三”包括了飘拂的、分明是独立的三绺长髯，便于做出：撣、摔、揩、弹、推这些不同的动作，能够给人层次分明、干净利落的感觉。在我的印象里，史文恭和贺天保这两个人物，如果没有了胡子，简直就会使人物的特色大部减削了。譬如说，贺天保没有胡子，他在马背上的形象就要减弱；史文恭没有了胡子，则他的一举一动，心理的每一个细微的转换，都失去了明晰的节奏。好像一篇文章，没有了标点符号。

可能我这里的比喻还是不够恰当的。胡子在这些人物身上所起的作用，恐怕还不仅只是标点符号而已。

我们随便谈天的时候，遇到有做出来看的必要时，盖老就在口袋里掏出一条手帕来，一端衔在嘴里，这样就成了现成的胡子。他一面做着身段，一面还要讲话，是很不方便的。有一天，我就提议把常用的“黑三”拿出来看看，“黑三”拿来了，装在一个白布的袋子里。在我的印象里，盖老的

“黑三”一定不是什么普通的马尾的制品。他在台上能够那么自如地挥、撣，一丝不乱，像完整的三绺胶固着的长穗，大概总是关羽所戴的那种丝缕的长髯吧？

然而并不是。盖老的“黑三”只不过是普通的“黑三”，马尾做的，蓬蓬松松的，有的地方已经纠缠在一起，就是让我拿在手里仔细地分梳，都感到有些困难的。

这以后，他凡是被邀到外面去做报告，就总是随身带着两样道具——这口“黑三”和一把马鞭。

关于京戏里使用髯口的种种，盖老也谈过一些意见的。舞剧里的演员，感到最苦闷的事是两只露在外面的手的安排。那隐藏在长袖里面的，问题就较小，可以甩出种种水袖的姿态来。花旦出来，手里就往往得拿一把扇子，不然就是托一只茶盘拿一条手绢之类，总之，手里空空如也，是最难应付的事。

胡子的功用，也有一部分是为了解决这样的困难的，这只是消极的看法。如果积极地加以运用，那就不单会帮助身段的美化，而且有助于性格的刻画。

像《一箭仇》里，《拜庄》一场，史文恭在用鄙夷不屑的神气斜睨燕青的时候，同时一只手就把自己的胡子向相反的方向推去，不但可以增加身段的婉转，其实是更添增了史文恭傲慢、顽固的性格刻画的。

至于为什么京剧里的髯口会那样长得惊人呢？盖老以为这和京剧整个系列的化妆、服装、道具、身段、音调都是不可分割的。如果解决了胡子为什么会这样长而密的问题，其实也就同时解决了为什么靴子那么厚，袖子那么长而大，花脸的声音那么响这一系列的问题。

举一个小例子。京剧舞台上的老生和花脸，往往在应对之间，有那么一声咳嗽。而这声咳嗽又往往拖得很长，由两个音节组成："嗯——哼！"长得大大超出了真实咳嗽的限度，为什么呢？

其实这种夸张的做法，和老生和花脸的胡子也是有着微妙的关系的。老生或花脸在咳嗽的时候，往往一手还撍着他那修长的胡子。当他开始咳嗽的时候，手在胡子根际开始缓缓地向下移动。一直等手运行到髯口的下端，是需要一个相当的时间的。咳嗽与手的运动是必须合拍的，于是那声音就不可避免地要长一些。

他认为在这些地方要求片面的真实是不尽妥当的。他说笑话，如果史文恭的"黑三"变成了真实的"鼻嵌"（这是一种京剧固有的，由丑角使用的比较近于真实的胡子，很短，用铁丝嵌在鼻孔里。观众是不会发现的，就和真实的胡子一样），"那么，我这么一来，"他在靠近自己脸部附近，做了一些缩小的掏、撣、弹……的动作："可不就成了猫洗脸了吗？"

中秋将近，盖老有一天对我说起："过两天我们去看大潮水去！如果能在电影里加上一个钱塘大潮的镜头，后面接上我的贺天保双刀使威的场面，那可太好了！"

如果不是纪录片而是故事片，这个设计是有可能实现的，而且正是美丽奇瑰的想象。

看潮是杭州市民的一件大事。大抵从阴历八月半到十八日这几天都可以观潮，而最盛的一天则是八月十八日。在杭州，城隍山上是也可以观潮的。（这是南宋皇帝的观潮旧地。《武林旧事》记："禁中例，观潮于'天开图画'高台，下瞰如在指掌。"而城隍山就正是南宋大内的遗址所在）不过那只能观近在城外的钱江潮水，事实上已经是海潮的余波了。要看最伟大的场面，还是要到海宁去。关于海潮，又有着不少美丽的传说，最有趣也最为人所熟知的，应该是伍子胥的故事。《浙江潮》（这曾经是清末革命运动中一个杂志的名字）又名《胥涛》，是说伍子胥被杀以后，做了潮神，每年都要回来一次，回来的时候"白马素车"驾江潮而上。这"白马素车"的描摹，实在是天才的想象。这些传说与记载，实在很久就引起了我的兴趣，这次有机会去看看，自然是值得高兴的事。

八月十八那天，我们一早在湖滨会齐出发。卡车出了候潮门，一直沿了去海宁的公路驶去。这一天公路上特别热闹，一辆接一辆的全是看潮的车子。天气好得很，太阳晒在身上，还有些燥热。公路两旁全是长得挺高还没有收割的庄稼。车子约莫走了一半路程以后，公路就已经和钱江平行了。可以从后车上看到远远的江水和堤岸上观潮的人群。在公路边上，也不断出现了临时搭起的茶棚。事实上，从杭州到海宁，钱江两岸都是可以看到江潮的。

车到海宁，已经是将近中饭的时候了。各式的车辆排了长长的一串。下车以后，先到堤上去看看。这地方就在城外堤上有一座小小的亭子，据说是清朝的大员们观潮的地方。在堤岸左近一带，已经搭起了数不清的茅棚，里面一排排放好了条凳和各色的红木椅凳。虽然还没有人坐在上面，可是却早已客满了。后来好容易才在后排找到了几个座位。订好了座以后，因为潮来的时候还早，就先到城里去走走。

两点钟左右，我们又回到堤上去。一路上都是赶到城外去看潮的人们，拥挤得很。在街上和近城门处的狭窄的田埂上，人都挤满了。

等我们到了堤边，土堤已经几乎变为人堤。预订的茶座自然找不到了。好容易挤上去，在最高的一排长凳上找到了一个站立的地方。

这时候已经可以听到低沉但却清楚的潮声，很像虎虎的风声，但却十分平稳，没有什么起伏。

在人丛里望去，眼前是一片空阔的海塘。只有在极远的地方，可以看到轻轻的两抹，那就是海水的入口了。这片空阔的海塘的确平静得很，看不到有任何潮来的迹象。只看见在下面维持秩序的人民警察极忙碌地指挥撤去最下面的几排凳子，形势显得非常紧张。看看离开堤面还有十几丈的平静的江水，实在不懂为什么要这样紧张，好像那水真的会忽地涌到上面来似的。

阳光穿过席棚，晒了进来，渐渐有些热起来了。站在棚外面的人撑起了伞。

忽然从右面的人群里传来“来了！来了！”的喊声，努力去看，却依然看不到什么征候。不过人声越来越响，几乎渐渐可以和涛声相并了。

两三分钟以后，终于看到了“来了！来了!”的潮头。从极右的远处，水面涌起了一条长长的水柱。水柱和堤岸成直角，缓缓地移了过来，正像在布机上面行进的一把织梭，不过慢得很。这排水柱十分清晰，水柱的侧面是一点没有倾斜的，由无数飞舞的细小的浪花组成。看到这样雄伟场面的人们激动起来了，嘴里不自觉地涌出了欢腾的喊声。这时候站在堤岸上面的人就正像在进行检阅。

水柱从我们面前虎虎地推过去了。

激动的心情又平静了下来。在满意之中，也夹杂了一些失望。这排水柱，依然停在堤面底下十几丈的地方，丝毫看不出刚才那一番严重的戒备有什么意义。

我正怀疑是不是潮水已经过去，忽然间人群里隐伏下去的声音又起来了。这次倒实在快得很，马上就已经看见了从海口那里涌来的潮头。等到引起了大家的注意时，这潮头已经到了离开堤岸几十丈远的地位。这次不再是从面前掠过，而是直扑过来的。

四五个水浪的集合体，跳跳蹦蹦，忽起忽伏地在海塘里涌浴着，扑了过来。真是好看极了，真像一个极善游泳的人。在水面底下行进，一会儿潜伏着，一会儿又涌出了水面，就是那么捉摸不定，在一起一伏的中间，升在高空的水团爆裂开来，拨散了无数细小的银花。

这个潮头在堤前四五丈的地方又伏了下去，以为它已经消散了。想不到在半分钟以后，还是那个潮头，已经到了眼前，这一次的爆裂在人群里产生了极大的骚动。下面的几排凳子，好像经过了一阵淋浴。还没有来得及揩拭、准备，另外一个更大的浪头又赶了过来，这次它没有更多的犹豫，更高地扑了上来，而且是直接地扑了上来的，事前丝毫也没有什么姿态。更正确地说，是人们还来不及看它事先的表演，它就扑上来了。这一次它跳得更高，扑到了我们所站立的最后一排的凳脚下面。

本来还等待第三个潮头，不过这要在六小时以后，据说那一次才是真正的潮。从凳子上跳下来时，堤上满是积水和泥浆了，鞋子和裤子都湿透了。几只红木凳子被潮头打得几乎散掉。然而人们的心情是激动的，好像夏天给阵雨淋了一样。我们不是有时候情愿在闷热中跑到阵雨里去，浇个通湿而感到了非常的愉快吗？我觉得就和这次给江潮浇过以后的心情差不多。

一个艺术家在进行艺术品制作的时候，花费的大量劳力，往往是不为一般观众所知道的。我们从艺术史上知道，著名的绘画、雕刻，有前后工作时间要上几十年的。一些著名的作品，腹稿在作家肚子里酝酿了多少年才下笔，然后又经过多少次的修改才变成最后的定本。在表演艺术家说来，这种过程也是存在着的。不过那细节和画家、雕刻家、作家又并不全同。

拿盖老来说，他经常演出的一些节目，如《一箭仇》

《打店》……都是演了几十年的剧目，也可以说都是烂熟了的吧。然而他自己却从来没有认为这些演出已经到达了巅峰。他对这些剧目的兴趣永远是新鲜、浓烈的，他经常在思索着怎样再进一步提高的问题。

今年春天，盖老在上海演出了一个短期。在演出期间，有一天我下午去看他，他正好睡着了，盖夫人对我说：

> 你才不知道这个老头子的脾气咧，演了几十年的两出熟戏，每次上台，他总还是那么心不定。昨天晚上散戏回来，折腾到四点才睡。今天早晨七点不到就醒了。我一看，原来躺在床上比画哪，比画卢俊义拜庄的姿势哪！让我说了一顿。又睡了。他哪儿睡得着，还不是两只手蒙在被子底下比画！

是的，盖老就是一贯这么认真对待演出工作的。近年来他登台的机会少，从前合作的一批演员也大抵星散了。（我就在他家遇到过四十年前给他配下手的老伙伴，年纪比他还小，可是样子却比他老迈得多了。那个老伙伴曾经叹息着说：“我这个孙二娘老早就不行了，可是他那个武松还照样那么生龙活虎的！”）每次演出，总是一批新的合作者。虽然每出戏演不了几次，可是他却要仔细地说戏，把每个细节都说到了。不这样就不能达到水平以上的演出。甚至有时候打鼓的都要由他仔细说几遍才能上场；不然打的就不是地方，很难衬出动作的节奏和精神来。

估计他在这些准备工作上所花费的劳力，是远较台上的劳动为多的。一般的观众是很少知道这些情况的。

在杭州的时候，他给我们说戏，仔细分析每一个动作的用意与效果。最后总是说：

你看看这里边有什么不对没有？给提提意见，斗争斗争。

在他经常使用的词汇里面，“斗争”这个字眼包含着广阔的涵义。研究、讨论、琢磨、辩论……都包含在这个字眼里面。每次听了他的分析，都要使我吃惊。我本来以为看他的戏已经十几年，也很懂一些胡子、大带、高底靴……的特点了。可是每次听完总觉得自己实在是一个非常粗心的看客，往往是看了表面没有懂得内容的。

就拿史文恭在《拜庄》一场里的几个细节来说。通常看戏，总认为这是过场戏，在吹打鼓乐声中草草地交代了故事就算，精彩的开打在后头呢。可是内容绝不如此简单。

首先，史文恭对待梁山将的态度，是完全有着不同的分寸的。

第一个，看见了卢俊义，史文恭的态度是谨慎、客气的，久违之后虽然要表示重逢的高兴，可是在亲密之中却显露着敌意。第二个，看见林冲，就不同了。史文恭赶上一步，和他热烈地招呼。这是显示了更为亲昵的感情的，这里的动作要快得多。第三个是燕青。燕青赶上来招呼史文恭，但史瞟了他一眼以后并不理睬，充分流露出傲慢的性格。

这仅只是在吹打乐声里的一场戏，然而却写出了史文恭对梁山将不同的看法与情感，刻画了人物与人物之间的关系，不是用语言，是凭借眉梢眼角的几个动作勾勒出来的。

其次，在《拜庄》一场里，卢俊义和史文恭对面叙话。卢几次提出要史文恭归降梁山，最后的一次，史文恭表示了绝大的不耐。史文恭说：

师兄，此言谨慎哪，谨慎！

在说出这句台词来的同时，史文恭要做出这样一系列的动作。他用双手把袍面提起移过来，掀须，然后把胡子推在一边，最后随着不屑的眼色，移过了座位。这些不同的动作，组合在一起，层次分明地给人一连串思想活动过程的画面。

这样短短的一句对白，他安排了几十年，才成了今天这个样子。如果说梁任公写文章，“笔锋常带情感”的话，也可以毫不夸张地说，盖叫天的胡子也是带着丰富的情感的。

在前面提到过的《洗浮山》的一场戏里，在贺天保趟马疾行的场合，场面上的音响效果是紧凑的。马嘶，风吼……这些音响都能给人以明确的印象，可是盖老依旧感到不满足。趟马的节奏本来已经在鼓点中有了明晰的交代，他以为还可以进一步配入蹄声嘚嘚的效果。他以为和尚敲的木鱼声就可以表现这样的声音，他有好几次和我商量，怎样安排步法，怎样把新的伴奏安插进去。

事实上盖老的“马趟子”已经是规律性极严的舞蹈动作了，可是他自己却不惜破坏原有的程式，给它添上更丰富的内容。对运用了几十年的课题，依旧保持着那么新鲜的趣味，也是使人惊异的。

盖叫天自己十分重视“武戏文唱”的风格，在很多方面都表现出他这种独特的见解。

他喜欢谈老生戏。常常说自己的本行是老生，武生不过只有票友的资格。好几次都说起，希望将来唱一次《打渔杀家》，说自己的年龄、火候……都恰合肖恩这位老英雄的身份。他对那些只要求演出火爆、不顾剧情的观众不满意，他仿效那些不了解他的演出风格的人的口吻说：“盖叫天卖样，老了，骗骗人，唱不动了！”说到这种地方，他是难免有些愤慨的。

“武戏文唱”可能有很多不同的解释。我的理解是，为了反对不进入角色内心，只是单纯追求外在的“猛勇”的程式主义表演所提出的正确的口号。在盖老的身上，最足以说明这样的特点。

在三十多年以前，盖叫天以“勇猛武生”著名，还没有人理解他这种独特的演出风格时，曾经发生过这样一件故事。

当时他因为种种原因（主要是和旧社会的恶势力的矛盾），演出的机会不多，两三年不登台的情况是常有的。他闭门练功，过着清苦的生活。当家里极端困难的时候，他是不得不出来唱一个短期维持生活的。因为他久不出台，偶尔露演，可以保证有一定的号召力。就连对他不满的戏院老板们，是也会为了利润而放弃偏见，向他请教的。

就正在这样的当口，在他急需解决生活，而又憋足了“新鲜劲”老板已经上门的当口，有人向他提出了要求，要他唱几天义务戏。自然，这也是着眼在他的“新鲜劲”的号召力上的。

他踌躇了。在这样的当口，是唱营业戏呢还是唱莫名其妙的义务戏呢？

正在这样的当口，下午，他的两位老伙伴踱到他家里来了。老朋友走进门，坐了下来，泡了茶，没有说什么话。老朋友明白他的心情，也明白他的踌躇。

盖叫天也没有平常那样地招待他们，盘着腿坐在椅子上面，皱着眉不说一句话。

后来有一位老朋友开口了：“五弟，唱吧！”盖叫天说他听见这句话以后，眼泪不禁扑地落下来了。

他最后接受了邀请，做了表演。在这几场表演里，他奠定了自己“武戏文唱”的道路，这种正确的表演方法，为观众所接受了，批准了。因为在那次演出中间，有大批的名演员，在衬托、比较中间，观众看出了盖叫天的工力，不再把他仅仅看作一个“勇猛武生”，承认了他优越的内心表演、飘洒的风度，超出了同台的演出者。

在过去，只有一两个亲密的老朋友知道他，懂得他。现在是更多的人懂得他了。

和盖叫天先生在一起(下)

盖老是非常好客的。不论在杭州还是上海，他家里经常是“座上客常满”的。虽然底下那一句，“杯中酒不空”却并非事实，因为他已经有四十年不喝酒了。他追述自己年轻的时候也是个“大酒”，有一次，母亲做寿，他特别高兴，喝了不少的酒。晚上有戏，请母亲坐在前排看戏。他自己表演《花蝴蝶》，中间有翻杠子的场面，他已经翻上去了，后来觉得不对，到底是喝醉了酒的人，终于倒撞下来，受了伤。从这以后他就戒了酒。几十年涓滴不饮，遇到宴会干杯的场面，总是用橘子水、汽水来代替。

他自己虽然不喝酒，可是遇见我们在他家里吃饭，却总找人去打了酒来，这就使我觉得很不好意思。

有一天，我约他们在城里吃饭。饭后等我去付钱的时候，才知道饭账在一进门时就已经由盖夫人预付了。我只好走回来坐下，笑着向盖老说：“三杯酒下了肚把大事误了。”他听了大笑，指着盖夫人接下去对我说：“看起来金沙港无有好人。”

我这里是无意地套用了一句《四进士》里的戏词，他回答的也正是原词的下句，不过把“信阳州”改作了“金沙港”而已。这一次给我留下的印象是异常鲜明的，非常佩服他那种机智。而更使我感到亲切的是他那种豪爽的风度，仿佛面前就是那个正直、豪侠的老人宋士杰。

虽然常出来吃小馆子，可是他并不喜欢大吃大喝，经常是找一个地方吃面吃馄饨。他的饭量比年轻人还好，总要比别人添个双份。有一次，一面吃着面，他说：

> 你看现在我唱戏，下了装以后总得来碗面吃，说得好听点叫吃顿宵夜。四十多年前在上海，我已经是挂正牌的角了，那时候还并不懂这一套。我是打什么时候起才娇惯起来的呢？
>
> 从前我晚上唱完戏，回家睡觉，总觉得心里头烧得慌。可是自己也不知道这是怎么回事。反正累透了，回家倒头就睡着了。难过，可不知道是什么难过。后来我娘来了。娘总是疼孩子的，等我散了戏，给我泡上一碗茶叶末，又打三盛会馆给叫了碗肉丝面来。呵，这一吃可真舒服。打这起，以后不吃就不行了。敢情，从前心里发烧那是饿了。

这两句素朴的自嘲，很可以说明他自己早年生活的严肃和朴质。在旧社会里，一个成了名的演员依然能够保持着严肃的学习与锻炼，和私生活的严谨是有很大的关系的。

他有一段故事，是很多人都知道的。解放以前他折过四次腿，对一个武生演员说来，每一次折腿都是致命的打击，每一次都能导致演出生活的中断。然而每一次的挫折都被他用最大的毅力和对艺术事业的忠贞克服了。

他最后一次折腿是在上海共舞台演武松的时候。共舞台讲究机关布景，《武松》里的《狮子楼》一折，就在台上真正搭了一座楼，因此，台前的地方就只剩下了很小的一块，和现在舞台上的幕外戏的地位差不多大小了。

那天演西门庆的是个并不熟练的角色，临时上来替演的。当武松赶上楼来，西门庆跳楼逃走的时候，他翻下来就在原地一站，等候武松下来杀他，却并未考虑面前已经没有了武松的插足余地。

没有办法，只能往下翻。翻下去了，是用足了气力，站在那一块狭小的地域里的。身体猛烈的冲击力完全吃在小腿上面，盖老说，当时他听见“喀喳”一声，就知道有着旧伤的腿骨又断了。

“丢人可不能丢在台上啊!”他还用健全的那条腿支持着体重，做出一个身段来。脸朝里，招呼后台的人拉幕，可是后台的人却不明白。他这样一个姿势一直支持了三四分钟。观众看见他一只脚站在台上，站了那么久，还为他鼓掌。等到后来发现情况不对，把幕拉上以后，他才倒了下来。

这是他最严重的一次折腿，一直在床上躺了两年。

治疗的过程也是曲折的。伤科医生一时疏忽，把脚腕接歪了。这个错误最初没有发现，等到医生承认了错误的时候，骨折的地方已经长起来了，盖叫天说他发现自己的脚已经朝后了以后，心里是极端愤慨的。他想到几十年练就的一身本领，今后不可能再在台上表演了，今后再也不可能在台上创造琢磨新的玩意了，他心里是极度焦急愤慨的。

他问那个外科医生："你看我的腿还有希望没有？"

医生摇摇头歉疚地说："除非是断了重新再接。"

没有人说话，房里的空气沉重得就像在炎夏雷雨之前。盖叫天沉默了一会儿，一使劲，"喀喳"一声把自己已经长好了的脚骨又扭断了。

"好，那么就请你给我重新接！"

如果第一次就接好，他躺一年就够了；由于重接，他又多躺了一年。

在漫长的休养的岁月里，只能在床上仰卧着。眼睛看着天花板，四肢都不可能动转，唯一能够自由活动的是自己的头脑。他冥想着许多问题。他仔细琢磨自己演出的许多角色的生活与情感，自己的许多舞台表演的细节，怎样更好地运用自己的肢体，怎样创造更好的身段。他对自己的折腿的复原抱着绝大的期望。他不愿意白白度过这些病床上的岁月。事实上动都不能动了，怎样练功呢？"我跟天讲理，真心疼我的艺术啊，就这么搁下了不成！"他后来终于解决了这个问题。"在心里练！"他记起当年的旧事：

多少年前我演完夜戏，离开戏院回家，那时候我住在三马路，从馆子门口起就打飞脚，打到石路，打了三百多个，实在打不下去了。我还是不服软，就在心里打，躺在床上还在打。

现在不也是躺在床上了吗？就照老办法，在心里打飞脚，踢腿，练功。

这样在心里练功的方法，对伤口的恢复也是有帮助的。躺在床上拉云手，虽然有些可笑，可是也还是一种运动与锻炼，肌肉与血脉的运动，终于使伤足逐渐复原了。

脚好了以后就又来了另外的问题。常年睡在床上，连坐起来都有些不习惯，站都站不住，更不用提走路了。全身僵得像一块木头，恢复了的脚骨也好像比另一条腿短了一些。家里人扶着他站起来，不会迈步了。一离开人，马上就又摔了下去。他还只能睡在床上。他又遇到了另外的困难。

得想法子使自己的脚仍旧听自己的支配。

> 什么事都得从头起，先踢腿吧。我躺在床上，嘴里念着锣鼓点。“嗒哄！”踢不起来，来到几百回以后，你看，真踢起来了！

《蝴蝶梦》里有一个“二百五”，这是一个纸扎的人。不过却不是道具，要由活人扮演。从后台由几个人抬了出来，站在台上十几分钟，肢体眼神都不许有些微的动转，要完全像个纸人一样。后来庄子用扇子向他身上一扇，两扇……他就活起来了。

一扇童儿把头抬，二扇童儿眼睁开，三扇童儿大撒手……

这个印象也说明了一个人由不能动转到运转自如得经历一些复杂的过程，当然不是庄子的扇子所能解决。但那过程总还是一样的。盖老就这样先踢起腿来，再迈了步，支持住了身体，把已经遗忘了的动作从头学起，从走路一直到台上的飞舞，这要经过多长的艰苦阶段呢？可是他终于走过来了，又成了舞台上生龙活虎的演员。

他有一个特点，平生不唱堂会戏。这在旧社会里一个名艺人说来，并不是简单的事。在上海，几十年来他拒绝了军阀、政客、流氓、资本家这些恶势力的威胁利诱，宁愿受迫害，被封锁，弄得没有登台的机会，也决不动摇。他常这样说："要看我的戏很容易，只要花几角钱去买票就得了，我天天在馆子里表演。可是要把我叫到家里去唱，那可办不到。"虽然只是简单的两句话，那立场是坚定得很的。

他也反对"反串"，认为这是一种恶劣的举动，是用不严肃的态度对待艺术。从前戏院的老板经常使用这种花招，作为招徕观众的武器。花旦要反串老生，戴起髯口来。花脸反串花旦，涂上粉，用沙喉咙唱出女音来。不必论戏演得怎样，只要角色这样一颠倒，就已经引起了落后观众的兴趣。

有一次，老板跑到盖老这里来，首先装出哭笑不得的面孔来说明必须设法努力争取更多的观众。盖老说："他这一来，我早就猜出他葫芦里卖的是什么药了。"好，来重头戏，不够劲，那就再加一个，连演双出。当然，这些全不是老板的原意。最后，老板只好委婉地说了：

唱双出，您多累呢。咱们想个办法，又省力，又卖座。您来一出反串，打花鼓的汉子，不用费多大劲，准保能把观众给逗乐了。

盖老说："看这个混账东西，好主意啊！我刚唱完《武松》，接着就让我扮上给大爷取笑的角色。让我一顿臭骂给轰出去了。"

我们就要离开杭州的时候，有一天我向盖老建议，到满觉陇去玩一次，马上得到了他的同意。

这次去的时候是下午，到了四眼井的时候已经是夕阳斜挂在山角的时候了。石屋洞外面涂金的石塔，泛出了一片金黄的光芒。沙泥的山路软软的，我们缓步走了上去，没有一些匆促的感觉。反正这次的目的是满觉陇，并不准备爬山，连烟霞洞都不预备上去的。

从石屋洞出来，没有多远，就看到路边的民家的广场上，在不知道什么树的下面，放了很多台子在卖茶，茶座都是空空的。盖老笑着向我说：

这回来得又不巧，早桂已经谢了，晚桂还没有开，所以这里没有什么喝茶的人。

失望自然是有些失望的。不过桂花虽然没有看见，却买到了新鲜的毛栗，这种栗也叫作“桂花栗子”。一路走着一面剥开栗子来吃。新鲜的栗子，有着一股浓烈的香味，很甜，比起糖炒的另有一种风味，我觉得是要更好些的。

我们在水乐洞外面的庭院里停了下来，坐在石凳上喝茶。这里虽然没有烟霞洞的地势高，也还是可以看左右的山色的。

这时候有两三只老鹰，在松树梢头左近盘旋。它那自如的飞翔姿态，雄健的旋律，好像画家挥动飞舞着的笔触，一划划地在蓝天上掠过，清晰而有力。特别是转折回旋的地方，给人一种非常圆柔的感觉。它吸引了我们的注意。盖老指着盘旋着的鹰对我说：

你看，鹰打旋，在我的“走边”里就有这种身段。你看得出来吗？

我想了一下，觉得很熟习，可是又分不出他在哪些地方是吸取了鹰的姿态的。盖老站了起来，做了两个转身的姿态。头微侧着，上身倾斜着拧过来，给人一种非常有力的动的感觉。动作是浑圆的，没有一些棱角。他笑着说：

像不像，老鹰就是这样打旋的。

是的，在天空里盘旋着的鹰隼，那姿态的特点是雄猛而又矫健。它们转身的时候，并不是平着飞，而是用倾侧的双翼切成一个斜角，这就构成了美丽的旋律。在舞台上，表现人物行路的“走边”身段里，演员是需在狭小的舞台上往复回旋、转侧，要求给观众带来奔跑、跳跃、曲折……这些立体的虑觉，就必须从身体线条的组织里进行构思。有时候在舞台上，我们看到角色转身，像一扇门板转动似的移了过来，感到非常笨拙、难看，原因就是忽略了掌握圆的旋律，把一个整的动作零碎分割了，成为孤立的接不起气来的转动，那感觉自然是生硬触目的。

盖老的兴趣被鹰引起来了。他谈起在动物身上，蕴藏着丰富的素材，运用在舞蹈里就会构成美妙的旋律。他又提到春天的西湖，常常可以看到垂柳旁边有从波面上划过的燕子，它们拖着一双尖尖像剪刀似的尾巴，飞快地掠过水面，紧接着急遽上升。盖老一边做身段，一面说：

这个名堂就叫“燕子投水”。

果然，我看到了这种轻盈宛妙的身段。

在和对方交手的场合，为了避实就虚，躲开正面的袭击，从侧面向敌人进攻，必须采取闪展腾挪的方式，在这里就用上了“鸟过枝”的身段。

动作有快速的也有迟缓的，有缩小的也有放大的。很多地方需要用着重、夸张的方法，增加动作中间明快的节奏感，也给观众以丰富、变化的感觉。

像在《三岔口》这种“摸黑”的戏里，得充分表示角色的机警和动作的敏捷，情节要求演员蹑手蹑脚地行进，每一个动作都有探视的企图和应变的准备。没有问题，鸡在走路的时候是有这样的特点的。

如果把动作放大了，节奏放慢了，那么仙鹤的修长的双脚，和它在迈步转身时的姿态，就是非常好看、值得运用的。

这些不同的姿式，他都做得非常像。可是运用在舞蹈里，就再也分不清楚是哪些具体的部分了，这就又牵涉熟练的组织动作。盖老说，他可以随便在台上摆出若干种姿态来，处处都有“谱”，都不难看，都能恰合具体的情况，这并不是夸张的说法。

那一天的黄昏，在水乐洞的院子里，好像开了一次小型的表演会，庙里的人也都跑过来看，看得津津有味。老先生的动作真是非常吸引人的，真的。

临走的时候，他笑着对我说，

> 你看我这像不像神经病。给人家看了，会疑心是卖膏药的咧。

盖叫天是个非常爱美的人。他在台上折了腿，还要支持着架子，要等幕落以后才倒下来，为了不给观众以丑恶的印象，“不丢人”。他演史文恭，当连战梁山将以后，累得不得了，照他自己的说法，“心里像刀绞似的了”。然而面对观众，必须提气，压制喘息，面带笑容，露出从容不迫的神情。一定要保持角色的完整，不能拿喘气张嘴这种丑恶的形象引起观众的厌恶。武松在县官面前控告西门庆霸占嫂嫂、害死兄长，反挨了四十大板，打得血肉淋漓，但是他只用少带蹒跚的步履和手掌轻轻地抚摸表示受创以后的痛楚，决不肯按照一般所谓“现实主义表演”的论客的要求，使武松浑身战抖，龇牙咧嘴。

拍摄电影之前，他经常向我们询问，京戏搬上银幕，会不会显出“怪相”来？解放以前也有过一些舞台纪录片，由于某些导演的错误处理，使银幕上有着不可容忍的“怪相”。他说自己曾经看过这样的影片，当主角站在真实的草地上，站在一匹真马前面，首先手执马鞭，做了一大套身段，然后再跃上马背疾驰而去。观众就怀疑这人有神经病。另外的场合，主角一个人，站在真实的草地上照舞台上的样子舞枪，并无对手，观众有人就疑心他是在扎蝈蝈……

电影拍完以后，初映的时候，他自己到戏院去看戏，心里激动得不得了，好像小学生第一次考试似的，用惴惴的心情迎接自己成绩的展览。他留神听着旁边观众的评论，看完戏一身冷汗。由于我们这些工作者的水平限制，使影片存在着某些严重的缺点，他感到非常的不安，比任何事都要使他痛苦。

他对自己的要求非常严格，有时候甚至到了苛刻的程度。然而他的这些对美的要求，都不是脱离生活，脱离人物的。因此就使人感到，他是真正地坚持着现实主义的美学原则的。

十多年来，我每次看他的戏，总要为他那台上的美所震撼，激动。从他的私生活一直到表演艺术处处都强烈地感到一种“美感”。企图把这种强烈的感受写下来，也已经是很久以前就有了的愿望。可是这工作实在困难，盖老就经常使用这样的字眼，“难画难描”，是的，实在是难画难描的。

如果要对他台上的美进行分析，那么，从什么地方说起呢？

盖老经常对后辈进行这样的教育，我想，根据他自己的体系加以阐述，是比较合适的，他经常说，练习舞台上的动作，也有“小学、中学、大学”之分，那意思就是说，必须从基本动作的正确掌握做起。什么是基本动作呢？站，开步走，拉云手，用眼神……不要轻视这样的小动作，它是一切复式动作的基础，不做好这些，别的就将一无是处。

盖老说：“有些演员，已经演了不少年的戏，而且也是名演员了，可是他在台上连站都不会站。”这不是夸张的话。“就凭这一站，没有二十年的功夫办不了！”这也不是神秘的说法。

一个演员必须站得正，挺起胸部，收进腹部，提起精神，准备做出适应的动作来。有所准备，不能松弛；同时又不能僵死，给人局促紧张的感觉。

他常夸张地做出那些舞台上的怪相来，“勇猛”武生，斜着身子，挺胸腆肚，脚步歪斜地冲出来，眼睛斜得跟“西门庆的兄弟”一样，自以为这是卖力气，把力气都卖在表面上。该表演的时候大打一阵，打完了就低头休息，挺出肚子喘息不止，脱离了表演在一边休息，像局外人似的离开了战斗，等待下一个高潮再来拼命。

这样的表演，我们不是没有见过，相反，倒是见得很多的。不经过他这种漫画式的揭露，我们有时候也不觉得这是丑恶的，非现实的。

他有一次用雨云作譬，为我解释怎样运用肌肉运用力量。他说，有一种雨云的云团，在天空里卷过，云团包含着几层，最外表面的一层看起来是不动的，可是里面却在动，动得很厉害，这种在里面揉动的墨云，孕储着雷雨，给人一种力的感觉。

一个武生演员，必须注意肌肉的运用，注意内在力量的使用，不论是打出一拳或踢出一脚，必须使人感到力量是发自身体内部，是内部力量的迸发，而并非孤立地把力量完全表现在手脚上，不然一切动作就必然成为孤立的不能联系在一起的把式。

另外一个主要的东西，他是经常强调着的，那就是“圆”。无论什么复式动作，都得要求“圆”。至于每一个组成的小动作，就要求“六合”。我觉得“圆”与“六合”的意义是相同的，只是范围的大小而已。

“六合”的意思是匀称。无论舞台上哪一个刹那间的塑姿，孤立起来看，都要求匀称。力量的运用必须均衡，合乎生理条件也合于美的条件。至于一系列的动作联系起来，那就要圆，要整体的均衡，这里就又添上了节奏感的要求，有着意强调的地方也有轻轻带过的地方，没有破绽，没有棱角。

古代诗人有名的诗句，“抽刀断水水更流”，很可以说明这种特点，表演者从出场到进场，有如继续行进的流水。中间有波澜，有伏流，但它是不可支解、不可切断的。盖老每一个亮相，都给人这样的印象，是过去动作的收束，也是未来动作的开始。

正因为他在表演中坚持了这样的原则，注重整体力量的孕储，所以不管是多么重的动作，看起来也有着轻盈之感；多么轻松的动作，里面也有着分量。

所有这一切，全有着深厚的现实生活的基础，同时也是为现实主义的表演服务的。

这些道理，我听他说了不止一遍两遍了，而且旁听他对别人的谈话当中也经常提到这些。最初当然是不懂的，甚至觉得有些玄妙（曾经有过不少人就把他看作形式主义者），可是总觉得他在舞台上惊人的美不是没有根源的。仔细观察、印证，就得到了这些粗浅的体会。是否正确，当然有待于广大观众的指正和盖老自己的审定了。

1952 年秋天，中央文化部在北京举行第一届全国戏曲会演，盖老参加了华东区代表团。我经常在演出场所的门口，看见华东区代表团的大卡车，代表们排着队从卡车上下来。我看见盖老也排着队跟年轻的演员们一齐走进剧场去。他穿一套黑呢制服，精神很好。当时就觉得这个老人很可爱，跟年轻人在一起生活得很愉快，一些都看不出他是近七十岁的老人。

在会演中间还听见过一件故事，这故事后来又由盖老自己证实了。那就是他那一天演出《武松打店》的经过。

在演出的前几天，盖老伤了风，有些热度。一直到演出的那天，还没有完全痊愈。领导同志为了照顾盖老的身体，劝他多休息两天，把表演的时间移后。可是他自己不同意。到了当天的下午，盖老知道了领导上的决定，就跑去找领队的同志，无论如何要坚持演出。这时候原定的一些同台演员因为听说剧目改动都已经走散了，只好临时现抓，最后他还是抱病演完了这出戏。

我当时也是看了表演的，绝对没有看出这是一个发着高烧的老人所扮演的武松。后来听说了这段故事才大为惊奇。

盖老后来对我说："那天烧发得是相当高。可是我不能不演哪，怎么能为我一个人打乱了演出的程序呢？再说，我是干吗来的？其实你猜怎么样？一场戏下来，一身通汗，烧也退了，病也好了。你真不知道出一身通汗以后那份舒坦！"

盖老这种浓郁的责任感和热爱劳动的感情，是使我深深感动的。老先生可偏不肯服老，那份好胜的心情也是可以理解的。全国会演给戏曲工作者带来的激动与鼓舞，这就是一个最好的说明。

解放以后，新社会的一切在老人说来都是新鲜事物，给老人带来极大的激动。在我和他接触的两三个月中间，经常会碰到这种场合，老人十分激动地说出了自己的新的感受，仿佛可以清楚地摸得出他那感情的脉络似的。

当第一次他听我们说要为他拍摄舞台艺术的纪录片时，他激动地说："真是的。我这点玩意连毛主席都知道了，要给拍电影，我这几十年冰天雪地总算没有白练。"说到这里的时候，我看见他是热泪盈眶了的。当时我也几乎找不出什么话回答他，也没有向他道贺。我的眼睛里也潮湿了。

很多地方都使我感到，老人的心是火热的。有时候谈天谈得高兴了，他就会说：

> 我还不老，不老，差远着呢。只要能让我登台，我是还可以唱它十年二十年的。

他也激动地提出过这样的建议，带一个剧团，到全国各地去演出。让全国人民都能看到自己的表演，同时对各地的艺术团体谈谈自己的艺术经验。

对于年轻的后辈，他是一点都不吝惜自己的经验的。近两年来，他经常到学校、剧团……去做报告。他自己也非常喜欢做这样的报告。一说就是三四小时，他自己一些都不疲倦，听的人更是兴趣高涨。他的讲话里充满了内容丰富而又鲜明的例证，他更善于用动作说明他的意图，生动、风趣，更是显著的特色。

听众的激动也是必然的。他们听了极亲切的谈话，同时又发现这些谈话的内容和学习中的现实主义表演体系是丝丝入扣的。他们感到在这个老人的身上，蕴储着宝贵、丰富的民族戏剧的优良传统。

一九五六年十一月

附记：

在写了《和盖叫天先生在一起》以后，我又于1956年秋以同样的题目写过一个补篇。两文都曾在日报上连载。现在收入此书，分作上下篇，以示区别。

一九八二年十月重校记

祝贺盖老舞台上的花甲生日

盖叫天先生是一个喜欢收藏的人。到他家里去看，到处都能发现古色古香的字画、雕刻、瓷器、铜器……可是他却并不是什么收藏家，也从来不考定真赝，讲究时代的。他看见了这些美丽的东西，多少年前艺人花了如许心血制造出来的东西，于是就买回来了。

他又是个好动的人。早年养过马，玩过鹌鹑、鸟、蟋蟀，踢过足球，溜过冰。一直到现在还保持着浓厚兴趣的是游山玩水，住家在杭州湖上，每年都要到苏州邓尉去看看那四棵姿态奇古、夭矫飞舞的古柏……

他对京戏以外的一切戏曲艺术，都喜欢看，喜欢听。特别喜爱评弹，以为这中间是有着丰富的经过艺术加工的生活知识的。

这一切和他的成为一个出色的表演艺术家都是极有关系的。

他爱中国画，跟他的本行（京戏武生演员）有密切的关联。中国画和中国戏都讲究集中表现作者的意图。画家画兰花，只集中表现兰的花和叶，连根都可以不画，盆子、泥土……更可以不必写了。这一点，和盖叫天先生关于舞台造型的见解，完全是吻合的。

真的很难形容他对一个演员的舞台上的形象有多么严格的要求。站立、抬腿、走步、落座、举手、转身……一直到由很多小动作贯穿起来的运动组合，这些静的和动的身段（造型），他都要求得极为严格。不仅要求劲健，也要求秀挺；任何动作的片段，都要求像出色的雕塑。可是作为一个运动的整体，又要求浑圆，中间不许出现断裂、棱角。

只要看过他的“走边”（表现夜间行路的一种舞蹈）和“趟马”动作的人，印象里总拂拭不去那种生活被艺术语言（演员的肢体线条）叙述得如此美丽的印象。这种成就不是容易得来的。几十年来，他细心地琢磨改进着自己的身段，看见在水面上飘拂的柳条、变幻的烟云、画幅上的墨龙、瓷塑和木雕的人物，他都联想到自己的舞台艺术，他对一切美的事物是那么敏感，那么热情地吸取，用他自己的话，简直就像个“疯子”。

《武松打店》里武松入睡的身段，一臂微屈支颐，侧身而卧的形象，就是从一座瓷塑的醉罗汉脱化而来的，的确比一般仰身而卧的老法高明得多。他在舞台上回旋转侧的时候，肢体线条是那么柔软，多变化，匀称，富于动的感觉，但给你总的印象却是饱满的力的内涵。他的舞台知识非常丰富，锣经（中国传统歌舞剧的文法）极熟，动作的节奏、情感的起伏，处处掌握得异常准确。这些，都是使他成为舞蹈大师的因素。

他对丰富多彩的生活有浓厚的兴趣，肯进行研究。看见推独轮车的农民，就研究这种富于动作感的姿态；看见人们喜悦悲哀的表情，就设想他们在生活中碰到了怎样的遭遇。他是武生演员，可是自己却说："老生是我的本工，武生不过是票友。"他很喜欢分析戏，像《骂曹》《寄子》这些老生戏他都有极深刻精辟的见解，他根据人物的处境和心情，分析判断每个唱腔每个身段的正确样式，十分精到。

这样，他很自然地走上了正确的艺术道路。作为一个武生演员，他没有把自己限制在动作的钻研上，同样也极重视人物的内心刻画。于是，他创造了"武戏文唱"的独特风格，纠正了武生只顾武打，单纯追求勇猛火炽的不良倾向。

他曾经用沉痛的心情叙述过他的名作《一箭仇》获得群众批准的故事。四十年前，他在舞台上已经获得了非常的声誉，可是被一致认为"第一勇猛武生"的时候，他在不得已的情况下参加了一次义务戏的会演。在《拜庄》一场，他饰演的史文恭的神情动作，比起同台的著名老生演员不仅并不逊色而且还更成功时，观众惊异了，发现盖叫天并不只是会翻四张台子打一百多个旋子的勇猛武生而已。

他为了刻画这个桀骜不驯，内心极度狂妄而表面文质彬彬的人物，花了多少心血啊。一个抖袖，一声冷笑，一个眼神，一个位置的移动，都准确地描摹了人物心情细微的变化。连史文恭的胡子都为它赋予了感情。当他经过了缜密的琢磨，当场挥洒自如地摆弄着史文恭的"黑三"（三绺长长的黑须）时，人物的骄矜、激动、轻蔑……这些极细微的内心波澜都曲曲传出了。

从此人们承认了盖叫天的“髯口”功夫，肯定这是一种绝妙的舞蹈动作。

他为了演出醉打蒋门神的武松，观察了多少种醉人的形象，几经提炼修改成为现在演出的形式。他刻画一个沉醉而又清醒的英雄人物，通过武松的醉步，表现得那么自然，没有一些斧凿的痕迹，成为他的表演中隽妙的小品。

作为一个表演艺术家，盖叫天是个有爱也有恨的正直的人。

他在旧社会过了半生苦难的岁月，垂老之年迎接了解放。七年以来党和政府对他的尊重、爱护使老人对社会主义社会产生了最大的爱情。他一生不唱堂会戏，因此受到流氓恶霸的压迫，有十几年没有演出，过着困穷的日子，依旧关门练功。他曾经四次折腿，对一个武生演员说来，这是对舞台生命严重的威胁，可是他挺过来了。他对旧社会充满了恨，支持着他的是对艺术生活的忠实的感情。

解放以后，老人多年积蓄着的激情可以宣泄了。过去他只知道恨什么，现在他更知道爱什么了。当他发觉艺术已经成为人民的财富时，他更爱他终身所从事的职业了。

从他的日常谈话中间，经常可以感到这种可贵的激情。他从不厌倦向后辈解说他几十年来在艺术上的心得、见解，说得兴奋时，往往要做出这样的建议：要求为他做些记录，使这些有益的经验能够供给更多的人参考。他从来没有过放弃舞台生活的念头，他要求更多的演出机会，到更多的地方去，演给更多的人看。

他从来没有演说过，可是近来也常做大报告。只要接到邀请，他总欣然前往，随身带了马鞭和髯口，随讲随做，几个钟头，不知疲倦。

前两年，当国家的制片厂准备将他的舞台艺术拍成纪录片时，他是非常激动的。他尽了最大的努力，辛苦地工作。当时我曾向他提出，请他将一些重要的舞蹈身段分解开来，按照繁简的层次，编成一套可作基本训练规范的“舞谱”。他马上接受了，经过几夜的苦思，试做，修改，很快就完成了，可惜后来因为种种原因终于未能拍成。

已经是七十岁的高龄了，他依旧坚持练功，过着“三冬两夏”的生活。（他说，演员练功要在最冷和最热的天气进行，才能收效。这是一种传统的锻炼方法）最近他亲自指导几个孙儿，每天排戏。他亲自坐在旁边指点，嘴里念着锣经，任何小的动作都不肯放过，亲自下场示范，一定要达到要求而后已。他对艺术的热爱使他不能放过任何他认为难看的动作。在练功的时候，他是个非常严厉的教师，可是平居的时候，他却是个最慈祥的祖父。

党的“百花齐放，推陈出新”的英明指示，他称之为桥梁。他认为这是民族戏曲从旧时代过渡到新时代、旧艺人过渡到人民演员的桥梁。不论是谁堵塞了这座桥梁时都会引起他的憎恶，他憎恶这些横在桥上不许别人走过的人们。

他的谈话是异常风趣的，他往往通过一些有趣的比喻提出自己尖锐的批评。前两年有人错误地主张废掉京戏里的

“髯口”，改用真的毛发粘在脸上进行“现实主义”的化妆时，他想象着粘在嘴上的真实的小胡子，用手做出史文恭里的身段，说：“这可不成了猫洗脸了。”他批评舞台纪录片里演员在真实的草地上手执马鞭舞蹈是“发神经”，演员手执长枪舞蹈是“叉蝈蝈”。他自己就曾经遇到过在锣鼓声中请他手执钢刀按照斯坦尼斯拉夫斯基体系进行内心活动的无理要求。对这些错误倾向，他进行了斗争。他的炽热的激情、分明的爱憎，是使人神往的。

盖叫天在他所热爱的舞台上工作了六十年了。六十年来，他从崎岖艰难的道路上挺过来了，踏上了社会主义广阔道路。老人今后还必然要为社会主义建设做出很多有价值的贡献。为了祝贺他舞台上的花甲生日，有很多事是值得做的。

现在已经有人为他整理传记了，这无疑是非常有价值的工作。在人们明了了他是怎样奋斗过来的以后，必然也想知道他六十年来奋斗的成果。因此，他的艺术经验也应该很快很好地整理出来。他自己辛勤积累的经验，如果能为更多的人接受、使用，该是使他最高兴的事。

他有很多精心结撰的名作，几年来为“清规戒律”埋没了的，也应该重新整理演出。例如他最喜爱也演得最出色的《恶虎村》，当拍摄纪录片时，本来企图进行纪录，终于给一句“暂时不宜拍摄”的话打消了。《恶虎村》是京戏武打节目里十分优秀的一个。这个戏真正成功地塑造，也真正成功地批判了人物。这不是那种图解式的作品，是真正用现实主义的手法剥掉了伪善者的假面的。在“鼻上涂粉必是坏蛋，面孔光光必是君子”的简单看法已经过时了的今天，应该是重新估价作品的时候了。在《恶虎村》里，盖叫天不仅有出色的武打表演，而且更有精彩的、突出地代表了他的“武戏文唱”优秀风格的三义庙行路一场的表演。这种风格，正是他给京戏武生表演树立的正确方向，是他在传统戏剧艺术中杰出的贡献。

一九五六年十月廿三日成都

谈《快活林》

盖叫天最近在上海演出的节目之一是《快活林》《鸳鸯楼》。这是他的名作《武松》中间的两折戏，现在试图就剧本的结构，结合他的表演，做一点简略的分析。

武松发配孟州牢城，与施恩结识，义夺快活林，一直到血溅鸳鸯楼，这在《水浒》故事中，占了整整四回书（从第二十八回到三十一回），字数近三万。这是《水浒传》的作者着力描写的章节，武松这个人物的精神面貌在这几回书里是用浓重的笔触描绘了的。但在舞台上却要用一个小时稍多的时间进行表演，这就必须进行剪裁。剧作者在这里照例要遇到将小说改编成舞台剧必然会遇到的困难，即使在中国古典歌剧中，没有分幕分场的限制，那困难依然是显著地存在的。

盖叫天的演出本的祖本，是明代沈璟的《义侠记》。在《缔盟》《取威》两出戏里就包括了全部《快活林》的内容。剧作者在这里首先遇到的困难是结义的问题。

小说的作者先是着意描写了武松豪强的性格。首先由孟州牢城里的难友口中，交代了杀威棒的厉害。但武松却偏偏不管这些，和差拨吵翻，和管营有意地寻闹，终于弄得情况异常尴尬，势必要挨打了，但终于不曾挨。以后就又用相当长的篇幅仔细描写武松不但不曾挨打，反而受到了异常殷勤的款待。这就使他心里充满了疑团。经过了长时间以后，才和施恩结拜。

小说作者用了全力描写这个结拜并非偶然。描写了施恩对武松的敬重与爱护，尽量把利用武松复仇的企图冲淡。描写了武松对施恩看法的转变，由怀疑而谅解，终于缔结了生死的交谊。

但是在舞台上却无法使用太多的篇幅描写这个过程。从解到孟州一直到结义，中间不过是一场戏，在《义侠记》里是如此，在今天舞台上演出的也是如此。

《义侠记》原本，在这里的处理是有着缺点的。

免了杀威棒以后，施恩马上就向武松下跪，然后由老管营提出："义士，既是小儿如此敬你，请受他四拜拜为长兄，意下何如?"武松接受了，接唱："蒙优待，愿做刎颈交。若用咱时决不惮劳。……"底下老管营就唱："只为欲将仇报，幸逢义士先结好。"武松问："不知小管营有甚仇恨?"然后就由老管营说明了事情的委曲。

这样的描写，把武松写成一个没有原则的人。一听要结拜，少加推辞就接受了，而且马上表示愿意为施恩出面去复仇，绝不推辞。而且立刻就问有何仇恨，准备马上去为他复仇，并不仔细考虑对方的用意，廉价地出卖自己的同情。这和《水浒》所刻意描写的武松，是并无相同之处的。

盖叫天在这里的表演就克服了上面所说的缺点，使角色的性格更为完整，没有遭到损害，虽然剧本在这里依旧是有着弱点的。

盖叫天仔细地体会了武松的性格。他所表演的武松，在不同的阶段里有着不同的面貌，是有发展的。在《打虎》里，我们看到了武松勇敢的一面，可是在十字坡打店里，我们就又领略到角色非凡的机智。武松并不是有勇无谋的那种人物。事实上，来到孟州之前，武松已经经历了不少人世的折磨，懂得了更多的事情，他看饱了封建社会里人情的冷暖，饱尝了人世的艰辛，明白了这个社会并不全是坦途，相反，倒是满布着崎岖、坑堑的。他应该更为成熟，更为老练，他已经不只任凭了自己性格里粗豪一面去发挥，却要更仔细一些。

盖叫天演出的武松，在接受施恩结拜的要求时，是经过了推辞的。然而由于习惯了江湖上豪侠的行径，就爽快地答应了。紧接着在饮宴之中，由于施恩的几次停杯不饮，又引起了他的疑心。武松在这里并不是单线的人物，他有着跳跃的内心活动。

施恩　(左臂疼痛，停杯不饮）咳！

武松　贤弟因何停杯不饮，莫非有心事？

施恩　无有什么心事，请来饮酒。(举杯，未饮又放下）咳……

武松　啊，贤弟，我看你定有心事，与我说明，我与你分忧解愁。

施恩 无有什么，大哥请酒。（举杯看膀）咳！

武松 （起疑）哦呵明白了。

施恩 明白什么？

武松 你乃宦门公子，与我武松结拜，想是玷辱于你，是也不是？俺便去也！（起立离席）

在这里，他的表演，是可以使人分明摸出角色情绪变换的脉络的。武松并不是一个天生多疑的人，所以在第一次发问后，得到了解答也就释然了。第二次的发问，是武松主动提出予施恩以帮助的建议，等到第三次才引起了他的疑心。这种心理发展的过程是入情入理的，缺少了一个就会显得不合适，使人物性格受到破坏。

盖叫天在表演“起立离席”时的身段是起立，撩衣角，抬起左腿。身段极为简单，可是又极为美妙。平抬的左腿使观众能看到薄底快靴的靴底，动作极为干净，与武松浑厚的气度糅合在一起，充分显示了英雄的心事。他已经学会了练达人情，因此才会猜测对方的心理。可是这又完全不同于那种多疑的性格，在说出自己心里的话以后，就马上用行动表示了态度“合则留不合则去”，这和武松性格中间的基本因素豪爽是统一的。表演者在传达角色内心变换的时候，不会有片刻忘记对基本性格的掌握。

正是由于表演艺术家这种现实主义的表演，弥补了由小说改编戏剧时难于克服的缺憾，《水浒》作者用了一万多字描写武松和施恩友谊的建立，使它不显得突然，使武松的性格更完整，不会被认为是单细胞的动物、受了小恩小惠就不惜为人卖命的单纯的打手。作者是费了苦心来经营的。转变到剧本里，就只能是几句台词。可是通过卓越的表演，在两三分钟里面使观众清楚地经历了武松的内心世界，起了和小说相同的作用。这就不能不使我们感到，这种现实主义的表演是非常可贵的。

所谓“武戏文唱”，我以为就是为了反对不进入角色内心，只是单纯地追求外在的“猛勇”的形式主义表演所提出来的正确口号，并不是要求把武戏演得“瘟”。盖叫天在剧情要求必须进行勇猛的表演时，是会有更出色的勇猛表演的；可是他并不在踏出台帘的第一步就做出挺胸鼓肚、满面凶气的打手状。这应该是值得引起广大观众和演员注意的事情。

一九五五年三月

重演《恶虎村》

——湖上的哀思

《恶虎村》是盖叫天的名作。在几乎是绝迹歌坛三十年以后，在盖老被林彪、“四人帮”残酷迫害死去将近十年之时，今天由盖老的小儿子张剑鸣（小盖叫天）和其他许多位老艺人重新搬上了舞台。伴随戏的排练、演出，上海文艺界展开了热烈的争鸣，围绕它和《四郎探母》《连环套》《斩经堂》等几个剧目的评价，探讨了批判、继承传统剧目的一系列问题。由于得到了可贵的支持，《恶虎村》安排了三天的公演。在上海最大的剧场里，三天的戏票，在两小时中卖光了。群众的热情，不是用什么“票房价值”之类精巧制作出来的词汇所能抹杀的。这一切，都是近日来全国人民继续解放思想，空前思想活跃局面的极好的例证。

在我自己，是有许多话想说的，远在三十多年以前，就在《旧戏新谈》里对这一类“公案剧”表示过意见，那些议论就是看了盖老的演出以后引起的。时光飞速地过去了，自己的意见并未发生多大的变化，而三十年来对此戏的评价恰恰是走了一个“否定之否定”的弯曲的“之”字。当然，这个过程到今天也还并未终结，还有激烈的争辩。事实也确是如此，确认一个剧目，一个主题，一种思想，是不可能不伴随着一场大喊大叫的。

不能不回想起一九五三年秋为了编定《盖叫天的舞台艺术》纪录片在杭州和盖老相处的那些不易忘却的日子。

想在一部纪录片里将盖老的平生杰作一一网罗进去，是困难的。我想只有用“集锦”的方式，把许多剧目中的精彩片段组织起来，由盖老自己总结、编定一套“舞谱”作提纲式的说明，具体的演出就成为例证。在选择剧目时，盖老平日演出的三天“打炮戏”——《恶虎村》《洗浮山》《一箭仇》是首先考虑进去的。

这种考虑，今天看来不能不说是“书生气”十足的，值得感念的是，当时已是六旬老人的盖老似乎比我这个年轻的晚辈还要“书生气”，他极为热情地支持了这种设想，花了几天夜以继日地思索，很快就构思好了一整套完整的“舞谱”。这是结合了基本功、基本程式和舞台具体运用的一套精炼的、完整的、具有盖派特色的京戏武生舞蹈的“百科全书”式的动作谱。我看见他亲自表演过好几次，边表演边修改，最后他自己也感到颇为满意了。他对我说，他几十年来一直不断琢磨，探索怎样在台上不变成“棒槌”，那经验和方法都在这里了。盖老在这里表现了他对艺术的忠诚，他完成了任务，可惜的是这个舞谱在审查时没有能通过，原因大概是无此一格。这样它只在剧本里留下了几句话。我没有本领用笔记录下他那瞬息万变、流走飞动的舞姿，我想，当时在一旁的小盖大概是还多少记得一些的，因为他是每天陪伴父亲练功、家学渊源的内行。

《恶虎村》是被用“暂时不宜拍摄”的理由否定，抽下的。《洗浮山》也同样。盖老看到我的苦闷，安慰我说：“不要紧，咱们想个办法。咱们改成水浒英雄美髯公朱同。”这样，《洗浮山》里的贺天保变成了朱同，剧目变成了《七雄聚义》。那一场著名的载歌载舞的“石榴花”马趟子在银幕上保留下来了。盖老还提议在朱同的表演（双刀）中插入一些海宁潮的镜头，他说那一套双刀，和雪浪翻飞的江潮有同样的气势、声色。他的兴致是那样好，还约我到海宁亲自看看秋潮。他自然不熟悉电影里蒙太奇那样的手法，但老艺术家思想之活跃、想象之丰富、创造欲之强烈，使我这年轻人十分惭愧，在他面前，我不能不承认自己头脑有些僵化了。这个美妙的设想，不用说，也没有能实现。

在这里，我完全没有责难、嘲讽当时表示“慎重”态度的人的意思，他后来也是被林彪、“四人帮”迫害死去的。他在当时，也认为这些节目、意图都是出色的，但终于不能不表示“慎重”。在这里起主要作用的是笼罩着文艺界的那种无形的压力。有勇气突破它的人是很少的。不过今天还能听到一种说法，一些老艺人解放后因为思想觉悟提高，所以自动放弃了一些“不良剧目”。这是不能不使人感到奇怪的，至少是与实际情况有出入的。盖老已经不在了，我有责任用亲身经历的事实，证明这种说法的并不确切。

在盖老舞台生活六十年纪念会上，他为了满足大家的渴望，又恢复了这个演出节目。第二年，我才有机会写成《谈〈恶虎村〉》，系统地述说了我的意见。从文章发表开始，我就一直等待着似乎是必然降临的批判，奇怪的是，一直到今天还平安无事。这是使我感到非常意外的。

去年盖叫天老人的追悼会在杭州举行，因为种种原因没有能前往参加，后来才陆续知道一些情况。朋友见告，盖老夫人向许多参加追悼会的人都问起了我，这就给我增添了“负担”。不久前终于决心重游湖上，与其说是为三竺六桥间的春色所吸引，还不如说想去探视、慰问盖老的遗族的愿望来得更迫切一些。到杭州后立即设法打听地址，第三天一早就赶到保俶塔下的松木场去。那里是一群新建的宿舍楼，打听了许久才在最后一幢的三楼一角找到，户主用的是小盖的小女儿的名字，这是盖老的小孙女，当年在金沙港时常看见，那时还是抱在妈妈手里的婴儿，现在是她陪伴着八十四岁的祖母住在新楼的两间小小的宿舍里。

盖老夫人的身体和记忆力都极好，尤其令我惊异的是，她至今还保持着那么好、那么开朗的精神状态。一个多小时中间她向我详细叙述了他们全家在十多年中间的遭遇。她十分平静，有时还微笑着追忆一些生活的细节。例如，她说到从金沙港的旧居里被赶到一间破草房里定居时，就告诉我说，这临街的草房就在附近，前两天已经粉刷一新，因为有一对新婚夫妇将住在那里。她还说起在最困难的日子里，买米买药的钱都没有了。可是就有那许多相识或不相识的人，三块五块、十块八块地送钱来接济他们。这无一例外都是一些劳动人民从他们的工资里匀出来的，那捏在手心里的一两张纸币还带着体温和汗气。老太太说她不会记账，可是也一笔笔地记下了一厚本。为了提防搜查，不敢写下真名，就用代号。不久前才一起结算清楚，还掉了。当她微笑着向我叙述这一切时，我的双眼湿润了，同时也明白了为什么经过这么沉重的打击之后她不但活了下来，而且还活得如此坚强的原因。

新居的房子极小，可是墙壁粉刷得雪白。房子里面被几件古色古香的家具塞得满满的，这些质量并不好的旧式家具是从故居收回的仅有遗物。墙上挂着盖老的遗照和吴湖帆写的“英名盖代三岔口，杰作惊天十字坡”的对联，也是劫余仅存的。这里使我想起盖老在上海宝康里的故居，那风格，那拥挤都是一样的，只是没有那里的陈旧和阴暗。

这两间新居的面积大约只有他们金沙港旧宅的三十分之一光景。我问起那旧宅，她笑笑说，不打算回去了，也找不到填满那些屋子的家具。这些话说得坦然而平淡，但我却总忘不了那悬着“百忍堂”匾额的大厅，我曾经借住过的厢房，和围墙上有长尾巴松鼠走来走去的天井。这次曾经好几次走过岳坟，却总没有折向金沙港去的勇气，像逃也似的离去了。

有许多旧时的记忆，当重新拾起时是会带来未能预期的痛苦的。当我从杭州回来，打算写些小文章时，曾好几次写下了题目，有几次还开了头，但终于都不能不废然而止。我想，这大约只能落入一种有目无文的情况。但在看了小盖的几次演出，特别是看了《恶虎村》以后，我改变了自己的想法。

演出给了我很大的满足。我想这是最近一个时期来我所看到的最好的演出。有人计算过，陪了小盖登台的十五位老艺人的年龄加起来一共有一千岁。萧德寅的濮天雕，艾世菊的王梁，伊鸣铎的丁三把，阎世喜、阎少泉的两位嫂嫂，钱富禄的王栋……他们的表演，都毫无愧色地显示了应有的分量。事情似乎是这样的，只要他们出来在台上一站，这戏就站住了。这是很久以来，不曾在剧场里体验到的感受了。小盖在台上，有许多地方，一举手，一侧目，一颦一笑，常常有神似盖老的地方，看了这些使人心酸，又使人高兴。观众终于在舞台上又找回来几乎熄灭的奇妙的光彩，即使不是全部，也感到非凡的满足。

从这些老艺人身上（小盖今年快六十了，也可以如实地算作一位“老艺人”），不是可以清楚地看出在“四个现代化”的征途上大步向前的蓬勃、雄伟的气势吗？他们花了半个月左右的时间，流大汗，拼老命，找回了《恶虎村》，他们为的是什么？这是每一个观众都心里有数的。

生活里曾经发生过许多悲剧，甚至是严重的悲剧，但它产生的后果往往是积极而非消极的。最近以来，愈来愈多的事实都在证明着这是实在的。这是在走出剧场时突然产生的一种感想。观众、演员……他们选择了对离开了我们的老一辈表演艺术家最好的纪念方式。是的，除此以外，将别无更好的方式。

一九七九年七月十七日

读剧随笔

谈《玉簪记》

一

高濂是明万历中钱唐人。关于他的生平，我们知道得很少。只知道他字深甫，号瑞南。他写过两种传奇，《玉簪记》以外，还有《节孝记》二卷。此外有《雅尚斋诗草》初二集。比较著名的是《雅尚斋遵生八笺》，有万历刻本。（此外尚有《芳芷栖词》二卷，汲古阁抄本，题《瑞南居士高濂深甫》。这个毛抄本原来是吴兴陆氏的藏书，现藏日本静嘉堂文库，《静嘉堂秘籍志》卷五十著录。）

高濂是有名的藏书家。《遵生八笺》中的《燕间清赏笺》里有论藏书的一段话，论宋元刻本，论刻工，论纸墨，论书贾作伪等，都极细密而当行。他最喜欢收藏医书，他自己曾经刻过一部《参订仙传外科秘方》，版心有“万花居”字样，我见过天一阁所藏的一本。他的藏书流传下来的是很不少，士礼居黄氏，海源阁杨氏，都藏有他家的遗书。他所用的斋馆名除去“雅尚斋”外，还有“瑞南庄”“妙赏楼”“万花居”等。

《遵生八笺》一书里包含了八个子目，广泛地涉及了养生、医药、饮食、赏鉴，以及花木、单方等，可以说是开明代小品、杂纂风气的早期作品。但是内容却远较晚明的那些杂抄汇辑的小品清言为充实，作者常识的广博是值得重视的。我们虽不能详知作者的生平，但从他的著作里却可以看到这个人物的大致轮廓。他生活比较优裕，住在杭州，对文学艺术有广泛的兴趣，讲究生活享受，也注意研究医药、古董和其他各方面的知识。

从明初靖难以后，经过一百多年的休养生息，社会经济生活有了显著的发展与提高，特别是在东南地区，像杭州这样的城市里，手工业、商业就更为繁荣。在这样的社会基础上产生了相当高度的文化生活，原是很自然的事情。从张岱的《陶庵梦忆》里可以看到这种文化生活达到烂熟阶段以后的大略面貌，而高深甫则可以说是前期的代表人物。

高濂写了两个剧本，得到了很高的评价，但也受到了不少批评。这说明他是才人，而不是学人。对戏曲有兴趣，但却不是专门的曲家；在写作中有才华的溢露，但也有粗疏的表现。这也可以说是明中叶以后产生的一些才人文士相当普遍的特点。

二

《玉簪记》的故事是有所本的。《古今女史》里记：

> 宋女贞观尼陈妙常，姿色出众，诗文俊雅。工音律。

张于湖授临江令，宿观中。见妙常，以词调之，妙常亦以词拒之。后与于湖故人潘法成通。潘密告于湖，以计断为夫妇。

首先将这故事搬上舞台的是无名氏的《张于湖误宿女贞观》杂剧，是十多年前发现的也是园旧藏元明杂剧里的一种。明人抄本。赵清常手校。

高作《玉簪记》应该说是杂剧的改编，不过是做了大量增删改写的改编本。像第二折里妙常所写的一首《西江月》词，高作一字不改地保留在《玉簪记》的《词姤私情》一折里。可是在杂剧里，潘必正看到这首词时，妙常正巧被观主请去。潘就写下了一首答词。陈妙常回来看见了答词发怒，要到观主处去首告。等到潘必正拿出她的原词以后，两人才和解了。但在传奇里潘必正没有写答词，妙常也没有被观主请去而在那里小睡。她醒了以后，必正就用她原词里的语句组织挑逗性的谈话，也同样引起了争论而终于和解。

显然，这样的改动比原本要好一些。不但布局更紧凑，而且人物性格也勾勒得更细腻了。

在杂戏里，潘必正拿出她的原作《西江月》以后，陈妙常就“慌赔笑云”：“哥哥，我哄你哩。”接着她就主动地说：“既先生不弃陋拙，略备蔬酌，今夜成其伉俪。”

但在传奇里，当潘必正说了“自古道偷书不为贼”以后，妙常有一段自言自语的唱词：“这场冤债诉凭谁，当初出口应难悔，一点灵犀托付伊。”紧接着背转身去，才唱出

“几番羞解罗襦”一句来。

这无疑也是改写本的高明之处。人物内心的过程，在四句唱词里曲曲地描绘出来了，没有了杂剧里那种生硬转变的痕迹。

在杂剧里，陈潘成其夫妇以后过了半年光景，妙常身怀六甲，身体蠢坌，看看出怀，才被观主发现。将二人捆了送到建康府，当官发落，各自归宗。最后才给张于湖断成夫妇。虽然杂剧为体制所限，不得不采取这样比较简单的处理方法，可是与《玉簪记》相比，就显然不如后者的成熟。

高濂不但增加了“姑阻佳期”一场好戏，借用巧妙的情节进一步刻画潘陈热恋中间细腻的心情变换，而且还添写下《逼试》《秋江》两折，突出了剧作的社会意义，而且带来了更多的起伏，更好的节奏感。

这些，都是高作在杂剧的原有基础上，有了进一步发展与提高的地方。

上面所说是高濂撰写《玉簪记》从杂剧《张于湖误宿女贞观》直接接受的影响，至于从其他剧曲名作所接受的影响自然也是有的。特别明显的是从古典作品《西厢记》所接受的启示。高濂在剧本里曾经有过像“待月行径”的句子，而且运用了“弦里传情”这样的情节，这都是比较显著的模拟、运用的痕迹。《玉簪记》的结末，还穿插了这样一段情节。一个正净所扮的王公子，请王师姑设计赚陈妙常酿成纠纷，最后给张于湖打了一顿板子了案。这个插曲为张于湖这个人物做了交代。作者的构思，显然也和《西厢记》里的

《郑恒求配》不无关系。

这种明显的继承关系是值得注意的。这不但说明了《西厢记》在元明剧坛上的地位与影响，同时也说明了剧曲流于公式化甚至程式化的痕迹。仿佛这已经成为剧场的规律，不但中状元、大团圆成为套子，而且必须有作战的场面如“兵围普救”，必须有插科打诨的人物如郑恒。

在万历继志斋本的《玉簪记》里，第二十四出《春科会举》下面是没有文字的，只有六个大字，曰：“例当照常不录。”在后出的汲古阁本里就干脆删去了这一折。可见这样的过场戏，在万历中的舞台上是经常出现的套子。

三

《玉簪记》一出现，就受到广大观众的欢迎。这从剧本写出以后一百年左右陆续不断地再版、翻刻的情况可以知道。但是在批评家的笔下，还是“毁誉参半”的。

现在先将前人的评论摘要加以介绍。在这些批评里，多半是就技巧着眼进行评论，很少涉及作品的主题意义的。

明祁彪佳《远山堂曲品》将高濂的两部作品都列入“能品”中。祁氏的评论是：

“幽欢在女贞观中，境无足取。惟着意填词，摘其字句，可以唾玉生香；而意不能贯词，便如徐文长所云‘锦糊灯笼，玉镶刀口’，讨一毫明快不得矣！”

祁彪佳并不是道学先生，但是对发生在女贞观里的爱情事件，也还是不以为然的。这样的评论就正好说明了作品强烈的社会意义。作品歌颂婚姻自由，抨击封建势力，本是古典戏剧里普遍的主题。但作者不蹈恒蹊，把典型环境和人物安排在“女贞观中”。这样就能更深刻地表现主题，更强烈地揭开反抗意识。典型环境是有助于主题的鲜明的，这是很明显的优点。

祁彪佳下面的一些意见，就谈到写作技巧方面去了。其实，高濂虽然是个出色的剧作家，但却不是一个专门的曲家。关于《玉簪记》的用韵、按律诸方面，前人的意见更多。吴瞿安先生就有过这样的批评：

> 记中《寄弄》《耽思》诸折，文采固自可观，而律以韵律，则不可为训。（曲选）

《玉簪记》当中的《琴挑》一折（即《寄弄》）是直到今天还不断演出的名作。但是它的用韵，是受到普遍的批评的。四支《朝元歌》，“真文”韵里夹什了“庚亭”的“清”“听”，“侵寻”的“心”。“闭口”“鼻音”“抵颚”同时出现在这里。于是就难于上口，使歌人不得不“宛转叶之”，还是唱不到家。（杂见《顾曲麈谈》）

以上是前人对《玉簪记》的主要意见。

尽管高濂不是一个专门的曲家，可是他所创作的《玉簪记》却依旧受到广大人民长时期的欢迎，《琴挑》虽然不合音律，但在舞台上却依然传唱到今天。虽然它不曾脱离“传奇”的“佳人才子”的套子，但它又是有独创性的，在塑造典型上有着不平凡的成就的。

无疑，在封建社会里，争取恋爱和婚姻自由是有着重大社会意义的主题，描写这样主题的作品占有极大的数量。但是表现这条主要社会生活规律的不同作品，却通过了不同的生活侧面。不同的艺术形象，反映了生活。这样具有真实性和典型性的不同作品就都有着现实主义的特色。这是一个有趣的问题，也是一个在每个时代里都普遍存在着的问题。

前面说过，《玉簪记》在很多方面都接受了《西厢记》的影响，两个戏的主要情节也是相差不远的。但是并不能说《玉簪记》就是公式化的作品。问题还不在“幽欢”一个是在普救寺中，一个是在女贞观中；一个是相府千金，一个是女尼。问题是在，在不同的作者的笔下，的确塑造出了两个有着鲜明个性的不同人物，也都成为典型。她们都在恋爱，她们都在不同场合里表现了少女的心情，她们都受到男方的追求，可是她们在决定性的关头的举措，她们内心里的矛盾和解决的过程却是不同的。结果都使观众信服地承认了她们的行动的真实性。

观众不是从角色的服饰上判断不同人物的，观众是从上面所说那些不同方面来认识不同的人物的。

这就是《西厢记》《玉簪记》以及其他一些成功的古典作品，虽然都描写的是才子佳人的悲欢离合，却并未陷入公式化陷阱的缘故。

在上面的一章里，已经约略地谈到《玉簪记》从《张于湖误入女贞观》发展过来的痕迹。这种变化除了由于作者主观意图的分歧以外，是不能不受到“杂剧”和“传奇”的体例的影响的。

杂剧通常只有四折加上一个楔子，而“传奇”就要多到三四十折。戏剧为什么从比较精炼的结构走上烦琐、拖沓的格局呢？这原因现在还不能完全知道，因为一些剧场情况、班社地位的变化……的历史文献不足或尚未得到很好的研究；但从现存大量明人传奇的结构里，也多少可以说明一些情况。

如上面所说，传奇的套子里照例要有些“会试”中状元的场面（也就是大团圆的结局），照例要有些战争武打场面，照例要有些反面人物出来插科打诨之类。首先应该承认，这都是观众所需要的东西。

由于传奇题材的局限性，不能不力求变化，武打和丑角出场，都是很好的办法，是为观众所欢迎的。但成了程式以后，作者又不能使这些场次与主题有很好的结合，就会造成表演不集中、场次繁多的缺点。

《玉簪记》的作者在这里也遇到了困难，解决得也不够理想。

杂剧里的陈妙常是“本贯建康府升平桥下陈头巾的女儿，十岁时父母舍身，在通江桥女贞观中出家的”。但在《玉簪记》里，陈妙常却是在靖康之际遭金兵入侵，母女离散，不得已才避难到女贞观里的。作者这样布置，除了让张于湖有机会“大败金兵”一次，增加一场武打以外，自然还有别的企图，他是想加强作品时代背景的刻画，使作品的主题意义更为深厚的。自然我们不必因为有了这样的场次就说作品里有着怎样的“爱国主义”或“民族意识”，但应该承认这样的企图还是存在的。但是作者却并没有很好地把这个情节和主要线索结合起来，终于使它们成为游离与主题无关的场子了。（自然，我并不是主张作者使潘必正投笔从戎，杀敌封爵而归再大团圆，其实这也是另外一个套子）

其次，我想谈一下传奇里经常出现的插科打诨的问题。

观众为什么欢迎戏里增加一些科诨，那原因也是不难理解的。首先，观众要求戏剧的发展有节奏，有间歇，有不同的处理风格。特别是在长至三四十折的传奇里，这样的要求更是完全可以理解的。其次，在封建时代里，演员借丑角的嘴，对黑暗的社会现象发出正面或侧面的抨击、讽刺，当然是会受到观众热烈的欢迎。

如《玉簪记》里描写了几个尼姑，其中就有丑角，说过这样的独白：“尼姑尼姑，原有丈夫；只要趁些钱财，来戴这个毗卢。”这里就表现了作者对封建社会庵寺的反感。他对这些表面上相信神佛，但底下却别有苦衷的人物是充满了不敬的。这和作者对陈妙常的同情是不可分割的两个方面。作者在戏里写道观，有时又像是尼庵；写了不少佛典，又杂入了不少道家之言。如果说作者连这样的常识都没有是不可理解的。我想这只是表现了他对这两者同样的不敬而已。

又如《玉簪记》的第二十六出《金门献策》里，作者写了一个仕子，场后吹牛：“吃小弟卷子内直写去，杀了秦桧，天下就平，中原就复。”另外一个说：“语句特硬了些。”他就说改了一改：“朝政悉委秦老爷掌管，天下就平。”这个

“硬了不好，软了不好，实在难弄”的丑角，倒是刻画得好的。

关于插科，明代有名的曲家王伯良有一段精辟的见解。在《方诸馆曲律》里他说：

> 插科打诨，须做得极巧，又下得恰好。如善说笑话者，不动声色，而令人绝倒方妙。大略曲冷不闹场处，得净丑间插一科，博人哄堂，亦是剧戏眼目。若略涉安排勉强，使人肌上生粟，不如安静过去。古戏科诨，皆优入穿插传授为之。本子上无甚佳者。……黄山谷谓作诗似作杂剧，临了须打诨，方是出场。盖在宋时已然矣。

这里论插科说得很好。特别指出作家不甚重视，多半是艺人的创作这一点，特别值得注意。这种插科的调节作用，使用得恰好，每能给观众留下不易忘记的印象。

京剧《玉堂春》三堂会审中有一场《请医》的哑剧，没有对白，用音乐作衬，描写医生为王金龙治病的动作，实在是非常高明的创作。除了舞台形象不够严肃之外，这个场子是无可非议的。王金龙受了刺激，不能不“病”，戏剧发展到这里，必须有一些回荡，无论在情节发展或戏剧节奏上都必须如此。这一场的运用实在是很高明的。

明人院本里的插诨，正如王伯良所说，佳作是很少的。特别容易犯的毛病是夹杂一些秽语，《玉簪记》里这样的缺点也还是存在着的。

无论是武打的场子，小小的过场垫戏，以及一些插科打诨的场子都是明代传奇这种独特体制必然的产物。在这种长达几十折，往往要演上一天一夜的本戏里，不采用这样的措施是不行的。同时，古典戏剧没有布景，上下场有特殊的方便，也是产生这些场次的重要原因。有些场子，基本上是起着幕间休息的作用的。

至于为什么一本戏要有这许多折，要演上一天一夜，这种体制的产生我想可能有这样几方面的原因。

社戏，无论是农民在农闲期间为了自己娱乐或祭神演出的戏剧，都是集中在一两天或更多的几天的节日里演出的。这就要求有完整的故事的较长的剧本。像《目莲救母劝善戏文》就有三卷之多，比起一般的传奇还要长上一倍，就是显著的例子。观众固然热心地看，但是要休息也可以随便离开剧场。反正故事是熟习的，中间跳过几段不看，也并不妨碍继续欣赏。

至于都市的演出，就不一定要在节日里了。富裕的人家往往养着班子，随时都能唱的。这些班子的演出就不受季节和时间的限制，往往从清早就唱起，看戏可以随意地看，一面吃酒谈笑，一面看戏，直到深夜。这种剧场风光，我们在明人的小说笔记里经常可以看到。明人传奇的体裁，和这种剧场要求是有密切的关系的。

在今天看来，这样的结构就难免不给人以松散、不集中的感觉。而且，戏剧不可能一开场就安排精彩的场子，因为要等观众吃完了饭，精神集中了才能安心欣赏。因此，往往是在上卷之末下卷之初，才真正展开戏剧冲突，在《玉簪记》里情形也正是如此。

传奇作者从下卷开始的第十六折起，用了八折戏的篇幅，展开了主要人物的矛盾冲突，除了第二十折的《媒姑造计》是插进来的另外一条线索以外，其余的七折都是紧紧抓住了陈妙常和潘必正恋爱过程的重要变化，进行刻画的。

作者首先用听琴的情节，写潘、陈两人的偶然相遇，以及两人心事的吐露。这种心情的吐露，开始时是含蓄的，是借两人所演奏的两支琴曲传出的。等到潘必正以同情的声口，进一步揭开了对方的内心苦闷，触到了她少女的羞涩，她生气了，逼得潘必正不得不告罪辞去。作者紧接着又描写了逼走了必正以后妙常懊恼后悔的矛盾心情。

在这精炼、紧凑的一场里，作者像剥笋似的对人物内心做了一层深似一层的揭露。一对实际已经相爱但彼此又在摸索对方真实心意的爱人，是被深刻细致地刻画出来了，虽然作者并不曾浪费了多少笔墨。陈妙常作态的发怒和后悔，潘必正勇敢地提出了挑逗性的试探，又随即闪避开来，都是初恋者心情的真实抒写。他们所唱的两支《朝元歌》，是对作为一个少女的陈妙常在尼庵里的苦闷生活的真实刻画和抗议。陈唱的一支出于自白，比较含蓄；等到由潘必正说出自己的同情时，就更为显露。难怪她要被打动心弦，更不能不假作发怒，她实在无法立即接受这自己所十分肯定的事实，因为这是出自一个并不十分熟悉的男子之口的。更难怪她惊奇地产生了知己之感，更肯定了自己对潘必正的爱情。

作者在展开了角色的正面冲突以后，紧接下来，就又进行了分别的刻画。《旅邸相思》描写潘必正的心事，《媒姑议亲》描写陈妙常的心情。在这两折里，又都借第三者的关怀，进行了更深刻的刻画；自白性的抒写是不可能完全使人物内心突出的。

潘必正本来害的是相思病，但不知内情的姑母却热心地来关切，请了"算命通神"的先生来，进行了一通莫名其妙的"治疗"。她还从不同的角度全面地对侄儿的病因进行了猜测。这些多情的关注，却只能引起潘必正的烦躁，引起观众会心的微笑。

同样，陈妙常正在愁思万端之际，却又来了一个王师姑替她做媒，一连串的不入耳之言，难怪她烦躁地把王师姑打发走了。

正是这样的篇章，把人物的内心做了更深的揭示，同时也显示了作品的喜剧风格。

也只有这样把弓弦拉紧了，箭射出去才有力。有了这样的场次，下面的《私情》一折才不显得唐突，人物性格的发展才显得十分真实。

这一对恋人在戏剧里的必然遭到磨难，观众是早就预期到的。但不像在杂剧《张于湖误入女贞观》里那样，半年之中平安无事，一旦发作，就给捆了送进官去。高濂在这里的改写是付出了劳动的。在发觉以前固然不曾十分平安，发觉以后的处理，也并不那么直截了当。

《姑阻》一折，十分真实地写出了现实生活里必然会发生的现象。不可能想象这一对爱人之间的幽期密约都是平安无事的，也不可能想象他们结合以后的生活是连一些风波都没有的。作者在这一折里借一些微小的细节，饱满地着笔，弥补了这些缺陷。给戏剧带来美妙的节奏感，更深入地描绘了他们的爱情生活。爱人中间小小的、必然会有的猜疑，给作品带来更为真实的感觉。作者的构思是从生活出发的，这使作品成为描写爱情生活的不落窠臼的力作。

同时，这一折戏还是带着明显的喜剧风格的。

《玉簪记》从古典名作《西厢记》接受了必然的影响，但却并不是它的翻版，这里有了可贵的发展，在在都使人感到作者所花费的辛勤劳动。因此并不会使人感到这是公式化、概念化的作品。

《秋江哭别》一折，更是整个剧本里晶莹闪烁的篇章。读了这一折我们感到，作者真是用了最大的热情，同情并描写了这一对爱人的爱情生活。作者不是用“蜻蜓点水”似的方法描写爱情，要写就写到底，即使是“余波”吧，也决不放松。

作者在这一折里延续并发展了喜剧的风格。哭别的一对主角前后分两起登场。从开场起就一直保持着贯穿的“赶”的动作，体现了一对爱人不能忍受的离别的痛苦。潘必正被姑母逼上船去，眼看着开了船才罢。陈妙常赶着要到江干作别，却又望见了江楼上的观主，不得不躲在人家的竹院里。终于来不及在江边见面，必须另乘一船赶去。

这里又夹写了一个风趣的艄公作梗，几次三番的推托，把陈妙常的焦急心事完全逼了出来；然后再夹写潘、陈两人在船上的心情，一直到两船相并。

整折戏无论唱词、对白还是动作，都充满了“动”的感觉，绝没有一些静止的迹象。处处都使读者感到角色内心的跃动，在空无一物的舞台上使观众有千里秋江、双桨如飞的感觉。作者在这里凭空结撰出真实环境里的活生生的人物，不仅看到了在秋江里疾驶着的两只船，而且还感到了两人互相吸引的炽热的心。

显然，《西厢记》里的长亭送别是给了作者一定的影响的，但是有谁会引起相似的联想呢？写到这里不由人不想起《脂砚斋重评石头记》里一条批语。在贾芸向醉金刚倪二借银子一段上面，“脂批”说：“这一节对《水浒记》杨志卖刀遇没毛大虫一回看，觉好看多矣。”是的，如果对比起来，我觉得《秋江》比起《长亭》来也是“好看多矣”的。

古曲作家这种向遗产吸取滋养并且进行创造性发展的努力，是值得好好学习的。

写到这里，不能不提到作者所使用的语言。

一般说来，元曲的语言，还是朴实的。发展到明人传奇，就开始追求典丽。到了末流，就只剩下了堆砌词藻。几乎不可能发现任何有生气的句子，全部变成典故搭起来的七巧板之类的东西。读者如果想寻求作者的意图，就只能通过典故譬喻的本身去猜。这样的剧本连读都感到吃力，更何况在剧场里听。这种难于理解的语言，必然造成脱离广大群众的后果。昆曲的衰微，这是一个主要的原因。

这种显著的缺点，是很早以前就经人提出来了的。明代的王伯良在《曲律》里就论到“字法”。他说：“下字为句中之眼。古谓百炼成字，千炼成句……”

他这里所说用字必须审慎推敲，是值得注意的。这正说明了古人反对草率从事创作的辛勤劳动态度。底下他又嘲笑那些“将剧戏标目，一一用经史隐晦字代之”的“好奇”的人。他说：“此等奇字，何不用作古文，而施之剧戏？可付一笑也。”

王伯良并不一概反对“用事”（也就是使用典故），他提出的原则是“务使唱去人人都晓，不须解说”。他讽刺那种“句句用事”的作品是“盛书柜子”，只能“使人厌恶”。他还提出了四十条“曲禁”，在用字用典方面，他正确地展开了反对两种不良倾向的斗争。他反对：

> “陈腐”（不新采）、“俚俗”（不文雅）、“粗鄙”（不细腻）、“方言”（他方人不晓）……

同时他又反对：

> “蹈袭”（忌用旧曲语意，若成语不妨）
> “太文语”（不当行）
> “太晦语”（费解说）
> “经史语”（如《西厢》“靡不有初，鲜克有终”类）
> “学究语”（头巾气）
> “堆积学问”“错用故事”……

他说，这许多原则是必须“具列以当约法”的。

这许多提法，在今天看来，也是完全可以同意的。我们不难想象，王伯良的这些说法，绝不是无的放矢，他是针对了明人传奇的通病而发的。

在王伯良以后三百年又出现了一位用诚恳的态度研究古典戏剧的学者王国维，他认为元曲文章的好处是“自然而已矣”。关于他这句话，近来遭到了很多人的反对，认为不全面，是孤立地欣赏元人戏曲文字，不去探索作品的思想内容……

我想，王国维的思想必然无疑有很大的局限性，他不可能掌握正确的马列主义美学的观点，他还有许多唯心主义的思想方法，但是他之所以干脆地提出元曲的好处是“自然而已矣”的看法，我们应该是可以理解的。看了大量的堆砌词藻的明人传奇以后，再回头来看初期的朴实有生气的元人杂剧，他是必然会发出这样的慨叹来的。他所指的“自然”，我觉得就是反对雕饰、蹈袭、晦涩、掉书袋……换一句话说，他在这里坚持的是现实主义的创作原则，他反对那些形式主义的方法。虽然王国维不曾做大量的具体的分析，没有更明确地提出自己的观点，但我觉得他的说法的本意确是如此。

如果我们现在来看一下《玉簪记》的语言，必然也同样感到，它是具有明人传奇普遍的弱点的。但是，它也在某些优秀的篇章里突破了这样的弱点，做出了非常可喜的成就。

《玉簪记》里充满着典雅的词藻，正如祁彪佳所说，作者是“着意填词”的。“摘其字句，可以唾玉生香；而意不能贯词，便如徐文长所云，锦糊灯笼，玉镶刀口，讨一毫明快不得矣。”特别使人注目的是《金门献策》一折里黄门官嘴里描写朝廷上的情景的大段说白，典雅得有如一篇“小赋”。描写女贞观的时候，就搬出了大量佛家以及道家的典故、用语，的确使人有“盛书柜子”的感觉。但是也有不少处所，不曾用什么典故，却素朴地描绘出了典型环境和人物的内心，而用语雅饬，绝不俚俗。这种和主题人物结合得十分紧密的美妙描写，的确是使人倾折的。

像《弦里传情》里的两支《朝元歌》：

> 长清短清，那管人离恨。云心水心，有甚闲愁闷。一度春来，一番花褪，怎生上我眉痕。云掩柴门，钟儿磬儿枕上听；柏子座中焚，梅花帐绝尘。果然是冰清玉润。长长短短，有谁评论，怕谁评论！
>
> 更深漏深，独坐谁相问。琴声怨声，两下无凭准。翡翠衾寒，芙蓉月印。三星照人如有心，露冷霜凝，衾儿枕儿谁共温。巫峡恨云深，桃源羞自寻。你是个慈悲方寸，望恕却少年心性，少年心性。

这里面没有什么艰深的词藻典故，却素朴地描绘出了一个关锁在尼庵里的少女的苦闷生活。作者用一连串词句写出了典型环境，再把人物放在这样的环境里去，探索她的感情的起伏。前面一支曲是少女的自述，还比较含蓄；后来一支则出自爱人之口，就更刻露地说出了少女的情怀。“有谁评论，怕谁评论！”这两句反映了极端激动的内心变换。封建社会那种无形的，但又极可怖的压力，“人言可畏”的情景，透过这两句简洁的话语彻底表现出来了。一个怀春的少女是不能不加以考虑的，但她终于不曾为它压倒，坚强地说出了自己不顾一切的反抗的情绪。

同样，在《秋江哭别》里作者也用两只“水红花”平行地抒写了男女双方的心情。这里有着极美丽的描写风景的句子，像“天空云淡寥风寒，透衣单。江声凄惨，晚潮时带夕阳还”。这不是单纯地写景，这里面是渗透了人物的心情的。同样的自然景物在不同心情的人物看来会产生绝对不同的印象，造成全然异样的气氛。

“霎时间云雨暗巫山。闷无言。不茶不饭，满口儿何处诉愁烦。隔江关，怕他心淡，顾不得脚儿勤赶……”在舞台上，我们看到的是穿着道装的陈妙常，手执拂尘，边走边唱的几个圆场。自然景物的变换，人物心情的复杂变换，都达到了完整的结合。

舟师嘴里唱的一支吴歌：

> 风打船头雨欲来，漫天雪浪，那行叫我把船开。白云阵阵催黄叶，唯有江上芙蓉独自开。

这是一首朴素美丽的渔歌，秋风江上，风雨欲来，漫天雪浪。这些如实的秋江风景，和舟师自己的心理都写得正好。但这却极自然引起了陈妙常自己的心事，她唱道：

> 奴好似江上芙蓉独自开，只落得冷凄凄，飘泊轻盈态。恨当初与他曾结鸳鸯带，到如今怎生分开鸾凤钗。别时节，羞答答怕人瞧头怎抬，到如今，闷昏昏独自个耽着害。爱杀我一对对鸳鸯波上也，羞杀我哭啼啼今宵独自挨。(红衲袄)

江上芙蓉，波上鸳鸯，以及下面一支曲子里的“碧澄澄断送行人江上晚”，“伤心怕向篷窗看也，堆积相思是两岸山”，这些自然风物，都变成了陈妙常悲怆心情的依据。不能否认，这些曲文都写得非常美丽、典雅；更不能否认，它们成功地表达了人物的心情。这里没有雕凿，没有堆砌，极自然地完成了写作的任务。这使我们感到，当作者的情绪饱满，真正和自己的人物共同生活在一起的时候，他自然会驱遣这些清词丽句，他无须借助于“书柜子”写出美妙的诗句来。这不是很自然的事么!

对于《玉簪记》里这些富有诗意的美丽的语言，是必须给予高度的评价的，这和那些藻彩缤纷而观众不易理解的失败作品，是截然两事，不能等量齐观的。

四

《玉簪记》的版本是很多的，仅就明代的刊本论，万历中有《三会贞文庵玉簪记》，可能是最早的原刻本。此外就还有陈眉公评本，文林阁刻本，广庆堂刻本，一笠庵评宁致堂刻本，凌初成改订本，毛氏汲古阁刻本等。古本戏曲丛刊初集所影印的是北京图书馆所藏的明继志斋刊本。目录后面有“己亥孟夏秣陵陈大来校录”一行。

继志斋本是较早的、近于原本的一个本子。而汲古阁本在明代诸本中刊行最晚，是经过一些细密的校订以后的比较完整的本子。

继志斋是明万历中南京的一个书坊，曾经出版过大量插图本的戏曲，但他们的校勘工作其实是并不能算十分完密的。汲古阁刻曲都不言所据何本，单从比勘的结果看，有些继志斋本不够完善的地方它都做了改正，自然并不曾完全克服了旧本的疏失。推测起来，毛氏所据可能有较继志斋本更好的明本，也可能酌量采用了明代舞台上艺人演出丰富加工的成果。

如原作佛道杂糅的一点，汲古阁本也并没有纠正，其实也是无从纠正的。

如第十折，在张于湖和陈妙常下棋以后，还有题扇的情节，继志斋本里是没有的，汲古阁本里却有。但下面《猫儿坠》曲开头即是“新词艳逸”，如果没有题扇的情节，这句唱词即无着落。这种地方可以推定是继志斋本的脱落。

至于舞台解说方面，两本也有很大的区别。有些是舞台演出的处理方法不同，有些是必须有一定的处理方法但在解说上一本却是弄错了的。这种差别，两本之间距离很大。

两本相较，互有得失，但汲古阁本是比较完善的。

一九五六年

谈《彩楼记》

《唐摭言》卷七：

王播少孤贫，常客扬州惠昭寺木兰院，随僧斋餐。诸僧厌怠。播至，已饭矣。后二纪，播自重位出镇是邦，因访旧游。向之题已皆碧纱幕其上。播继以二绝句曰：

“二十年前此院游，木兰花发院新修。而今再到经行处，树老无花僧白头。

上堂已了各西东，惭愧阇黎饭后钟。二十年来尘扑面，如今始得碧纱笼。”

《北梦琐言》卷三：

唐段相文昌家寓江陵。少以贫窭修进，常患口食不给。每听曾口寺斋钟动，辄诣谒餐。为寺僧所厌。自此乃斋后扣钟。冀其晚届而不逮食也。后入登台座，连出大镇。拜荆南节度。有诗题曾口寺云：“曾闻阇黎饭后钟。”盖为此也……

这两个大致相近的传说，出现在同一时代产生的两本笔记里，应该不是偶然的事。

王定保和孙光宪都是唐末宋初人。这两本笔记都是记载唐代遗事的，材料的来源又都得自故老的传闻，不过《唐摭言》比较起来可信据的程度要更大些。

我们当然不必在这里进行考证，证明这故事到底是属于王播还是段文昌的。但有一点却是明确的，这样的故事在当时是人们津津乐道的，而且传来传去，竟然发生了“异词”。这也就说明了这个故事有相当程度的典型社会意义，而且在长期延续的封建社会里，这种典型意义都不曾消失，因此同样的故事，后来就以更多的文艺形式被更广泛地表现了出来。

首先将这个故事写进戏剧里去的是《也是园古今元明杂剧》里的《吕蒙正风雪破窑记》，题王实甫撰，明抄本，赵清常手校。故事的基本内容和《唐摭言》里所写是一样的，只不过将唐代的王播改为宋代的吕蒙正而已。

在明代中叶这个题材又被改写为传奇的形式，那就是《破窑记》二卷。我们现在可以看到的是《古本戏剧丛刊》初集所收的《刻李九我先生批评破窑记》二卷，万历中《书林陈含初继梓》是闽中的书坊刻本，不著撰人。

到了明代末期，就又出现了传奇《彩楼记》。我们所能看到的是《古本戏剧丛刊》二集所收的二卷旧抄本，不著撰人。

拿这三个本子加以比勘，可以清晰地看出那衍变的痕迹来。

在元杂剧里，唐代的王播被改为宋代的吕蒙正了。惠昭寺木兰院也改成白马寺。王播和和尚的冲突被保留下来，又加上了彩楼许婚的情节，成为以后戏剧发展的主线。那个嫌贫爱富的岳父是洛阳的刘仲实员外，彩楼许婚的是他的女儿刘月娥。和吕蒙正一起到彩楼下面去的是寇准。后来刘员外悔婚，出面和他评理的也是寇准。

吕蒙正得官回来，回到寒窑，先打发媒婆去试试妻子对自己的爱情是否忠贞，等到全无问题以后才又和她重圆。后来岳父来请女婿女儿回家，蒙正月娥本来是不肯的，还是寇准出来打了圆场，说明岳父所以赶他们夫妇出门，是为了激励蒙正上进的志气，而赴京赶考的路费，原来正是“丈人两锭花银”。

到了明中叶的传奇《破窑记》，就元杂剧原有的情节，又重新加以组织编写，刘员外改成了当朝宰相刘懋，小姐改为刘千金。寇准被取消了。白马寺又恢复为《唐摭言》里的木兰寺。

传奇《破窑记》着重刻画了吕蒙正的贫困生活，也突出地描写了“相门逐婿”。取消了得官归来、试探妻子贞操的情节。最后虽然仍旧是大团圆，与岳家和好，但是却删去了暗赠路费的伏笔。

等到《彩楼记》出现，二十九出被删缩为二十出。主要的情节并不曾更动，只是更为精炼更为集中了。

比勘的结果，可以确定，《彩楼记》并不是一个新的创作，而只是《破窑记》的改编本。改编也并非出自剧作家之手，而是剧场艺人们多年来丰富加工的结果。

祁彪佳的《远山堂明曲品》里没有著录《彩楼记》，同样地也不曾著录《破窑记》，那原因是可以想象的。祁彪佳认为这和《西厢》《琵琶》一样是个从元代就有的旧节目，所以不收入《明曲品》中。

另外可能还有一个原因，这个剧本是属于弋腔系统的，不是正规的昆曲。《六十种曲》也没有收入这个剧目，可能根据的是同样的理由。

同时，从祁彪佳的日记里也可以看出，在崇祯末年，《彩楼记》是舞台上盛行的保留节目，而《破窑记》却不见演出了。

同样，在万历以还的一些戏曲选集里，如万历刻的两种总集，《新刻京板青阳时调词林一枝四卷》和《新刊徽板合像滚调乐府官腔摘锦奇音六卷》里都选有《破窑记》的零折。但到了天启中刻的《词林逸响》四卷和崇祯中刻的《新镌出像点板缠头百练》二集六卷、明末刻的《新镌绣像评点玄雪谱》四卷里，却只收入《彩楼记》的零折，而不见《破窑记》了。

（《词林一枝》所选为《吕蒙正游观破窑》一折，《缠头百练》二集所选为《友聚》《初晤》《争馆》三折，《玄雪谱》所收为《归窑》一折，《词林逸响》月卷所收为《选俊》《闺思》《离情》《喜庆》四折）

这些材料使我们知道，《彩楼记》产生的时代大约是在万历中叶。

《彩楼记》在明代，应该是有刻本的。可惜到今天还没有发现。《二卷旧抄本》是一个“滚调”的本子，和《词林逸响》所选的几折对比，出入是很大的。例如，那《离情》一折，就是旧抄本全部删去了的。其他几折里，偶尔删去一两段曲文的地方也不是没有。

《缠头百练》二集里所收的《争馆》一折，未见原书，不能确指，但也似乎是《旧抄本》里所没有的情节。

这样看来，晚明通行的《彩楼记》，似乎有不止一个的演出本，在昆弋两个系统里都有同样的节目，而始终不曾出现过一个定本。

明代万历中叶，南戏的腔调是多种多样的。照王伯良的说法，从海盐、昆山以降，有弋阳、义乌青阳、徽州乐平、石台太平……这许多种不同的腔调，至于其间比较小的差别更是不胜枚举的。

在这种新腔叠起的情况下，就产生了一种所谓“滚唱”，属于弋阳、太平腔的系统，照王伯良所说，当时是谓之“流水板”的，而且说，“此又拍板之一大厄也”。

“滚唱”是一种新的唱法。旧有的剧本，可以增添词句，使之变为“滚唱本”。新的创作自然也有。万历刻本《新选南北乐府时调青昆》四卷里选有《彩楼记》，就是以这种“时调”的姿态出现的。照时代来看，这个选本里所选的《彩楼记》，应该就是从弋阳腔转化为青阳调的艺人们取旧本《破窑记》改编而成的一个本子。在同时，或滚唱的风气逐渐衰微以后，可能又出现了纯用昆腔形式演出的《彩楼记》。《词林逸响》所据，可能就是这种本子。

《古本戏剧丛刊》所收的旧抄《彩楼记》二卷本，那来源应该是较古的。

清康熙刻《新定十二律京腔谱》十六卷，王正祥撰。在“总论”里，有论到“滚调”的两段话：

> 尝阅乐志之书，有唱、和、叹之三义。一人发其声曰唱；众人成其声曰和；字句联络，纯如绎如而相杂于唱和之间者曰叹。兼此三者，乃成弋曲。由此观之，则唱者即起调之谓也；和者即世俗所谓接腔也；叹者即今之有滚白也。

这里的所谓“京腔”，是经过改造以后的弋阳腔，和京戏是没有关系的。王正祥又进而论及“滚白”说：

> 一、论滚白乃京腔所必需也。盖昆曲之悦耳也，全凭丝竹相助而成声。京腔若非滚白，则曲情岂能发扬尽善？但滚有二种，不可不辨。有某句曲文之下，加滚已毕，然后接唱下句曲文者，谓之加滚。亦有滚白之下，重唱滚前一句曲文者，谓之合滚。然而曲文之中，何处不可用派，是在填词惯家用之得其道耳。如系写景传常，用文等剧，原可不滚。如系闺怨离情死节悼亡……一切悲哀之事，必须畅滚一二段。则情文接洽，排场愈觉可观矣。（以上据《白川集》转引。）

王正祥是清初人，他的话可以说明清初弋腔唱法的大略情形。因为没有丝竹伴奏，只靠干唱，想要和昆曲竞争，那就只有在唱词中间，加上富于节奏感，能帮助培养情绪的词句，使观众能更密切地感染角色的心情。

这种唱法，是比较更素朴，也更接近观众的。在今天的许多地方戏里，高腔的唱法依旧保留着这种特色。那种曲里加白，曲后帮腔，的确能使观众的情绪更为激动，更能达到戏剧的效果。

现在我们用一支《水红花》的曲文为例，用旧抄本和《词林逸响》本比较一下，就可以看出所谓“滚调”到底在昆曲本上增添了些怎样的东西。

这支曲子在《词林逸响》内是收在《闺思》一折里的。在旧抄本里则是第六折的《投店成亲》。

水红花

今生相会是前缘，莫埋怨、百年姻眷。一心和你靠苍天，望周全、功名如愿。若早得名标金榜，平步便登仙。咱两个永同谐也罗。

商调过曲“水红花”今生相会是前缘。（滚白）我与你贫相守富相怜。（白）小姐若到寒舍，倘有不周之处呵（唱）望小姐千万地莫埋怨。（重）与你百年姻眷，（白）娘子过来，（刘千金滚白）一心和你告。（刘千金作住口羞介、蒙正白）嗄、娘子不要害羞，这是人间之大礼。（刘千金唱）一心和你告苍天，望周全。（滚白）周全我蒙正儿夫（唱）

功名成就，早得名登金榜，平步便登仙。我与你永同谐也罗。（重）（内打二更介，刘千金唱）

除了一些舞台解说、说白，为选本略去了以外，在这里，所加的滚白就有四处，都是用来刻画人物内心的，而且限制也并不那么严，只能在悲哀气氛下使用；其实在任何场合，只要需要对人物内心做更深的挖掘，是都可以使用的。

这种“滚白”的形式，保存在今天地方戏里的也还不少。川剧的高腔唱法，基本上就是从这个系统衍化下来的。

现在我们用《破窑记》、旧抄本《彩楼记》、川剧《彩楼记》里同样一段曲文，比勘一下：

“驻云飞”回入窑中，呀，娘子你原来倦睡去了，忽睹娇妻（重）睡正浓。欲待要叫一声，又恐怕惊吓了他。本待相呼动，惊醒沉沉梦。嗏，你不厌贫穷，甘心陪奉。我有日成名，你的贤能、四海人传讽。妻呵，你苦也只在今冬苦，富也只在来春富呵，耐烦挨过残冬苦，专听春雷起卧龙。

——万历本《破窑记》第十五出《逻斋空回》

〔驻云飞〕归到窑中。（白）娘子，我只道你去了，你还在这里盹睡。（唱）只见我的娇妻睡正浓，且莫呼惊动，惊醒南柯梦。嗏，彩楼不弃我贫穷。（白）小姐，那日令尊十字街头，高结彩楼，择选才郎。下面有许多王孙公子，跻跻楼下，不将彩球抛掷于他。（滚白）将彩球付之于卑人。事到如今，严冬冷月，追之不及，悔之晚矣。小姐，是你彩楼不弃我贫穷。（唱）随我到窑中。（滚白）吕蒙正囊无斗粟，衣无数重。（唱）你心坦然，文夫为你心酸痛。（白）妻，也是你守得好了。（滚白）又闻试期在迩，受苦在今冬。发迹就在来春。妻，你可耐烦且守寒冬苦，专听春雷起卧龙。

——旧抄本《彩楼记》第十二出，《辨踪泼粥》

“驻云飞”

忙回窑中，（进窑）

（白）啊！（接唱）

但见娇妻睡蒙眬，（上板）

本待相呼动，

又恐惊醒南柯梦；

彩楼不嫌我贫穷，（唱“……字”）

自随我来在寒窑之中，

粮无隔夜，衣无数重。

慢说他心酸，

就是我也心悲痛。

（白）小姐呀小姐，俺蒙正贫只贫在今冬，但等来春啊，（接唱）但等来春便攀龙，（重句）

——西南川剧院整理，川剧《彩楼记》

第七场《评雪》

句旁加重点的，是“帮腔”

这三个本子，出现时间的距离将近四百年，可是它们的面貌依然是相近的。《破窑记》里不曾明白标出“滚”的字样，可是那种夹白，也完全起的是“滚调”的作用；川剧新本自然不会再标出所谓“滚白”字样，但是那句“小姐呀小姐，俺蒙正贫只贫在今冬，但等来春啊……”的夹白，无疑是从旧本的滚白衍化出来的。

要想替“滚调”下一个非常明确的界说，或找出那写作的完整规律来，是困难的。因为这种形式本身就带着比较自由的特点，它的产生，也就是为了使演出更接近观众，更易于为观众理解、接受。于是它就大胆地突破了许多格律，在唱词前后中间自由地加入了韵文或说白，也可以唱，也可以作为夹白。目的只有一个，就是要淋漓尽致地写出人物的思想感情。

应该承认，在“滚调”这个字眼发生之前，艺人和观众就都有了这样的强烈愿望；在“滚调”的字眼消灭以后，“滚调”本身也不曾跟着一起消失，依旧保留下来了，不但在弋腔里流传下来，甚至在后来多种多样的戏剧形式里都留下了它的影响。

《彩楼记》是我国戏曲遗产里一个出色的喜剧。它所表现的依旧是那个常见的主题，歌颂坚贞的爱情，抨击千方百计反对这种爱情的封建势力。可是它是以喜剧的姿态出现的。它抓住了封建社会嫌贫爱富、世态炎凉这些丑恶面进行了强烈的讽刺；同时又真实地刻画了一对爱人。作为正面人物的吕蒙正，作者在进行刻画的时候没有采用简单的、直截了当的办法，让他像吉诃德先生似的和封建势力战斗一通，就在凯歌中归来。作者细心地分析了人物的生活，掌握了具有典型意义的细节，无所避忌地加以描写，充分地展开了人物的内心世界。唐代诗人元稹有一句诗："贫贱夫妻百事哀。"作者可以说是抓住了这个主题去描写的，但又是用喜剧的手法去处理的。对像吕蒙正这样一个胸怀大志、满腹才华，但又毫无例外具备一切知识分子弱点的秀才进行了善意的嘲讽。

时代已经过去了很久，可是这种脆弱、激动的性格依旧是存在的、为人民所理解而熟悉的。作者在这里创造了典型。

《破窑记》的第十五出《逻斋空回》具有了《评雪辨踪》的基本情节，可是它所占的篇幅也还不过是平均的长度。而且前后又有一半是给《冒雪归窑》和《上京应试》的情节占去了。到了《彩楼记》，《辨踪泼粥》一出就发展成占全剧五分之一的重场。这是艺人们在演出中间，找到了重点，努力进行丰富加工的结果。等到川剧《彩楼记》，《评雪》一场就几乎占到全剧三分之一强的篇幅，可以证明，几百年来，观众和艺人都是肯定了这样处理的方向的。

《评雪》一折，抓住吕蒙正对妻子行为的怀疑，进行了反复的描画，把典型环境里的典型人物细致地塑造了出来。

首先，作者所选择的这个细节，是十分真实的，因此作为矛盾冲突的基础，也是坚固的。

吕蒙正，一个穷秀才，却意外地和相府千金结了婚。他穷得那样，他真不能料想，千金小姐能陪着他挨这样穷苦的日子。他对刘千金充满了感谢与抱歉的心情，这是真实的。但是，他一定又在刻刻担心，时时忧虑，好日子能过多久。像刘千金这样的人物，在封建社会里，应该说是极为少见的。吕蒙正怎样能不担严重的心思呢？他既然有着这种极脆弱而不健康的情绪，那么，他的易于引起怀疑，自然是完全可以理解的。

其次，作者安排了矛盾以后，真正是充分展开了它，尽量利用了它，一直到无可发挥，才让矛盾结束。这以后，也还留下了一二余波。

《彩楼记》不像我们今天的许多作品，在作品里安排了数不清的矛盾，费了大力一一展开，但这一朵朵刚刚开放的花，还没有来得及开足，又立刻都萎谢了。结果观众看来看去，全是些自生自灭的事件，眼花缭乱，一些“驻足而观”的余闲都没有。

这里就完全不是这样。观众有充分的时间，缓慢地走进人物的内心世界里去。徘徊浏览，满足而后已。看过川戏《评雪辨踪》的人一定都会记得，这里没有大场面和豪华的布景——一座破窑；没有多少人物——一对穿着破旧衣衫的夫妻；但在一小时左右的时间里却让你耳目都不得闲，让你感叹，让你发笑，最后让你成了剧中人真正的知心朋友。

吕蒙正出场的时候，一肚皮对和尚的愤恨。回到窑门，无意中却看到了雪地上的男踪女迹。作者在这里没有立刻把吕蒙正的疑心引到妻子的贞操上去，因为刘千金对他的爱情和婚后的生活都不会使他这样想。他想到了可能是岳家把妻子接回去了，这种想法是建筑在他对妻子的抱歉心情上的。他甚至也容忍了这种设想，没有什么别的怨言，只是怪妻子不辞而别。

别看轻了这点小小的波澜，作者在这里浓浓地写了一笔，渲染了他们夫妻之间深厚的感情。不然就不能想象，如果吕蒙正一直对妻子的贞操有着怀疑，又经过了那样一场争辩（这是在封建社会里有着非常严重意义的争辩），局势竟然急转直下，了无痕迹。

一进窑门，才使他先吃一惊，然后放下心来。原来妻子不曾走，却睡在那里。

作者这时还不急急揭开吕蒙正的疑团，还是尽量在写他们夫妻之间的恩爱。他不忍惊醒她；他想到了她的许多好处；他觉得百般对她不起；他用自己的幻想来安慰她，说不久就会有出头之日。

作者还有这样闲闲的笔墨来刻画环境、刻画人物，说他冷得要生火，生火生不着而埋怨自己的运气。琐琐碎碎，小人物的悲哀，渲染得如此有声有色。后来又写他在这样的环境里却发了诗兴，那么，这个人物就不是一般的穷汉，而是个“穷酸”。在这里，和后面的章节里，我们分明地看得出作者是怎样一笔一笔把这个人物勾勒出来的。

从刘千金醒来以后，她就一直在猜一个谜。她这个谜猜了许久。作者没有给她一次从容发问的机会，总是用一波未平一波又起的形势，让吕蒙正闹他的情绪。作者一直把这个谜底藏得紧紧的，却又把这个谜面渲染得十分动人。

后来她猜到了这个谜，却又不直接说破。她一定还要“气他一气”！她的这种举动，受到了观众的全部同情与支持。

作者尽力写她对丈夫的爱。刘千金替丈夫取了粥来，却受了一顿奚落，接着就是越逼越紧的盘问和冷言冷语。一直逼到最后，她已经不能不说明脚印的来历了，她还是想着丈夫这些无理举动的好的一面，认为他是“男子汉大丈夫”，是“饿死不吃嗟来食”的。

她接着说了下去：“我在此饥寒无所倚，冲寒蓦见梅香至。”可是就是这么两句话，丈夫都不肯让她一气说完，还在中间插上一句：“饥寒无所倚，就去那个！”听见梅香，接着就说：“说了半日，没得推了，推在梅香身上去了。”而且极自然地接上：“再一会儿连院子都来了！”作者这种细密的组织，的确已经达到绝无痕迹的境界，而喜剧语言的运用，也是极为精炼而性格化的。

两个演员，一座空台，作者运用丰富的想象，创造了多少渲染典型环境的细节，用生动的语言，一件件地形象化了。

那些看不见的可怜的“家私”，那漫天的大雪，那羊肠路和鸟道林，那些大的雪片和小的雪珠，那些刘千金回避不提的大大小小、疏疏密密的脚印儿，那只是一堆乱草的铺盖，以及刚刚送了来的银子和白米。

吕蒙正这样一个旧时代的知识分子，他身上带得有多少酸气！交错着多么浓重的碰不得的自尊心与自卑感。他的感情有多么脆弱。

等到吕蒙正发现了自己的错误，想尽方法要向妻子赔罪，逗她一笑时，她却板起了脸。他故意说些愚蠢的笑话，故意卖弄酸气，故意要在银子的“蜂窝”里去赶蜂。这些笑话和酸气，也都离不了他自己的身份。是一个穷困书生的语言，完全不能安置在别人的嘴里的。

真是所谓“曲曲人情”。在每一个家庭里面，不管是幸福或是不幸福的；在每一对夫妻之间，不管是感情好或不好的，不都多多少少发生过类似的情况，有过相近的纠葛。有谁不为这样的描写叹服，有谁会对剧中人吝惜自己的同情呢？

戏剧正是在这种地方，显示了它浓郁的人民性的。

在这一场喜剧将近结尾的地方，我们更能清楚地感到作者一笔不苟的功力和非凡的才能。本来误会已经解释清楚，夫妻也已经恢复了感情。戏剧的高潮已经过去。怎样结束这样一个大场面呢？所有的细节、线索可以说都已经过了充分的利用。怎样结束才能与全局相称，才能和整体的喜剧风格谐和呢？

作者让吕蒙正在闲谈中间问起了院子和梅香，同时也对这两个人物表示了自己的态度。这一问问得非常合理，这是夫妇闲话必然会有的话题。这两个人物在开场与结尾时都曾经出现过，即使是配角，也得让他们鲜明起来，让观众明白他们与主角之间的矛盾而发生兴趣。

吕蒙正在说明自己对院子和梅香的态度时，也还是出之以笑谑的。闲闲之中，就又引起了不少笑料。一直过渡到结末，等吕蒙正在不知不觉中泼了粥，喜剧才以一个精炼的高潮而结束了。

从元人杂剧到《破窑记》到《彩楼记》的衍化过程，可以说是逐渐加工、丰富、洗练的结果。剧本是逐渐克服了许多缺点的。

像在前面已经提到的一些主要缺点，吕蒙正得中归来，先要试一下妻子的贞操才肯相认。这些地方都已经删去了。寇准这个并不惹人喜爱的帮闲人物的删除也是完全对的。

还有一件值得注意的事，就是作者对刘丞相态度的变化，也就是作者体现戏剧反封建主题的过程。

在元杂剧里，这一点表现得很不好。刘员外的赶走女儿女婿，被写成是有意地为了激励女婿的志气；而且还赠银赶考，最后才由寇准说出。好像这个大地主非仅目光远大，而且行为磊落似的。无疑这是说不通的，违反真实的。

在《破窑记》和《彩楼记》里，这一点有了改进，可是依旧并不十分合理。好像刘懋在赶出女儿很久以后，才为自己找到了激励女婿志气的理由，这种说法是并不能使观众信服的。

不过在封建社会里，要求戏剧具有十分鲜明的立场，也是脱离实际的想法。《破窑记》是“李九我先生批评”的。这位李先生名廷机，是万历癸未科一甲第二人进士，太子太保、礼部尚书、文渊阁大学士。因为他是晋江人，所以福建书坊里出版的书就往往请他来“批评”一下，以广招徕。在《破窑记》第七出《店起奸心》的眉阑上，就有他这样一段批语：

“此节话柄，比来多不搬演。在士庶家犹可任意戏谑，若官府中，只好点过节目。曾见多有廷怒者。戒之、戒之！”

这一折戏只是叙述了刘千金怎样被狠心的父亲赶出府来，店主婆和自己兄弟怎样谋取刘千金的首饰。这样的情节也会引起“廷怒”，也可以看出言路之窄和喜剧所受压力之大了。

这位大官兼戏剧批评家在《破窑记》第二十一出《夫人看女》眉阑上又写道：

原本无夫人《看女一出》，今增之，似更完。

可见这原本没有的一折是李先生亲笔或授意书坊增添的。“完”的意义可能比较复杂，我想是有调和矛盾、冲淡斗争意义的作用的。

如果我们想找一条士大夫阶级窜改通俗文学作品的证据，这应该可以算作一条。

但是，这些“批评”“增改”，终究不能掩盖作品的光辉。作品的战斗性和艺术性是那么强烈，终于使它通过了时间的考验成为古典喜剧的典范作品。

一九五六

谈清人《戏剧图册》漫笔

一、空城计

《空城计》是人民群众非常熟悉的剧目。这里的描写也与今天我们在舞台上所见并无多大差异。也许唯一的变化是“左右琴童人两个”，现在只有一个了。但我想，这是出于画面上的构图的原因的删略。同样，两位老军照例是要坐在城墙脚下的，现在则是坐在城门洞里了。老军的服饰倒是与今天所见不大一样，说明了画本的时代。

从很早开始，西城以及其他许多城，就是用布幔画成的，后来有人改用硬片子，也并不见得更高明。无论怎样努力，在舞台上装上一片城垣，不但费手脚，其实根本是不可能的。画面所写是诸葛抚琴的一刹那，司马懿全神贯注地听着；他的两个儿子则不想欣赏琴声，只是双眼紧紧盯着诸葛。两个老军充满了焦急的神色在窃窃私语。诸葛是坦然自若的，琴童的镇定功夫就差得远，他虽然老老实实站在那里，但双眼却盯着司马父子的动静，画得实在是妙极了。司马懿的神气也写得好，有些演员，在这时要演出许多“戏”来，使用许多身段，这样一来，就不再是司马懿。果真如此，诸葛亮的命运可就真的危如累卵了。

二、牧羊圈

《牧羊圈》又名《朱痕记》。曾经是程砚秋的名作，是青衣的正工戏，戏写的是朱春登别家投军，立了战功，封了侯。老母和妻子却被迫害流落在外，在一个偶然的机会里重逢的故事。

这里所写也正是全剧最精彩的一刹那。朱春登衣锦还乡，不见老母妻子（他被告知，她们都已死去），为了寄托哀思，就“高搭席篷，舍饭三日”，朱妻赵锦棠陪侍婆母前来讨饭，她受到盘问，跪在那里用大段唱工自述身世。当她唱到“配儿夫朱春登……”时，爆炸的形势出现了。朱春登固然吃惊，“侍从武官”的大中军更是受到了非常的震动，按捺不住拔出腰刀来了。

为什么会造成这种局面呢？一个讨饭的贫妇竟自狗胆包天，公然“犯了侯爷的讳”，她的“罪该万死”是无疑的。中军职责所在，不能不出来维护侯爷的尊严。虽然稍有简单化的缺点，但实在也怪不得他。

我曾看过著名演员侯喜瑞所演的中军。服装稍有不同，作元代武士打扮，戴中军盔。画册里的却是较古的化妆。他们的脸谱也不同。画册中所写中军的身段也是很出色的，好像后来也失传了。

只因偶然（不论有意或无意）叫了大人物的名讳，就有杀头的危险，这事今天看来几乎是笑话，但在过去却正是“真实”。这说明社会是有了很大的进步了。这种历史的陈迹保留在文学艺术中间，使人们得知过去曾经有过这种“怪事”，是有好处的，也看不出有什么危险。大概没有谁看了戏会拍手赞叹、向中军学习，这是可以保证的。

不过是不是所有在封建社会视为当然的传统在今天都已被视为“怪事”了呢？在这一点上，我们可不应该盲目乐观。

三、取荥阳

《取荥阳》写的是楚汉相争故事。刘邦驻兵荥阳（在河南郑州市西北），其时韩信已带兵远去燕赵，项羽乘虚来攻。张良设计说服与刘邦年貌相当的纪信伪装汉王诈降，使刘邦得乘隙逃走。最后是项羽发觉上当，把纪信活活烧死了。这就是《焚纪信》。

这里所描写的是刘邦在城头与项羽见面的场面，与《空城计》很有些相似。在城门上端坐的是刘邦，侍立一旁面向刘邦的是陈平，另一位穿着打扮与诸葛亮颇有些相似的则是张良。城楼下面四龙套，一员身穿绿袍、带剑、手执长矛的武将就是霸王项羽。

按照原剧，在这一场中，刘邦与项羽曾经进行了往复的大段辩论。这辩论是用大段唱工表达的。刘邦自然提出了先入咸阳者为王的旧约，责备项羽不守信义。项羽哪里肯听这一套，他是霸权主义者，他也提出了《鸿门宴》的故事，后悔自己不曾下决心杀掉对手，看来这次是无论如何也不肯放过刘邦的了。

这一场面对面的斗争，确是异常尖锐的。不同人物的不同处境也给表演提供了极充实的依据。这一场以后情节的展开与推向高潮也有很强的戏剧性。不过这戏从四五十年前就已逐渐从舞台上销声匿迹了。推想缘由，可能是由于这样的原因：无论刘邦、项羽还是纪信，都不是当然的主角。在京剧逐渐形成以生、旦为主并建立了著名演员个人的保留剧目的形势下，难免就受到了冷落；此外，大段唱工没有经过更好的剪裁，易于使表演陷于呆滞（也就是所谓“瘟”），也应该是一个次要的原因。

纪信替主受死的情节，是有名的，也是京剧舞台上宣扬这类“忠义”道德观的典型标本。《一捧雪》里替死的“义仆”莫成，就是另一个好例。两戏都写出了奴才在下决心做替身之前的思想活动，也写出了皇帝、老爷对舍身为自己牺牲的奴才的满口许愿。刘邦答应给纪信在“忠臣阁上画卿容”，称纪信的母亲为自己的母亲，妻、子为皇嫂、皇侄。他赌咒、设誓，活画出“猫哭老鼠”的全部丑态。如果说剧作者的本意是在“教忠、教义”，在这里所得的效果却是适得其反的。

此外，项羽的脸谱与我们今天在京剧舞台上所见的很有点不同。这是早期的脸谱，更早的时候，本来还要简单，只是白三块瓦。后来，才逐渐在额角、眉端做了加工，更繁复也更有个性了，被归入“十字门”一类。这当然是一种进步。现在保留在这里的项羽的脸谱，应该就是过渡期中的一种面貌，也是可以判断《戏剧图册》制作年代的依据。

四、回龙阁

《回龙阁》是全本《红鬃烈马》的结尾一折，一般称之为《大登殿》。大团圆的喜剧要在这里进行，一切戏剧矛盾都要在这里结束。照例，大本戏的结尾是很难处理的，只不过是交代剧情，结束故事。但像《回龙阁》就处理得不凡，那主要原因是，所有人物在这里都依旧是活生生的，性格发展并未终止，就是说作品的生命没有终止。同时，采取了适当的喜剧处理手法，也是广大观众所喜闻乐见的。人民喜欢这样的舞台气氛。“善有善报，恶有恶报”，矛盾的解决满足了观众的基本要求之后，如果还带了些轻松的喜剧气氛，就更为可喜了。

喜剧的“触媒”是马大（今本作马达）、姜海（今本作江海）。这两位穿着清朝服色的人物，黄马褂、翎顶，使我们立即就联想到《四郎探母》中的两位国舅。他们几乎是同样的人物，他们所起的作用也是相同的。

全部《红鬃烈马》包含了十三个单折。有些如《投军别窑》《彩楼配》《三击掌》《探寒窑》……都很少上演了，只《武家坡》与《大登殿》是例外。这是应该加以注意的。

《戏剧图册》中这一页描写的，正是穿了凤冠霞帔的王宝钏和刚被“解下桩米”免予问斩的王允对话的场面。王允在这里写作“王永”，和马大、姜海一样，都说明了《戏剧图册》产生的时代。

不能不联想到《红鬃烈马》与《四郎探母》的许多相似之处。即使一个还多少带有历史的痕迹，一个则只不过是出于想象的创作；一个涉及了重大的国家民族矛盾，一个则只是提到虚幻的“番邦”，但两剧的男主角都各有两个妻子，其一又都是番邦的公主。这恐怕就非偶然。两剧的成型期有先后，后起者必然受到先已存在者的影响是无疑的，也许作者还有意地做着翻案文章，也并非不可能。而薛平贵的来到番邦，不是被俘，而是由于奸人的出卖，后来还驾坐西凉，成了国主，那就更非杨四郎所能望其项背了。

《红鬃烈马》歌颂了一位敢于向封建道德挑战、坚持婚姻自由的女性。虽然抛彩球选择配偶的方式很有些原始，据学者的考据，这和少数民族的风俗习惯，好像也有着一定的关系。但像程砚秋所演出的《三击掌》，留给观众的印象还是深刻的。王宝钏确是很有些特色的有骨气的女性。这一点，是《四郎探母》所不及的。

五、五雷阵

这也是一出许久没有看到演出过的京剧剧目。推测在清代末期还是一出热闹的武打戏，而且是带有浓重神怪色彩的。戏的本事是说战国时秦王翦与燕孙膑交战。王翦屡次战败，借师兄毛遂之力摆设“五雷阵”，把孙膑的生魂摄于阵中。后来经孙的师弟毛遂盗来了“九转还阳丹”与老君的“太极图”才得破阵，战胜王翦，救出了孙膑。

看原图人物所注名姓，王翦写作王剑，毛遂、孙膑的名字也都并不一致，这是因为梨园剧本底本不同，不足为奇的。所写是一场战斗，也不能断定场次。

这样一出并无特殊思想意义的武戏，却也借王禅老祖之口，说出了编者的意见："秦始皇并吞六国，乃是奉天承运。伯陵（孙膑字）虽为父报仇，不该逆天行事；王翦残害生灵，亦有应得之报……"可见作者是承认秦的统一战争是顺应了历史潮流的，不过使用了"奉天承运"这样的词汇，显出了命定论的思想。"替父报仇"也是符合封建道德的准则的，但碰上了"天意"，就立即化为一种"蠢动"了。从这些地方，可以看出旧时代人们在解释一些复杂的政治、社会现象时的思想方法。

这戏似乎并未成为一种"名作"。我不记得旧书中曾有哪位著名演员演出此剧的纪事，也不知道它有过哪些精彩的表演片段。这张图可能是保留下来的仅有的舞台纪录，它的文献价值应该也正在这里。

六、凤鸣关

《凤鸣关》是一出三国戏，在《三国志》的《蜀志》《赵云列传》里是有记载的。诸葛亮于建兴六年（228 年），扬言由斜谷道出师北伐。曹果真遣大众挡之。亮令赵云与邓芝往拒，而身攻祁山。云、芝兵弱敌强，失利于箕谷，然敛众固守，不至大败。

诸葛亮声东击西，把曹魏的兵力吸引到斜谷方面来，自己却率大军出祁山。事前当然曾将计划向赵云交过底。但到了《三国演义》里，却变成了另一种情况。说诸葛亮在北伐之时，帐下诸将人人都有任务，只是不用赵云。赵云发了脾气，请令而行，与魏将韩德战于凤鸣山，斩德及其四子。小说家是喜欢激将法的，把赵云的出战写成受了刺激以后的行动，自然矛盾就更为尖锐。戏剧家当然也赏识这样的处理法，只是做了将凤鸣山改为凤鸣关的小小改动。

这是描写诸葛初出祁山、街亭之失以前的初战的剧目。《戏剧图册》所写，正是点将发兵的场面。诸葛高坐点将台，旁列四将。赵老将军白须白蟒坐在左侧，拱手与诸葛对话。情节处理，与《挑滑车》中岳飞点将如出一辙，连对话也有些相似。可见这是戏剧家喜欢运用的手法。诸葛与赵云的对话中有：

诸葛亮："想老将军年迈，又是先帝托孤的老臣，倘若阵前有失，山人担待不起。"

赵云："丞相！末将老只老头上发、颔下须，难道胸中的才略也老了不成？……"

接下去是一段自叙平生战功的西皮二六，这就又与黄忠在《定军山》中的唱段有些近似了。

此戏论武场不及《挑滑车》的丰富多彩，论唱工也不及《定军山》。我想，这大概就是它逐渐冷落下去的原因。

《凤鸣关》的主角是赵云，诸葛亮、邓芝都用次要演员扮演。早期的演出，赵云与诸葛亮争论一场，自夸己功，自磐河救公孙瓒，当阳救后主，猇亭退陆逊，一一详叙，唱词有一百多句。后来大加减削，只剩下十来句，反倒简净得多。《戏剧图册》所写，大概还是唱一百来句时的演出情况，赵云当然以坐在那里为宜，倒并非意在表现诸葛的敬老。此外，赵云在别的戏里都用枪，只在此戏中用大刀。这也别无其他原因，只是在场上刀难于枪，演员为了因难见巧，所以做了这样的变动。

谈《恶虎村》

《恶虎村》是公案剧《八大拿》里的一折，又名《三义绝交》，是以黄天霸为主角，截取《施公案》故事的一章，着意刻画了黄天霸生活道路里具有关键性的一个段落。通过复杂的人物心理变幻，不同人物性格的鲜明对比，和许多决定性关头人物的断然措置，完成了出色的刻画舞台形象的任务，从而发挥了积极的战斗作用的。

剧本的创作和演出是在清帝国的极盛时代，题材范围涉及了当时政治斗争中最尖锐的方面之一。作家采取的手法是在维护封建王朝统治的表现形式下，通过真实的细节，剥落了人物的伪装，进一步揭露了统治阶层的真实面目，起了正面的斗争作用。

作者没有采取符号化的简单手法，没有在人物脸上涂上白粉，却巧妙地完成了任务。

这是一个倾向性极为鲜明的作品。

作者努力摆脱一般武戏一言不合，进行战斗，胜败底定的套子。作者在战斗爆发以前为戏的发展提供了充分的根据，这样的努力一直没有停顿，在战斗中间、战局结尾都有着鲜明有力、着墨不多而效果显著的笔触。即使是在战斗进行极为紧张的阶段，作者也完全没有放弃刻画人物的愿望。

作者为两个敌对阵营安排了并不太多的主要人物。每面五个，一共十个。可是每个人物的风貌则是鲜明的、彼此不同的。他们彼此之间的矛盾也是鲜明的，完全可以为观众理解的。这种矛盾不只存在于两个阵营之间，在阵营内部还有着更复杂的矛盾。这就给剧本带来非凡丰富的内容，使它显得异常饱满。

江南四霸天——贺天保、濮天雕、武天虬、黄天霸的同盟已经破裂了。破裂是由黄天霸从这个绿林集团离开开始的。他投奔了施士伦，走进了统治集团内部。这以后就出现了九黄七珠莲花院一十二位英雄惨遭杀害的事件。这自然是施士伦的“杰作”。贺天保是个思想混乱的人物，后来终于被黄天霸拉去参加捉拿于六于七，也是企图为莲花院英雄报仇的绿林人物的“洗浮山”之役，糊里糊涂地送了命。四霸天里的硬骨头就只剩下了两个：濮天雕和武天虬。他们为了替莲花院的死者报仇，把施士伦捉住了。

投奔公衙、大显身手，走上了“正途出身”的黄天霸好像也并不怎样得意。在开场时观众就看到了他那唉声叹气、满腹牢骚的神情。照恶虎村的情报，他是要回家探母的，但在他们一行三人自己口里，则是“离了扬州江都县，转回绿林乐安然”。这到底是怎么一回事呢？

作者一开头就把这么一位思虑重重情绪错综的人物推出舞台，使观众对他的思想问题发生了兴趣。他到底为了什么不高兴呢?

那理由在他自己嘴里也解释过，他的同衙伙伴王梁也猜测过，但都到底不像，都不曾道着痒处，不能使观众满足，观众后来是从他的具体行动里明白了那底细的。

他为什么在“转回绿林乐安然”之前要那么不高兴呢?想来这位毅然决然离开了绿林道路的“勇敢的人”一定是遭到了严厉无情的社会批判了。他想不穿，为什么就不能让他安然走上这条“正路”去。那些“清议”竟是那么有力，弄得他不能不辞职。他这时的确是恨透了这一堆听来刺耳的意见的。他的心里充满了惋惜、勉强与愤懑之情，所以他才把马一勒，长叹一声，垂下了头。

他的同衙伙伴、思想混乱的人物——王梁，对他这种思想情况提出了猜测。王梁是不能理解黄天霸的，虽然他根据直感首先提出来的“莫非思念县尊?”其实已经说对，但给他一支吾，却又糊涂起来。

王梁、李五、贺天保……这些人都有一个糊涂的概念，就是讲究无原则的“江湖义气”。在绿林里讲“义气”，走入公衙与绿林作战，就改讲另一种“义气”。现在看见黄天霸不高兴，就用对施不全的“义气”来解释，以为他是想保护县尊，通过了危险地带，然后回去，这样就会“公私兼顾”，两面的“义气”都保全了。这样的人物可能还是善良的，却不能不说是糊涂的，正好给黄天霸之流利用了。悲剧就正在这里，死心塌地被利用了一通之后，到底自己还是莫明其妙。

在恶虎村那边，自从这位“盟弟”投奔官衙之后，就对他产生了非常的戒惧。濮、武二位看得清楚，这正是一个黑色的蜘蛛，一碰上就会弄得家败人亡的。黄天霸的武艺高强，自然是使他们戒备的一个原因，但这还远不及他的阴险来得可怕。他们明知这个“盟弟”已经变了心，却还不想当面和他吵翻，最初总还是想要委曲求全的。但是妥协的道路终于走不通，濮、武二位最后是流了自己的血才到底明白了这个真理。剧作者在这里紧紧抓住了这条斗争发展的曲折线索，把濮、武的容忍、退让写得极度饱满，最后使矛盾发展到不可调和的地步，然后才不可收拾地爆发。

在恶虎村里也还有着两位好心的女人，濮、武二位的夫人。她们除了知道天霸的武艺高强之外，对他还有着一种“盟弟”的骨肉之情。她们也是讲究“义气”的人物，杀掉贼官施不全她们是并不十分反对的，但顾虑对不起“老兄弟黄天霸”。为了这个，她们还和自己的丈夫发生了争论。正是她们的悲惨结局起了激动人心的作用，激起了观众对黄天霸从心底里的憎恨。作者用寥寥数笔勾勒出来的这两个人物，是极为出色的。

恶虎村外解劝了濮、武二位与李五之争以后，黄天霸和两位盟兄无意之间的会见，是剧作者天才的笔墨。不由令人想到，作者在这里就像斗蟋蟀的人一样，手里拿着马尾缚成的工具，调度着瓦罐里面的蟋蟀。让他们碰一碰，又分开来，张一下牙，展一展翅，却并不立即交手。真是好看极了。

这个遇合在双方都是意外的。黄天霸并不曾天才地预料到施不全必在恶虎村，而且他开始时也还并不想得罪这两位盟兄。当李五嘴里说出“前面那些蟊贼……”那种不逊之言时，他还要遮盖一番：“李五爷言重了。”为了打开僵局，他还想起了这一天是濮天雕的寿日，说自己是前来拜寿的。连比较单纯的武天虬都被他弄得激动了：“你还记得！二哥受他一拜！”甚至后来想进庄拜见嫂嫂，几次三番遭到谢绝，也还不曾引起他的猜疑。

黄天霸告辞了。紧张的弓弦又松了一下。

直到他已经出庄，剩下一个人沉思的时候，才发现了此中的疑窦。在黄天霸看来，二位兄长，不应对他如此冷淡（在观众看来是避忌），不应该“脸上变色，走得慌忙”。在一个“丝鞭”（牌子，“呱……呛！”）以后，他想出来了，赶了回去。

下面的进庄行路一场，作者用了极精炼的笔墨，交代了非常丰富的内容，真不愧是舞台上的“诗的语言”。

黄天霸抬头一望，看见了好大的庄院，而且感叹着说：“两旁树木，俱已长成林了。”其实黄天霸并不是无病呻吟、见景生情的风雅人物，这样的感叹正是为了说明恶虎村是他的旧游之地，在走入公衙之前，他也曾经在这里过过一段绿林的好日子的。今天的嗒然归来，自然不免会有些感慨。

他又望见了三义庙，替赵子龙鸣了一阵不平，实际却是责难濮、武二位对自己的冷淡，想借此刺探出点什么线索来。

濮、武二位两次差丁三把早做准备，都被他看出了破绽；最后进庄之时，又让他看见了濮、武的交头接耳。

疏疏落落的笔墨，信手拈来的细节，都对刻画人物，描绘环境起了重大的作用，同时还加强了戏剧发展回荡的节奏感。看来平淡，但作者其实是花了艰苦的劳动的。

这种回荡一直延续着。濮、武的谨慎、容忍，使很多足以引起冲突的情节都没有真正爆发。在进庄以后，已经从兄嫂口里套出了施士伦的迷离踪迹，武天虬破口而出了：“遇见那贼官，俺就要扒……”“扒什么?”“把他接进庄来，替老兄弟你好好款待!”黄天霸的威逼声势和濮、武二位的隐忍写得如此饱满，但这一些都不曾弄到最后的决裂。

难道说作者在这里失去了掌握的分寸，为了戏剧效果，把黄天霸的狂妄做了过分的夸张，把濮、武二位写得过于懦弱了吗?

我看这分寸还是有的，而且极为鲜明、准确。只要黄天霸没有超越某种限度，只要他在口头上还承认同盟的关系，只要他没有明目张胆地诽谤绿林，其余的一切都还是可以容忍的。

照我看，决裂的最后关键正是在他们鲜明地揭示了不同的立场以后。当黄天霸第三次夜行进庄，引起了最后的争吵，终于又提到了莲花院事件，当他不顾一切把英雄说成了“盗寇”，濮、武再也没有了什么顾虑，当面揭出了他的“欺兄压嫂”，和“动不动就是黄门的金镖”的丑态，“起战场”了。

这样的描写是真能激动人心的，也是真正能够使人信服的。因为作者在这里准确地把鲜明的立场问题安置在戏剧高潮和矛盾的焦点上，于是才使作品产生了极大的力量。

正是因为还有濮、武这样的人物存在，正是因为社会上还存在着正义的评论，才使黄天霸们不能放手地进行自己的勾当，在他们的道路上增加了障碍。这样，黄天霸对恶虎村的怨恨是深极了的。不过，他最后的杀机也还是逐步发展起来的。

他们在旅店里商议的时候，王梁就提出了这样的看法，最高任务只在救出施不全，冲着那顶施不全乘坐的“驮轿”，问濮、武二位要人。“可千万不可伤害他们二位（濮、武）的性命!”李五也是同意这样的看法的。他们的理由是怕“江湖上说你老兄弟不义气”！因为他们三个是“朝北叩头的把兄弟”。即使是这种模糊的义气观点，使他听了以后在脸上露出了不屑之色，可是到底也还给他增添了很大的威胁。在他夜行进庄的途上，说出了“只为县尊两绝交!”的决心之后，也还是说明了自己的“苦衷”：“县尊若在他庄，俺天霸只好苦苦地哀求……”至于他真正动了杀机，应该是在前面所说的关键问题鲜明提出之后。

这以后，黄天霸的真实面目，就迅速地、彻底地暴露出来了。

我们的前辈剧作家和导演（在过去，场面布置和表演设计是由舞台工作者集体组织、构思的，应该承认也是一种导演工作）善于在舞台上布置一些无言的、简洁有力的、只用动作进行表现的绝妙手法，和电影艺术里许多手法极为近似。在《恶虎村》后半部急遽进行的战斗场面里，就很少使用语言，只选用了一些鲜明有力的动作来代替。

黄天霸在和濮、武交手的时候，几次手抚镖囊，想杀害濮、武，都遭到了王梁或李五的阻止。有一场，李五和黄天霸双拉上场，天霸一脚踢开李五，顺便北跪叩首，表示已经解除了结拜同盟的义务，回头一镖，打中了武天虬。

这一跪，真使人有凛然之感。

还有一次，黄天霸要杀武妻，刀柄给王梁拉住，他一直拖着跪在地下的王梁追进场去。

这些无言场面的表现力不是任何夸张手法所可比拟的。

作者还借了涂着白鼻子的王梁的嘴说出了不少真实情况。

黄天霸杀得差不多了以后，要放火烧庄。王梁上来阻止，说："这可不是咱们老兄弟干的！"这里，王梁忽然记起了他们自己的"身份"，但黄天霸不顾，而且嗤之以鼻。

在最后，杀人放火之余，黄天霸却恢复了"脆弱的感情"，赖在那里不肯走，哭道："兄嫂啊！"王梁在旁边评论说："猫哭耗子假慈悲！"

涂着白鼻子的人物，爽直地说出了真话，这是中国舞台上一个悠久的传统，我们还可以找出不少这样的例子来。

这样的作品，产生在二百年前那样的时代里的作品，难道不值得我们珍惜吗？

附记：

《恶虎村》是盖叫天先生的名作。他已经很久没有演出这戏了。在去年他的"舞台生活六十年"纪念会上，为了满足大家的渴望，他又恢复了这个演出节目。在表演艺术上有许多卓越的成就，给大家带来很大的满足与益处。这篇小文只记下了我对剧本方面一些片断的感想，至于盖老的表演艺术，想将来在别的机会里再试做分析。

一九五七年二月

演员的气质

京戏武生行大致可以分为长靠、短打两工，这是大家都知道的。盖叫天的短打、箭衣戏是解放后舞台上的典范，给观众和演员留下的印象、影响都是深刻的；可是论长靠，三十年来京剧界就缺少像盖老那样有威望的前辈表演艺术家。这个缺陷久久没有能填补，是京剧的广大观众一直关心的事。

榜样的重要性是无论怎样强调都不嫌过分的。舞台艺术不比其他艺术品种，它只能体现在舞台上，随后也只能保留在观众的记忆中。几十年前电影记录、录音……这些手段还没有得到广泛运用；即使今天已经有了这样的方便，真正能把一台成功的演出完整保留下来也还是困难的。因此，对过去一些著名表演艺术家的成就，除了口碑之外，也只能依靠一些文字记载。这都是隔了好几层的“复制”品，效果很不理想。今天的情况是真正看见过并能讲出一些珍贵印象的老观众已经着实不多。广大观众和比较年轻的演员，普遍缺乏第一手的清晰概念。这是一个很大的困难。

长靠武生的“宗匠”大家都知道是杨小楼（其实他是全能的，短打也极好）。我只赶上了他的晚年，而且看得也很少，本来没有资格在这里饶舌。不过看了京剧四团这次带到香港的剧目，有《长坂坡》和《艳阳楼》，这两戏都是小楼的名作，我又都见过，同时时隔四十多年，印象居然还不曾完全消退，因此就想借这个机会写下一些回忆。

长靠武生最重要的要求是气度。在旧戏中，一般都用以扮演大将，有时甚至是主帅。武将当然必须勇猛善战，不过气度有时却更为重要。过去的广告宣传，经常可以看到为某些武生演员加上“勇猛武生”的赞词，我一直都不以为然。既是“武生”，“勇猛”是当然的；但要求仅止于此，就颇嫌不足了。有些武生演员，论身材、扮相，都不能说坏，只是台上一站、一举手、一投足，不知如何就给观众一种“小丈夫”的印象。有时一个身段，简单如一个站像，也不能达到要求，不是僵直地故作雄武，就是因忽视线条而形成猥琐。原因是缺乏基本功的锻炼，也缺乏必要的理解。有一种“行话”，形容这种形态为“棒锤”，是颇为传神的。

这些话说得似乎有些玄虚了，其实不然。有比较才有鉴别，在舞台上是可以比的，而我们却苦于长久没有可资比较的“典型”。

什么是“气度”呢？演员的形体与气质结合起来就是。这样说自然不免有些简单化，但约略可以说明那特点。

每一个演员都有他或她的特出的优点与局限性。在学习与实践过程中，能清醒地了解并恰当运用，就能获得应有的成就。被林彪、“四人帮”残酷迫害死去的著名演员言慧珠，是非常聪明也勤于学习的。她又非常虚心地征求朋友的意见。

五十年代她对老师梅兰芳的学习是极为认真的，不过有些忽视了方式方法，她采取的是“描红”的艰苦临摹方式，对梅在舞台上的一举一动、一颦一笑都用心记下，摹仿。她的学习的热情是值得钦敬的，但方法却有缺点。她演了《洛神》以后，曾普遍征求熟人的评论，得到的回答是缺乏一种“仙气”。她又曾用心学习并演出了《宇宙锋》，也来问起我的观感。我说，由她来演《宇宙锋》是不合适的，我的回答是坦率的，但也是由衷的。这样一位聪明、好学，有非常广阔艺术前途的优秀演员过早地不幸地离开了我们，使人感到非常的痛惜。她的经验是值得引起后起者的重视的。

俞振飞是今天硕果仅存的小生行的表演艺术家，他的成就是公认的。俞振飞曾与梅兰芳合作，有极好的成绩。梅兰芳还有一个更老的搭档姜妙香。一般的看法，俞的成就在姜之上，特别像《游园惊梦》这样的剧目，两位的差别是显然的，但也有例外。照我看来，梅兰芳演《贩马记》时，与姜妙香合作，是更为理想的，可以用“铢两悉称”这样一句老话来加以表达，又有一句老话“不温不火”，用在这里也是恰当的。我的这种看法，可能会有人不同意，但我还是想在这里提出，同样作为“气质”说的一种例证。

任何一位表演艺术大师都不是没有局限的。表演家塑造的人物艺术画廊，在丰富程度上有等差，这是判断他们成就的一个重要尺度，但世界上并没有全能的表演艺术家。其所以如此当然有许多复杂的因素，但演员的气质则是很重要的，具有决定意义的。

谈《长坂坡》

回忆在天津春和剧院看杨小楼的《长坂坡》，已经是四十多年前的事了。奇怪的是，当时留下的印象竟还清晰地保存着。散戏以后，随着拥挤的观众在华灯初上的犁栈大街上走着，迎着拂面的秋风，沐着霓虹灯的光彩，嗅着糖炒栗子的香味，那种迷惘的心情仿佛也还如昨日事。

这样漫无目的地走着时，头脑里一直拂拭不去的自然是赵子龙的影子。

在整部《三国演义》中间，在那许多将军里面，塑造得最有特色的大概要数赵云了。他是非凡勇猛的，但绝不粗鲁；他功高，但毫不骄矜；他是刘备的亲信，但并非“桃园结义”的成员；他处世淡泊，但不消极……在他身上集中了大量的美德，但在读者心中，他是人而不是神。

每当刘备集团陷入了非凡的困境时，十之八九要他来出场。甘露寺过江招亲，是他单人匹马保驾前往的；虽说临行之时，军师交下了三通锦囊，但不是赵云的沉着机警，怕是完不成任务的。不信，换上关羽或张飞试试看。

赵云和阿斗的关系也是很密切的：亏了他，“截江夺斗”，从孙夫人手里把这宝贝夺了回来；又亏了他，在万马军中从糜夫人手中接过，历尽艰险，终于完整无损地还给了刘备。不要小看这位不成气候的阿斗，他可是蜀汉政权的法定继承人。按照封建社会的正统意见，保卫了阿斗也就是保卫了社稷、国家，这是非同小可的功勋。

有了如此功劳的赵云，却没有像关羽、张飞那样，被付与镇守一方的重任，一直给留在刘备、后来是阿斗的身边。我说不清那决策的用意，但看来这是很大的失策。如果当日把镇守荆州的重任交给他，肯定不会发生关羽那样可悲的错误。

看来这也确是事实。不管是怎样的场合、局面，只要有赵云在，刘备或诸葛亮，还有观众都会感到定心。《失街亭》中的诸葛亮，一旦发现了马谡的严重错误，感到危险逼来时，首先就是吩咐探马：“快去调赵老将军回来，快去、快去，不得有误！”写得是清清楚楚的。

位在关张之下，那处境是并不怎样美妙的。以诸葛的权威、品格，还得接受他们的多次挑衅，仅仅由于早期刘备还算清醒的头脑，才不致坏了大事。“桃园结义”这种小兄弟集团的落后性，就在《三国演义》中也有着很好的暴露。赵子龙在长坂坡杀进杀出，最后杀出重围赶上部队时，还遭到了张飞的无理怀疑指摘，这是读者观众都要为之不平的。亏得张三爷认识错误和检讨都来得快，才避免了一场悲剧。《三国演义》这种地方是写得好的，闲闲一笔，就使人物有血有肉地活起来了。同时也使我们思索，赵云那样一条汉子，何以竟自有如此的好性子，简直像一位好好先生。看来，赵云也自有他的难言之痛。

《长坂坡》用一个战役，集中刻画了赵云的英勇战绩和忠诚性格。作为优秀的历史剧，在编剧、导演、表演等方面，都有值得注意的特色。

戏的开始写刘备被曹操打得大败，带了家眷落荒而逃，随同撤退的群众哭声遍野，在后有追兵的紧迫情况下宿营。舞台调度是刘备居中，依次坐成一排，占了整个的台面。赵云坐在左手边侧。野营没有用具，大约都是胡乱坐在地上。记得扮刘备的是马最良，一位没有什么成就的马连良的崇拜者，他在凄苦地悠悠地大段唱着，叙述着流离的惨戚。气氛是非常压抑的。杨小楼扮的赵云，右手支颐，银枪靠在身边，在假寐。当刘备暂停诉苦之际，赵云猛地抬头，微闭的双目突然睁开，高亢脆亮地念出了："主公且免愁肠，保重要紧!"这时，整个舞台、整个剧场，都为之精神一振，完全打破了死一样的沉寂和悲苦的氛围，形成一个急遽的转折。

时间虽然已经过去了四十多年，杨小楼这两句只有十个字的念白，有如划破暗夜的惊雷，至今依旧十分清晰地在耳边回响。

杨小楼是有他特殊的天赋的，他那条脆而亮的响堂的嗓子，他那风格独特的吐字和顿挫，就像真的念出了并不存在的惊叹符号似的，迸露了人物的全部感情。这中间包含了对刘备的关心、劝慰、激励，照我看，也还有没有说出来的不耐与批判。作为一位主帅，刘备实在是过于婆婆妈妈手足无措了。

接下去就是追兵杀到，队伍被冲得七零八落的完全溃败场面。赵云是担负着保护皇族家眷的重要任务的，这是他不得不在重围中苦苦厮杀七进七出的原因。一系列武打场次的组织层次分明，武打套子的安排也是经过精心设计的。杨小楼在这里打出了长靠武生的繁复风格，显示了一员大将在重围中的苦斗。战斗非凡激烈，随时都会发生意外的遭遇，要对付种种袭击，要从敌人手里夺取战马和武器，但赵云终究是一员大将，他沉着、利落应付了这一切。他已经陷入重围，进行着一场混战，可是使观众看到的是这场混战中的每一个局部的清晰的特写。

不能不使人惊叹的是我们的前辈艺术家的天才的创造。如果用"特写"（也就是近景）这样的术语描写一系列局部的战斗是恰当的话，那么我更想用"全景""宽银幕"这样的术语来描写另一种高明的表现手法。为了突出地刻画英雄人物赵云，剧作家把曹操（敌方的主帅）请出来登山观战，把战场全景、中景、近景组合在同一舞台场景之中。在每一次战斗间隙，赵云下场的时候，利用电影中"蒙太奇"那样的手法，交替描写两个阵营的主角的心情活动，终于达到了笔酣墨饱、如火如荼的境界。

剧作者不只为曹操安排了战斗评论家的职务，使他指指画画而已。曹操和他的随员站在舞台后部的桌子上，那是山头，还要表演一个精彩的极富戏剧性的插曲。

那一次扮演曹操的是著名的侯喜瑞。站在曹操身边的是徐庶，已经记不起扮演的演员是谁了。

曹操站在山头，先看见文聘出场，并不在意；赵云出场，曹操眼睛一亮，白盔白甲，白马银枪。赵云和文聘交手，曹操的双眼不离赵云，随着赵云在舞台上的活动转移眼神。赵云打一个、两个、三个、四个，总攒，要下场下，曹操伸长了脖子向远处望，越望越远，在等赵云消失在万马军中。

曹操这时还不知道这就是赵云，唱道："见一将官威风凛，白马银枪似风云。所到之处人头滚，枪扎剑砍尸血痕。这员将官必须问，快快叫他通姓名！"等他得知这其实就是"常山赵子龙"时，不禁出惊："哦！"此时进入曹营、"一语不发"（没有献策）的徐庶献出了"妙计"："赵云所到之处，不许暗放冷箭，只许生擒活捉。"即使老奸巨猾，曹操竟也失于检点，全盘接纳了徐庶的意见，总结成两句口号"不要死子龙，只要活赵云"，作为军令发布了。

观众看到聪明的曹操竟如此轻易地上当受骗，心里是高兴的。同时也认为这是合理的，因为曹操被收服一员好将的贪欲弄糊涂了，竟不暇分辨徐庶献计的动机。

这实在是天才的处理。

作者利用曹操对赵云进行了直接的评论、渲染，手法如此灵活，效果好极了；利用同一舞台，向观众展示了战场的全景，也展示了双方的局部场景和心理活动。艺术手法如此经济、鲜明，真是令人惊叹！尤为重要的是，剧作家对赵云的描写方法，是现实主义的。赵云虽然勇敢，但究竟不是刀枪不入的怪物，一旦乱箭齐发，后果是不问可知的。现在有了曹操不许暗放冷箭的明令，则他的左冲右突，终于安然无恙就不只是可信，而且是必然的了。作者告诉观众，赵子龙是人间的英雄，并非天上的神仙。

在这种地方，比起描写诸葛所用的手法实在要高明得多。在许多场合，出了格的浪漫主义手法，看来并不可取。

这是一个十分有趣的事实。如果拿中国古典戏剧和外来的艺术形式——话剧和电影进行比较，就会发现，它更接近于后者。它没有铁板三块的舞台空间；它不靠演员在台上一味地说，一切都得由对白来连缀、交代；它对观众的要求也不那么严格，观众不需要过分地精神集中，就能充分掌握进行中的戏剧情节，可以自如地选取艺术欣赏的机会；它控制观众情绪的手段也是多样的。总起来说，它受现实的束缚最少，奇怪的是在艺术真实上的收获反而更多。

《长坂坡》是能说明这许多特点的一个好例。我们仿佛可以看到有一个无形的活动镜头在飞快地移动，随时为观众提供他们关心的场景。不仅如此，一些“插入镜头”的运用也是非凡巧妙的。

赵云单枪匹马与漫山遍野的敌军作战，非常需要一件好武器。在前人的想象中那就是一口削铁如泥的宝剑，这是所向披靡的赵云所不可缺少的，于是就出现了一位“背剑大将军”夏侯恩。这可真是一位有趣的人物，一身奇特的装束，背上是曹操心爱的四口宝剑，他直白地说出了自己的“使命”，“一来送剑，二来送死”，非常方便地完成了任务。

剧作家在安排这个“插入镜头”时，真使人感到有一种

“手挥五弦，目送飞鸿”的快乐。

《掩井》是浓墨重彩的场次，但笔墨极为经济，动作性极强，还充分运用了锣鼓的烘托作用。敌人随时都会掩至，真是“风声鹤唳，草木皆兵”啊！杨小楼这场的表演确是完成了对赵云的描画，他的勇敢，他的舍身救主，他的机警，都是极动人的。自然这一切都是在他对刘备效忠的思想指导之下完成的。他劝糜夫人跨上自己的战马，他听到曹兵迫近的鼓声，在转身的一刹那，发现糜夫人已经跳井，他一手抱着阿斗，一手去抓人，只抓得一件空帔。他向里翻身跪下，动作干净利落极了。他没有多余的时间，把阿斗放在怀中护心镜下，推倒土墙，掩盖了枯井，翻身上马，再度杀出了重围。

这一场只有极简单的几句对白，此外就全部由一系列精选设计的动作组成。根据梅兰芳的回忆，杨小楼与王瑶卿经过细心琢磨修改，确定这场戏的表演程式。

这时主要的战斗场面已经过去，剧作家在结束故事的同时，用精致的笔墨对人物做了最后的刻画。

赵云终于杀出了重围，摆脱了敌兵，经过张飞的刁难，最后见到了刘备。赵云对发生的一切做了汇报以后，终于想到了阿斗。杨小楼这时脸上陡然出现了交杂着惭愧、担心甚至是歉然的神情，怎会竟自忽略了这头等重要的“宝贝”呢？只顾厮杀，全然被忘怀了的闷在护心镜后的阿斗这时怎样了？他小心翼翼、轻手轻脚地解开了战袍，此时杨小楼面部表情的变幻理所当然吸引了全部观众的注意。他惊喜、失笑了，将阿斗双手捧给了刘备，口中说道："啊！他倒睡着了！"这一句也正是杨小楼的典型念法，确实把意外惊喜、如释重负的心情和盘托出了。

底下就是有名的"刘备摔孩子"的一幕，后来这已经变成了劳动者的歇后语，说明了其实不过是"假慈悲"。

我在想，旧时代，天才的戏剧家创造了赵云这样的英雄人物，得到了群众的批准，也受到统治阶级的赞许。赵云的忠勇以及忍辱负重这许多好品质，是合乎人民的道德标准的，也并不违反统治者的利益，他们正需要这样忠心耿耿的好助手。不过，透过现象，也还可以发现一些掩盖在下面的东西，赵云难道就是这样单纯的一个英雄人物吗？难道他就没有一些思想斗争吗？恐怕并不如此。

京戏里有一出《凤鸣关》，久已无人演出了。本事也出于《演义》，略谓"亮之北伐，尽遣诸将，独置云不用，云怒而请行……"（节陈墨香《京剧提要》）就多少透露了一些消息。可惜戏是冷戏，注意者也不多，现在几乎已经无人知道。据陈墨香说，这戏里有赵云与诸葛争论一场，他要唱多至一百余句的西皮二六，自夸其功。看来这是赵云这个人物的另外一个重要的侧面，应该在这里提到。

一九七九年十一月二日

辛辣的喜剧

——谈赣剧《借靴》

江西省赣剧团最近在上海举行公演。我们又有机会看到一种古老但又具有新鲜活力的地方戏曲，这是令人感到异常兴奋的。

我们伟大的祖国，有极其丰富瑰丽的民族戏曲遗产。它的特点之一是多样性，不同风格的表演、歌唱形式，从不同的角度，刻画、歌颂了劳动人民的生活与感情；它也有另外一个特点，那就是说，即使这些生长、成熟在不同地区的表演艺术有着怎样各不相同的特点，然而同时也有着极为显著的共同性。因为它们到底不是自生自灭的。在辽阔广大的祖国，在长远的历史过程中，有着值得骄傲的久远优秀的艺术传统。正像从一株古木上面茁长滋生的新的树干与嫩芽，虽然它们各有自己不同的姿态、样式，可是到底它们还是一个母亲的儿女。

根据这样的理解，我们就不能不特别重视赣剧的传统。在明代，一种给了全国戏曲很大影响的“弋阳腔”（也就是后来的“高腔”），就是在这块土地上生长起来的。赣剧就是它嫡系的子孙。此外，作为近代戏曲主流之一的“二簧西皮”，也曾直接从江西的“宜簧腔”接受了影响。这样，这么重要的一个戏曲发源地的剧种，值得我们注意的就不仅是它所保留下来的古老的传统面貌了；在数十百年里它所进行的衍化、发展，以及解放后在党和政府领导下取得的戏曲改革的成就与经验，就更值得我们的重视和作为借鉴。

由于观摩的机会不多，现在我想仅就演出的节目之一的《张三借靴》，谈一些粗浅的感想。

这是一出古老优秀的讽刺喜剧，它产生的时代应该是在明清易代之际。在《缀白裘》和《纳书楹》两部曲谱之前，《弦索调时剧新谱》里也著录了这个喜剧的唱词全文。本来没有牌名，只在套首标出“歌头”二字。从曲文的风格看，这是一个无名的戏曲作者的创作。曲词是浅显而优美的，也用了些典故，可是完全不是拙劣的堆砌。作者真实、深刻地刻画了一个反面人物的精神面貌。

剧情是简单的。一个地主暴发户，吝啬、胆小怕事，经常做虚伪的吹嘘、逢迎，还带着一股使人难以忍受的神经质的酸腐气，是旧时代地主阶级的典型。——这个角色叫“刘二”。他的朋友张三来向他借一双靴子去吃酒，他不肯，后来不得已答应了，却还百般留难，极力声明靴子的宝贵，甚至连怎样穿、怎样拿都讲究得无微不至，最后为了靴子的出发服务还做了一篇祭文来道别。等到张三把靴子拿走，天已经黑了，又放心不下，失魂落魄地出去寻找，正好在路上碰上了吃酒未成、愤而睡去的张三。他仔细地看他那双靴子，发现尚未磨损时，就惊喜非常；看到地上的尖削石块就又为靴子的命运担惊、害怕。最后总算讨还了靴子，自己的鞋却为张三抢了去。当他不得不心痛地穿上自己的靴子以后，只好挖空心思，把家人打发掉，两足朝天，双膝着地，在地上爬了回去。

在我们的传统剧目里有不少优秀的讽刺喜剧，浪漫主义的风格和现实主义的创作方法结合得十分严密的作品也不少，可是像在《借靴》里运用得这么大胆而圆熟却是难得的。讽刺喜剧不排斥夸张，甚至必须使用夸张，不过剧本成就的高低，也往往就决定于夸张的使用是否和人物的思想感情密合无间。优秀的作者往往能使观众笑得自然，决不勉强；笑得深切，不易忘却。当刘二把客人张三（二十年的结拜故交）接进中堂，极度渲染了自己虚伪的思慕之情，接着就担心地询问来意，并且表明了自己的态度。

> 你今日前来做甚的？有何事，说我知。就是你要脑浆、将闷棍敲；要鲜血，钢刀刺，一任你剖腹剜心，万剐凌迟。

这不能不说是夸张的写法，完全达到了这样的效果，暴露了这个骗子的不负责任的乱吹。然而通过刘二空虚的声音，观众完全可以理解他口说大话、心里却在担心张三会提出某种要求的。等到张三说出要借靴子，他马上就变了另一副面孔：

> 唬得我,战兢兢，战兢兢；似醉如痴，你把借靴两字

休提起。我觑，觑着你乔嘴脸，好一似那柳盗跖。我觑、觑着你恶面皮，好一似打劫贼。激、激得我腾腾怒起，腾腾怒起！

这转变有多快。借靴在刘二心里引起了怎样的波澜，真不是听完了上面那一套好话的观众想得到的。性格的刻画、对比是鲜明的。可是同样，观众依然不觉得这里有生硬的斧凿痕迹，因为这样的急遽变化，基本上是紧紧地依附着刘二的感情脉络。

剧情发展到最后刘二不得已心痛地、小心地穿上了自己的靴子，在无计可施、踌躇痛苦的时候，观众也都为他担心了。观众和刘二遇到了同样困难的课题。而在最后，刘二动作快速地、生气地在地上爬了下去时，观众大笑了，不禁赞赏剧作者的才华，赞赏刘二如此忠贞地坚持了自己的性格。这真是个意外的处理方法，大胆而鲜明，用更浓艳的笔触在结尾的地方保卫了角色的性格。

在这篇短文里，只能简单地做一些初步的分析。演员童庆祁的优秀表演，是使人难忘的。他真的摸到了人物的内心情感。他的声音、动作，都控制得恰如其分，没有流于过火的自然主义表演，但却无时不明显地透露人物的内心颤动。他的出色的腰腿锻炼，是有助于成功表演的有利因素，在演出里使用的帮腔也值得注意。

一九五五年

汉水上吹来的春风

看了陈伯华同志的几次演出，特别是她的新作《柜中缘》以后，是会引起人们很多新的启发的。

《柜中缘》是一个很好的喜剧，本来是“梆子”里的传统剧目，现在被移植到汉剧里来了。移植得十分成功，没有一些斧凿的痕迹，使人感到好像这本来应该就是汉剧的传统剧目似的。这种成功的移植可以使人理解地方戏曲互相影响、互相哺育从而产生的一种亲密的血肉关系。过去千百年来的情况如此，今后的情况也必然仍旧如此。

地方戏曲彼此互相移植剧目的条件是存在的，可是并不能说移植的工作就是轻易的。

地方戏曲的表现形式、表演程式大体上是相似的，甚至唱词的字数、句法也都是相近的，这些有利的条件往往正是造成移植工作失败的不利因素。以《十五贯》为例，自从昆苏剧团的演出获得成功以后，我们在全国的舞台上很快地就看到了各种不同剧种的《十五贯》，但是真能做到成功的移植的就不多，往往只是保留了原来的故事，甚至场次、台词、唱词，但却同时失去了昆曲和这个剧种自己的特征。正像一种拙劣的译本似的，除了面貌依稀之外，原作的风格和祖国语言的优点都同时被失掉了。

陈伯华演出的汉剧《柜中缘》，就正是在这些地方，表现了演员的辛苦劳动的。她把这个小戏的形、貌糅进了汉剧的血肉中间，传出了汉剧的风神。应该说，这正是一种可贵的再创造工作。

陈伯华是出色的旦行（青衣）演员，可是她又在花旦的行当中，得到了更为可喜的不平凡的成就。她在《宇宙锋》里演出了一位丞相的女儿，同时又在《柜中缘》里成功地塑造了一个天真、娇憨，极为可爱的普通少女。她用了很大的努力来表现少女的面貌和内心生活。从语言、声口、脚步、颦笑，以及眼睛、眉毛、腰肢、手指的运用里，活生生地再现了一个可爱的少女。这样的少女，是人们在生活里异常熟习的，同时也是人们热望在舞台上不时看到的。陈伯华的演出里有着那样浓厚的生活气息，同时又有那么浓郁的舞蹈气息。她的每一个动作，每一个姿态都是经过很好的组织、挑选的，那些繁复的动作个体，都能在汉剧的传统舞蹈程式里找到根据，那些经过精心结撰的动作组合也都不是无根的枝叶。

一个优秀的演员，正像一个优秀的工人。她有一只蕴藏极为丰富的零件箱，她能熟练地、创造性地运用箱里的零件组成新的产品，这些新产品都具有自己的生命和风格。

这不是一件轻易的工作，除了演员的才能以外，没有艰辛的努力也还是办不到的。

《柜中缘》是一个喜剧。一个少女，在危难之中收留了一个被迫害的青年，却为自己带来了一连串意想不到的尴尬局面。可是通过这一系列矛盾的解决，却使这一对青年订了婚。

人物之间感情的滋长，就是在这短短的过程里完成的，可是却完成得那么入情入理，那么健康，无可指摘。这真是一折上乘的喜剧。

对选取了这样的喜剧而进行加工的演员，人们是非常感谢的。

近几年来，我们的剧场里一直是缺乏健康的笑声的。这个情况和今天的社会现实并不十分和谐，和我们的戏剧传统也不是十分吻合的。传统剧目里包含了大量的丑戏和花旦戏，这笔丰富的财富一直没有得到很好的重视与发掘。

中国人民具有非常高贵的情操。健康、爽朗的笑声一直不曾在人民群众里中断过，即使是在最艰难的岁月里也是如此。人民用笑声支持了那些值得同情的人和事，也打击、烧毁了那些丑恶的东西。

看了《柜中缘》这样的喜剧以后，有谁不是充满了热情为这一对年轻人祝福的呢？受到奸党迫害的岳飞的儿子在危难中得到了一个少女的救护，少女是那么美丽、善良、稚气，人民通过这个可爱的小姑娘发抒了自己对忠于民族国家英雄后裔的全部热情。

整个喜剧里没有一句政治术语，谁都不曾喊过“打倒卖国贼秦桧！”这样的口号。在一折充满了儿女柔情的小戏里，却表现了最有力的政治倾向。

一九五七年四月

看《拜月记》

每逢看到一出久已不见演出的古典戏剧重新在舞台上出现的时候，总会有说不出的愉快。这种愉快和考古家发现一种从未前见的古物，藏书家找到断种的海内孤本，将军收复一座名城时的感受是一样的。南戏古本“荆刘拜杀”之一《幽闺记》的重见舞台，就给人带来了这样的激动，从此人民的舞台上就又找回了一个好节目。也许可以这样比拟罢，从祖先所遗留下的“窖藏”里，又发掘出来一笔新的财富。

剧本出现于元末明初那个动乱的时代里，虽然是喜剧，可是这里面却渗透了时代的声音。弋腔系统的一些剧种特别善于表现这种气氛，是无可怀疑的。湘剧、川剧里的高腔都原无弦乐配音，只在高亢的独唱结尾时，出现打击乐器的合奏，同时又出现了和声的帮腔。这种处理方法的确有激动人心的力量。不论是湘剧里的散锣还是川剧里更为激越的一种“海笛”似的乐器，都能使观众感到剧中人物内心的激荡。这样的唱法，是独特的，有浓重的民族风格的，值得好好保存的。

这一次湘剧的演出，在音乐方面有了新的创作。有时候加一种“引首”似的调子，引起一段没有配音的唱词。同时，在结尾时，与“帮腔”同时出现了乐器的伴奏。这样的企图都是良好的。不过激越的心情必须用激越的乐音配合，不是恰合无间的配曲，却会削弱气氛与感情。中国的古乐器，也是各有其不同的功能的。有许多乐器是所谓庙堂之乐，如“笙”表现柔和、庄严……这样的情感有余，但在衬托激越的心情时就无能为力。或者要创造新的更好的使用方法才能起作用。湘剧的音乐创造，是下了功夫的，但在整体的运用上，和粤剧、越剧、沪剧……却不无类似之处，有五音联弹之感。我觉得在今后改进时还需要付出更多的力量，使风格不雷同，作用更明确。

蒋世隆的伞是很有名的道具。明刻本《幽闺记》出色的插图里，就曾经多次描写了这伞。第一届全国戏曲会演里，曾经出现过川剧的《踏伞》和桂剧的《抢伞》，也都是《拜月记》第一折里的基本情节。如果拿旧有的印象和湘剧来比较，川剧桂剧就都比较繁复，而湘剧则是比较洗练的。

艺术创作是个极为复杂的问题，有时候情节处理的繁复与干净不是很容易就分别优劣的。这把伞，可以帮助仅有的两个人物在空落落的台上写出内心活动的过程，自然是应该加以利用的。同时有风有雨，这把伞也能用来写出自然气候的变化，进一步刻画人物的心情。有“踏”有“抢”，足见艺术家在这把伞上下过多少琢磨的功夫。有这么一个身段，蒋世隆和王瑞兰两背相倚，雨伞高举，人物像磨似的在原地旋转，小生的一只脚是抬起来的，伞是不停地转动的。这种表演，不只是技艺的炫示，其实也正是真实生活在舞蹈艺术里的高度提炼和美化。

同时，那件罗裙，在脱下、晒干的过程中也是有许多曲折的。这些，在旧印象里的川剧桂剧都较湘剧繁复。说好处，可以说刻画一对陌生的青年男女萍水相逢的复杂心情更为深入；说缺点，似乎不免有些脱离了原来的环境，兵荒马乱之中，他们居然有这样的闲情逸致来大搞恋爱，似乎有点不合理，但是又不能说这是不真实的，“乱世男女离合，本属寻常”，又正是极为普遍的现象。照我想，详尽深入的刻画是完全应该的，但不能使观众忘记这是在战争环境里进行的。如果使人产生一种错觉，以为在乱离之中，一对青年男女忽然出现在“桃花源”里，进行了一场恋爱，恋爱已毕，就又走入了刀光剑影的人间世，那就糟了。

湘剧的处理是更干净与洗练的，完全没有上述的这种缺点，虽然对比起来，难免有些使人不满足之感。

《拜月亭》的评价，在过去就一直有着很大的分歧，比较一致的看法是，剧本比较洗练，所用的语言也全是“本色”的语言。但是攻击它的却说：“既无风情，又无裨风教，歌演终场不能使人堕泪。”（王世贞语）“风教”一点，是道学家的鬼话，不必详论；没有风情之说就完全不确，比如那把伞，就是能有若干戏可做的。只有末一点，似有可以商讨的余地，在剧场里我就听到一些议论，说这戏不免“平了些”云云。

所谓“平”，我想还是表演上的问题，不是指情节而言的。正相反，情节上倒是奇遇迭出的。

从表演上看，徐绍清老先生的王相国，戏并不多，特别是到了后来，他更没有了什么动作与言语。他完全成为被嘲笑的、落在尴尬境界里的人物了。但是，有谁会说他的表演太“平”呢？正是在平淡中，真实地写出了人物。不多的几个动作，几句话，就完全把人物的困难处境写了出来，又带着那么丰富的喜剧气息。他充分地感染了观众，却丝毫不曾破坏了人物。在今天的名演员里，特别是挂“白满”的演员里，能激动观众的人不少，可是善于保护人物的就不多，这是使人感触甚深的一点。同时，演蒋世隆的那位青年演员，当他在最后一场，感情充沛地唱出了妻子在招商客店被岳父逼走，欲见一面而不可得时，真是感动了观众，全场鼓掌了。应该说，这戏是并不“平”的，优秀的表演与优秀的歌唱，就能使戏剧动人，不陷入平俗之境，这不是很明白的吗？

最后，想谈一些服饰、身段方面的感想。

《双拜月》一场，两位女演员的服装与发式，完全是所谓“古装”，和越剧……是完全一样的。我们在地方戏里非常希望看到有独特风格的创造，可惜的是看来看去全是梅兰芳先生三十年前创造的“黛玉葬花”式的装束。这个创造很了不起，但是不能想象，全国的舞台上都是这个样子以后的情景。我对湘剧的知识是极贫乏的，不知道曾经有过怎样的梳妆打扮，但在同一台戏里，那个媒婆不就是梳大头的吗？事实上比两位小姐看起来就舒服得多。

对于身段，我更是外行，但是也对舞台上风行一时的一般化的身段深有所感。在上海，流行过一种“技导”的职业，这些专家仿佛是一本本活的“身段谱”，排戏的时候，随意替演员分配一些身段，却很少想到身段的目的性，更不用说创造性的运用了。一出《游园惊梦》就可以解决所有的爱情场面表演的问题。两个女演员同台，就必然出现一些对衬式的高矮身段，即使没有采花、扑蝶的情节也无所谓。在这种情况之下，一些瑰丽的地方戏舞台场景，独特大胆的处理方法，就往往像一阵清风似的，使人们的头脑清醒一下，恢复独立思考的能力，从而更好地进行创造。湘剧的《双拜月》给我们带来了一阵清风，虽然还不够强烈，总之，也还是可以使人们头目清醒的。

一九五六年八月

看了《于谦》以后

绍剧《于谦》是一出好戏。看了这样的戏，是使人高兴的。因为戏的本身和它的遭遇都无比雄辩地说明了林彪、“四人帮”鼓吹、执行的“彻底扫荡论”是多么反动、荒谬、赤裸裸的封建法西斯的文化专制主义，它所造成的恶果又是多么严重，这就为我们提供了极好的反面教训。同时，《于谦》的出现，又生动地显示了展现在革命文艺工作者面前的是怎样广阔的天地；为人民服务的道路是无比宽广的，我们又掌握了多么丰富的艺术手段。文艺家们施展自己的才能，为四化建设服务，真正是大有可为的。

林彪、“四人帮”加给《于谦》的罪名是，于谦是明朝的兵部尚书，也就是“国防部长”，自然也就是暗指彭德怀了。因此它是“借古讽今、鼓吹右倾机会主义分子罢官无理”的“大毒草”。这样离奇古怪的逻辑是擅长八股文截搭题的能手也要望尘莫及的。然而在一个时期里，这都俨然是理论的正宗。

他们如此切齿痛恨于谦不是没有缘故的。

于谦和岳飞的遭遇有此类似。他们都生活于民族国家危难之际；国家的最高统治者——皇帝，都被入侵者俘去了。他们所坚持的抗敌斗争是符合广大人民的利益和愿望的，这使他们成为不朽的民族英雄。他们也都是复杂尖锐的阶级斗争的牺牲者，都在战胜强敌之后，死于内奸之手，他们都是伟大的悲剧人物。

我们曾经有过不少描写岳飞的小说戏曲，在舞台上给观众留下较深刻印象的是《岳母刺字》和《风波亭》，着重刻画他的“忠义”，悲悼他的冤狱。对于谦，过去在舞台上还不曾有过反映，有之，从绍剧《于谦》始。它并没有写于谦的一生，只是着重写了他保卫北京，也就是保卫了祖国的一个辉煌的片段。但于谦悲剧的结末在戏里是做了充分的暗示的，主要矛盾抓得准确，情节的发展、人物的塑造，处处看得出是付出了艰辛的劳动的。演员的表演也是出色的。激昂、悲壮、震动人心的歌唱旋律，有着浓郁的浙东风调的鲁迅先生故乡的剧种，对表现这一题材、主题，显示了动人的力量。

剧作者选中于谦“社稷为重君为轻”这一重要指导思想，抓住不放，用浓墨重彩层层描画，取得了很好的效果。于谦从当时的客观实际出发，顶住了封建宗法道德的千钧重压，为了摆脱敌人的要挟，部署斗争力量，毅然拥立新君，重新树起抗战的大旗。这是符合民族国家利益的正确行动，需要极大勇气、毅力的果敢行动。我们不是说于谦在十五世纪就已具备民主主义的思想，但他能面对现实，采取实事求是的态度，却是极为可贵的品质。可以想象，于谦经受了多么沉重的压力。这种压力，尽管表现的形式不同，在任何时代，任何场合，都是存在着的。实事求是从来不是一种轻而易举的事情。

有的同志认为，就抗敌的坚决性、彻底性……看来，于谦甚至还胜过了岳飞。岳飞没有顶住“十二道金牌”的压力，看来自然是他的弱点与局限性，不过岳飞收到的不只是十二道金牌，更严重的是投降派在政治、军事上的掣肘、打击。岳飞是进行大规模进攻战的统帅，这和于谦的处境是不同的。于谦在取得抗敌的初步胜利以后，在迎回被俘的英宗与反动腐朽的政治势力对峙的一系列新的矛盾斗争中，也显示了他的弱点，终于陷入悲剧的结局。从历史记载中可以看出，于谦不是没有警觉的，但他依旧无力抵御这种悲剧的袭来。这是观众在看戏时需要清醒认识的历史真实。

林彪、“四人帮”的痛恨于谦，当然不仅因为他是明朝初期的一位“国防部长”，更重要的是因为他是一个清醒的，实事求是的，以民族、国家利益为重，敢于面对内外敌人坚决斗争的民族英雄。不久前我到于谦的墓上去看过一下，比晚明的另一位“国防部长”张苍水还要悲惨，石刻、墓葬被破坏得一些都不剩了。难道这只是“破四旧”、打倒一切“帝王将相”么？看过绍剧《于谦》以后，对这一切，我们应该有更清楚的认识。

《痴梦》

前些时听一位从事戏曲教育的老校长说起，他们学校的同学，在上海虹口区一处颇偏僻的戏院上演一些昆曲剧目。开始时大家颇为担心，怕卖座不会好。不料观众一天比一天多，后来竟常常客满了。他觉得很奇怪，而且特别举出了节目中的一出《痴梦》，还是从南京的老师处学来的。一出单折戏，就靠一位演员在台上演独角戏，真不懂观众为什么会接受、喜欢。在“俞振飞演剧生活六十年纪念演出”的第一夜，我看到了江苏省昆剧院著名演员张继青演出的《痴梦》，又想到了老校长的那些话，使我想了很多。

这确是一出并不热闹的“冷戏”。朱买臣的妻子崔氏在“下堂”以后，竟无意中得知被她抛弃了的丈夫做了官，就要回来了，内心很不平静，夜里做了一个梦，一折戏说的就是这么一点事。主角是一位穿了青褶子的旦角，既无新奇服装，又无曲折情节，毫不火炽，该是一出标准的“冷戏”了，但这实实在在是一折最“炽热”的戏，它淋漓尽致地透露了人物复杂变幻、波澜起伏的内心世界。

说梦、写梦、画梦，这是我们的古典戏曲作家的一种偏爱，这是值得骄傲的。在西方的戏剧家尝试种种新鲜的探索手法之前很久，我们就已开始了这方面的创作活动了。最容易使人想起的是汤显祖的“临川四梦”。他可以说是一位在舞台上畅说梦境的大师。汤玉茗口口声声说是“梦”，当然他写的其实都是现实社会的真实。说是梦，这样对作者和观众都方便些。同样的情形还有出鬼，出妖……“牛鬼蛇神”，只有牛是最冤枉的，为什么要把它打成反革命，还要请它领衔呢？这道理我至今不懂。对“妖”，好像还客气一些，因为在它身上遮了一条薄薄的纱幕——“神话”。鬼就完全不行了，前些年公开讲的道理是说它宣扬迷信，真实的原因是因为它揭露了现实，也就是揭下了鬼物身上的画皮。

根据经验，说梦确也是较为稳妥的。禁止做梦的“勒令”，在前十来年似乎还不曾听到过。不过像《痴梦》这样的戏，也真是冷落得很久了。

像朱买臣太太这样的人物，在封建社会里也确是很突出也很有典型性的，一般说，陈世美那样的人物要写多些，女方遗弃男方的就比较稀奇，当然他们的动机彼此并没有多少差别。

朱太太离婚以后，日子好像也并不怎样优裕，但心情是平静的，因为她到底已经摆脱了这个“穷酸”。但当她偶然听到前夫做了大官就将回来时，心情就再也不能平静了。她是非做梦不可了。出于种种不同的理由，我们大约也都多少有过做梦的经验，但非凡的人物除外——“至人无梦”！

朱太太是不能不失悔自己下了错误的决心的。她不能不想，如果当初没有坚决要求离婚，今天她将会过上怎样的“好日子”。戏剧处理是极出色的。朱太太伏几假寐，不久就上来了执事人等，老家人和捧了凤冠霞帔的老妇人。这之间，有短暂但使人感到颇长久的死寂的静场。与《惊梦》不同，甚至没有使用柳梦梅手里的柳枝。观众很容易理解这一切都已是入梦了。老家人的敲门，人们的呼唤，都是轻轻的，节奏也是迂缓的，朱太太开门以后的惊愕、惊喜，在执事人等站堂时，她竟自吓得跪了下来。虚怯的心，即使在梦里竟也如此不易平静。

演员动作的疾徐变化，唱白的高低转换，都是揭露人物内心极为有效的手段。我想，从这种地方可以看出古老剧种，如昆曲，有着多么丰富的遗产。这一折戏的身段谱如果详细记录下来，将是厚厚的一本吧。不过我又想，这一切都是谁创造的呢？不是开天辟地就有的，是艺术家辛苦琢磨、积累起来的。在我们强调继承的重要性时，不是应该更重视探索与创新么？看了《痴梦》，我真不禁为我们古老的戏剧遗产中曾有过近似“意识流”这样的创作构思而惊异了。而它又是如此真实，高度的真实，丝毫没有荒唐、奇突之感。我们的艺术家的思想是活跃的，但又是非常健全的。

《痴梦》也是有现实意义的。这用不到我多说。在今天的社会里，做着这样的梦的人怕还是有而且并不很少的吧？

一九八〇年

江湖

——谈《闯江湖》

《闯江湖》的作者吴祖光同志说过，他本来是想写一个喜剧，他所希望的舞台演出效果也是笑中有泪，泪中有笑。为这样的作者自白所吸引，我读了剧本；又为剧本所吸引，看了演出。在演出者的《前言》里，开头一句就是“悲喜剧《闯江湖》……”，因而又去找一些中外文学戏剧史和评论著作来看，发现从“感伤喜剧”起，名目也多得是。看来看去不得要领，因而又想起了“尽信书，不如无书”这样的古话。存在先于思维，内容决定形式。看来还是从实际出发，从作品出发，从作品所写的人物、故事出发进行思考，比较切合实际。《闯江湖》为我们提供了血泪斑斑的旧社会江湖艺人的悲惨的斗争生活，并艺术地再现了它。这首先就决定了戏必然应该是一出悲剧。不过重要的是作者的态度，和由此决定的创作方法。读剧本、看演出，给读者、观众留下的印象是，作者并没有被这一切重重的愁云惨雾所压倒。他从如磐暗夜之中，时时发现了划破黑暗的光亮，从严重压迫下看到了运行的地下火。火花照亮了作者的眼睛，使他愤激，也使他清醒，于是他捕捉下来，加以集中、分析、提炼，这样才产生了像张乐天这样的人物。其实又何止是张乐天，苦三、金香、师姑小荷花、师父张义亭，尽管在他们身上，火花爆散的方式各不相同，可是在本质问题上，他们是一致的。这是我们应该郑重看待的。

读者、观众必然对乐天留下深刻的印象，这自然因为他是一个喜剧演员，也由于他那鲜明独特的性格。乐天是个即使遭到巨大创痛，依旧不会丧失生活情趣的人。这样的人物，我们见的很不少，而且可以肯定，他们绝非陈后主那样“毫无心肝”的角色。这样的人物，尽管在性格上千差万别，但有一条是一致的，他们都是勇敢的人，都是强者。有压迫就有斗争，在斗争中必然出现勇士。这是几千年人类历史所证明了的铁的事实。在最近十多年的疾风骤雨中，我们见到了更多这样的勇士。一篇回忆张志新烈士的文章说：一次她被“批斗”，在斗争会上，面对林彪、“四人帮”的爪牙，她骄傲地挺立着，“批斗”结束，她大踏步地离开会场，在路边摘了一朵小花，嗅着，微笑着走去了。这是一个高大、美丽的形象。我们能说张志新是个不择时间、地点表现自己生活情趣的“雅人”吗？能说她是装腔作势、故作镇静吗？都不能。烈士光辉灿烂的一生可以作证，事情绝不是如此。

乐天、金香……不是张志新，他们生活的时代和面对的敌人也不一样。不过，我们难道不能从他们身上看到一点共同的东西吗？他们勇敢地、舍命向之作战的大黑暗，难道就没有相似之处吗？不，这样说还不免过于委婉了。应该说他们向之斗争的其实正是同一个大的黑暗。中国古代画家说，墨有五彩。是的，就是黑暗，也有种种的；但都是黑暗，则无疑。不管缺德的斥责声多么响亮，我还是要说出这个真实来。

不同时代，不同场合，勇敢的人们在向严酷压迫进行不屈不挠的斗争时，都有着坚定的革命乐观主义精神。凡是战斗过来的人都能深深理解并无比爱重这种精神，因为这是他们克敌制胜的重要武器。有不少同志，因为没有或缺少这样的武装而过早地倒下去了，他们本来不该如此，这使我们至今还愤慨、痛惜。这经验，是用血换来的，我们绝不该忘记。

当读剧本的时候，特别是开始读第一、二幕时，曾产生一种强烈的印象：作者所提供的生活画面、场景，包括语言，是非常厚实丰富的，同时又是洗练的。生活气息扑面而来，几乎给人一种“浓得化不开”之感。好像舞台毕竟过于狭小了，装不下，以致生活都快溢出来了。作者仿佛是在一大块肉上细心地斩出最精致的好肉，绝不吝惜。读剧本的时候，有时会长久使你忘记这是戏；仅只在某些情节的安排和处理上发现作者的匠心时，才猛省过来。如果说这是用散文的方法写戏，那么我想说，我喜欢这种写法。《闯江湖》和两年多来涌现的大量新创作的剧本一样，这些新开的花朵都是从厚实的生活土壤中生长出来的。即使这些作品所表现的生活至今还不为一些人所喜欢，甚至认为算不了生活，我仍然要表示我非凡的高兴。因为我们终于从十多年来那种可悲的境遇——在那时，江青之流用“一鸡三吃”的办法处理他们的

“样板戏”中挣脱出来了。

作者声明，他并没有剧本所写那样的生活，他的生活来源是他的妻子新凤霞同志所提供的，这是一个方面。作者同时又说，他虽然没有直接的生活，却有旧社会随着戏班子闯江湖的经历，不然他也不可能写出这样的戏。

作为一个读者，我喜欢这个戏，也多少能对它有所理解，同时也敢于确认作者所写是真实的。我当然没有这样的生活，但也可以说曾经沾过这种生活的边沿。三十年代在天津读书，从学校进城，总要经过一个叫“三不管”的地方。戏里的“阴阳界”，可能就在那附近。我还到名为“下天仙”的“落子馆”去过几次，看见过一些少女在台上演唱的情景。她们穿着“入时”，有时是“过时”的旗袍，脸上涂着并不能引起美感的脂粉，扶着一根悬在台口的长绳，一面唱，一面眼睛斜望着“包厢”。坐在台上拉琴的往往就是他们的养父。少女们的姿态就是养父们训练出来的。我只去过一两次“落子馆”，因为后来受到大人的训斥，说那不是什么好地方，不许去了。但时间过去了四十多年，上面所说的那种印象至今还清楚地留在脑子里。《闯江湖》里的小红出场不多，她的死也没有明场交代，作者用诗人的笔触，轻盈地淡淡地点染了几笔，可是一个真实的、有生命力的人物站在那里了。也许留在我头脑里“下天仙”歌女的影子补足了作者不曾写出的一切。我至今还记得她们那种生硬的、毫无感情的、有时还是荒腔走板的戏曲唱段。这不能怪她们，这其实是鞭子底下产生的呼号。在《闯江湖》的人物群像中间，小红应该算是一个弱者，但这是真实的，也许因为她的年纪太小了。另外一个也是弱者的银灵芝，却活了下来，她终于看见了光明。这个人物也是真实的，她是被侮辱、损害，生活在社会底层的代表人物。她受到的屈辱、伤害甚至比彩霞还要深重。她可不是一个无足重轻的人物。在这种地方，我们可以感到作者的笔在很广阔的区域内驰骋，接触面是宽的。

在四十年代，我曾认识一些跟着剧团跑码头的朋友。在重庆和成都，我都有机会从侧面观察，了解过他们闯荡江湖的一些故事。当时我们写东西，都喜欢把“江湖”这样的字面组织进文字和题目中去，说明我们对这个词是喜爱的，甚至是迷恋过的。

我在这里提到这些旧事，无非是想说明，在我看来，处于旧社会底层的流动剧团艺人们的苦难生活，正是广大人民苦难生活的一个部分，而且是很有代表性的部分。这样的生活是应该写的，只要我们有过直接或间接的生活经验，都应该努力做出尽可能深刻的反映。这样的作品将为人民提供非常有益的教育作用，它能使我们认识过去、记住过去。这对在生活道路上前进的人们，永远都是有用的。

在这里说这些不过是常识的浅薄话，也是为了近来冒出了一些阴森、古怪的论调。照某些人看来，像上面所说的那些生活，是不能算作生活的，更说不上是属于工农兵的生活。在今天，演员要算是知识分子的，而知识分子至今在他们眼里也还没有摆脱下等的地位，上不得台盘，进不得作品。这种人的立场、眼光，其实和王五陵、钱德贵是一致的，这并非我的夸张。那些评剧演员，过去大多连字都不认识，但他们从一开始就和知识分子的命运搅在一起了。这也是使我们对这些阶级兄弟感到特别亲近的原因，是我们喜爱描写他们生活的作品的原因。

这个戏里所有的人物，连那位首长，包括作者自己在内，都曾经历过尾声中描写的震撼人心的大欢乐。他们谁都不会料到，这个戏竟是一部尚未完成的作品。顶峰是没有的，作者所写的旧社会艺人的悲惨故事也还不是苦难的顶峰。《尾声》的“画外音”简洁、沉痛地表达了这一层意思。作者开了一张在林彪、“四人帮”残酷迫害下，戏剧界死难者的名单，对在突然袭击下倒下去的同志和战友表示了衷心的悼念。应该说这个名单是很不完全的，不过也只能如此。我想，像金香那样性格的人物，要逃过这场大灾难恐怕是很困难的。乐天是不是就准能逃脱这场灾难呢？我没有给作家写信追问人物未来命运的经验，但我想在这里说出一点贪婪的愿望：很想听到乐天他们在新的更为残酷的斗争中英勇战斗的故事。他们中间是会有人被列入那张名单的，但战士中间的大多数，将和人民一起享受一次新的更大的欢乐，则是确凿无疑的。

“江湖”的确是一个美丽的词。从庄生开始，就用它形象地说明无比广阔的生活斗争战场了。庄生有名的“相濡以沫，相煦以湿”的话拿来比喻师父、乐天……之间的关系、情感，也是十分贴切的。两千年来，人们喜爱这个词不是偶然的，因为它极好地表达了人民之间的关系。就连敌对阶级里的人也懂得这个。钱德贵嘴里就出现过“江湖义气”，他很懂得利用劳动人民之间这种感情上的“弱点”为自己服务。《连环套》里窦尔墩的终于随了黄天霸到官认罪，也是这种弱点暴露较古的一例。这弱点是伴随旧时代而俱来的，今天人们大抵有所认识了。不过因此而全盘否定江湖义气，怕就未必妥当。在旧时代，没有先进的阶级，或者当先进的阶级及其思想理论还没有普遍传播的时候，在苦难中斗争、挣扎的人们中间萌发的这种朴素的感情，从本质上看是可贵的、健康的、美丽的。他们绝不会要求和反动的统治阶级去拥抱。

《打渔杀家》里的老英雄唱道：“江湖上叫萧恩不才是我。”这中间有多少自豪！广大观众也一致公认这是一种光荣称号。这和李司令的自称“绿林大学毕业”是两码事，泾渭分明，观众分得清清楚楚。

弥漫于张家班中浓烈的江湖义气自然有其局限性，有其弱点。到了尾声，他们这个孤军苦斗的小集体终于融合于战斗的革命大集体；汇合的过程十分自然，就像水流千遭归大海一样，丝毫没有附加上一条光明尾巴的感觉。为什么？就是因为前面的戏写得充分、准确，为尾声提供了坚实可信的基础。在这里，大团圆不是虚构的公式，而是历史发展的必然。

“江湖”是美丽的。这和生活是美丽的几乎是同义语。

一九七九年

反封建与传统戏

好多年来，大家都在起劲地反对并企图消灭资本主义。别人不敢说，我自己对这道理是一直相信、拥护的。既然只剩下了无产阶级一家和资产阶级一家，不去反又怎样呢？至于要具体反对哪些内容，又怎样去反，却并未细想过。日子一天天过去，又经过了十年浩劫，大梦初醒，才发现起劲地反对了多年的，其实有些并不是什么资本主义。事实上在我们的国家里，资本主义的东西虽然不能说绝无仅有，但并不太多。同时又记起，在这过程中，背后曾很挨过几刀。回头一望，才发现那里站着一个强大的封建主义，而且几乎没有受到什么损害，被放过了。

这样说，可能有些夸大。因为在那史无前例的十年中间，所见所闻和所吃之苦，几乎是全套的封建主义货色，当然多数是表面涂了新鲜油彩的，因而不能不产生这种痛切之感。从六十年前的五四运动开始，就已提出了反封建的口号，努力了许多年，不能说毫无成效，但成效甚微则是事实。没有办法，只好从头补课，必须大反封建。这是当前思想战线上极为重要的工作。对此，我当然是相信的，拥护的。既受到严酷的实践教育，又经过痛苦的思考，因此，这一次的决心与认识，应该说是切实得多也牢靠得多了。

当然，应该注意并加以研究的重要问题，还依旧是怎样反和反什么。

根据过去的经验，许多人都喊过反封建或革新的口号，但他们的心思与方法是各不相同的。很早以前就有人提出“中学为体、西学为用”的口号，在清末和后来颇长一段时期内，这口号十分流行，看来确也并不怎样高明。因为在有些“老新党”看来，所谓“中学”其实是封建主义的精华。他们哪里肯彻底反封建，只是想千方百计保护之，使之垂于永久；“五四”以后以胡适为代表的一些新人物就有了完全不同的出发点，他们的口号是“全盘西化”。他们是反对“中学为体”的，他们要的是纯净的西方资本主义。比起“老新党”来，他们要高明一些。过去笼统地称之为“买办文人”，是有些简单化了。但也不能说不曾接触到事物的本质，因为这时马克思主义的思潮已经开始在中国传播，新的反封建战士（以鲁迅为代表）也已出现，而且采取了完全不同的战略了。

试比较一下鲁迅的主张和“新月”“独立评论”派的意见，其中至少有一点有明显的不同。鲁迅主张“拿来主义”，在“体”与“用”之间的关系上，因为“体”已经不再是“老新党”的封建主义，所以大胆拿来经过选择、消化为我所用的对象就不只包括了西方的资本主义文化，连封建文化也在内。这种气魄、眼光，是“全盘西化”派无法与之相提并论的。胡适们所梦想的只是一个“资本主义的天堂”，可能在他们看来，社会发展到资本主义，已经是理想的最终阶段了。

“五四”以后有一些新派人物，是痛恨旧戏的。例如当时还站在“语丝”旗下的周作人。在他看来旧戏是集封建糟粕之大成的，丑恶、诲淫，音调也不好，锣鼓也太响了。他在北京住了几十年，只看过两三次京戏，可谓深恶痛绝。周作人并没有提出更多反对旧戏的“理论”。但几十年后，在林彪、江青一伙手里，情况可大不一样了。他们抓住“帝王将相、才子佳人”八个大字就几乎消灭了全部的旧戏。他们手里舞弄的是民族文化虚无主义。他们说过去的文化毫无可取，只能毒害人民。其实这种“高论”列宁早已彻底批判过了，但想和他们辩论是无效的、天真的，也是愚蠢的，因为他们心里想的是反革命。

不同的人物，不同的时代，不同的出发点，却在某些方面表现了惊人的相似，这是不能不引起人们深思的。

传统戏多半是封建社会里的产物，它表现的也是封建社会的生活，必然也沾染了不少封建思想。这样的文化遗产对今天的人民还有没有用处？它的社会效果又是怎样的呢？

十年动乱中间，人们高呼“万岁”几乎已经成为日常生活中的一种习惯。难道这是人民群众看多了传统戏里的“吾皇万岁、万万岁！”中了毒，一朝发作而不可收拾了么？难道这不是林彪、江青、康生一伙而是某一戏迷的发明创造么？除了林、江，几亿人民中是谁看传统戏发了狂，拼命想当皇帝、女皇的呢?

这都不是难以解答的问题。同时我又想，正因不少人曾经从舞台上领教过这一套，才能触景生情，看出这种反常的社会现象的本质，从而看穿了这批坏种的内心世界。这也并非捏造，正是人民群众相当普遍的经验。

这就是反映封建事物的作品，可以产生反封建作用的一个简单但确实无误的证据。奉行文化虚无主义的“英雄”们的用意大抵也正在这里。看了海瑞戏，人们会被教唆去骂皇帝，是不妥的；如果连不骂皇帝的戏也没有，人民群众根本不识皇帝为何物，那么即使穿起龙袍，走在街上，也不会有人大惊小怪了。这就正是某些人梦寐以求的“理想社会”。

反对传统戏，想把这种“有百害而无一利”的事物扔进垃圾箱的人当然绝非都是康生之流的“理论家”，不过也必须警惕，不要浑浑噩噩地和他们唱起同样的调子来。

传统戏这东西，也确是复杂得很。今天大家一致认为较为妥当的对策——推陈出新，就需要一个必要的前提——辨识。先要分清什么是“陈”才好“推”；什么是“新”，才好“出”。这似乎又是常识以下的问题，但好像三十年来，并不曾弄得十分清楚。

不能不想起一些往事，那已经是三十年前，大家热心提倡现实主义的创作方法、表演方法的时候，我参加过一次座谈会，听到一位著名的演员谈她的表演经验。她说，在《玉堂春》里唱到“那一日梳妆来照镜”时，她是忠实地做出了梳头、掠鬓、对镜，一看、两看……的身段的。我听了颇为佩服。佩服她对“现实主义”的忠诚，也佩服她手法、眼神、身段之敏捷。我想我就不行，非弄得头昏眼花不可。

又一次是和一位老戏剧家讨论。他也是非常强调现实主义的表演方法，并极力主张京剧尽量接近真实的。我提出一个疑难的问题。《白水滩》里十一郎在山头听到人声呐喊，要赶去参加战斗。就在这时，曾大大要了一通棍。这是盖叫天的名作，许多观众都非常熟习并看重这一路棍。但其实是不合情理的，局势急如星火，为什么会有这样的闲情逸致要棍呢？理应取消，但怕观众不高兴，艺术家也不大想照改。

这当然都是三十年前的往事了。

近来好像不再听到这类有关“现实主义表演”的讨论了，人们关心、议论的问题已广阔得多，也深入得多。但对现实主义这个非常重要的概念，好像也还正在争论之中。不管怎样，我想，真实是一切文学艺术创作的生命。这怕是谁都否认不了的。作品只要能做到这一点，就不会死亡。传统戏，反映的是封建社会的生活，是过去了很久的生活了。照理说，这样的作品已经成为古典，人物也会使今天的观众感到陌生，但事实往往又并不如此。我想这正是因为在今天的社会里，封建主义的残余还是大量的，有的还是顽强地存在着甚至占着优势，简直不能称之为“残余”。人物衣冠确已大大改变，嘴里说的也是时髦的语言，但灵魂深处往往还是旧的，或基本上是旧的。观众在舞台下面看的是古老的故事，但随时随地可以看到现代的人，仿佛就坐在身边一般。这已经不再是秘密，只要作品忠实地反映了历史的真实，塑造了真正的人，那它是不会死去的。在这些人物的思想感情最后消灭之前，角色也将不死。

因此，我想这样说，今天要反封建，就离不开传统戏。或更确切些说，是不该拒绝借重这支重要力量的。

我们似乎又可以从中悟出，在忠实地反映历史真实的前提下，题材问题应是次要的，歌颂或暴露的问题同样也将是次要的。

今天中国人民在做着反对封建主义的大事，在舞台上古典的人物、故事，和现代题材一样，同样能完成这个艰难的任务，有时甚至还可能完成得更好。

在戏剧家笔下，满台光明的场面可能表现的是对阴暗最深刻的批判；充满忧伤、悲壮的场景会喷射出战斗的豪情和对前景的无限信心。这些也都不是秘密，更不是少见的现象。

《法门寺》写了明代大太监刘瑾平生所做惟一的一件“好事”。这是事实。刘瑾是坏人，坏人怎么能歌颂呢？这责难也是“理所当然”的。你说黄天霸是奴才，为什么舞台上要把他打扮成一个英雄？而死在他刀下、镖下的又都在脸上被涂了莫名其妙的颜色与花纹呢？可见不是剧作家就是自己发了昏了。

当《水浒》还被看作是“农民起义的教科书”的时代，你想对《水浒》人物进行一些分析并指出其缺点是不允许的。那是“唯成分论”，是给农民革命泼污水；等到《水浒》一旦变成投降主义的标本，那就更用不着任何分析，“唯成分论”，也化为“成分决定论”，宋江、卢俊义……都是天生的坏蛋、叛徒与内奸了。这与“脸谱决定论”都是使人羡慕的“好方法”。我们的戏剧遗产也确实太丰富也太复杂了。在许多性急的朋友看来，不采取这样的断然措施，恐怕是不行的。

但这许多都还比不上将这一切统统送进垃圾箱的战略来得干脆与利落。

我想这许多好像都不能算是理想的好办法。《红楼梦》写晴雯感冒风寒，请了一位大夫来开了一张药方，使宝玉大吃一惊。这位大夫不熟习贾府上下人等的体质、习性，只是照医书办事，加大剂量，当然开不出合适的处方。可见这类事是性急不得的，要摸清情况，耐心考虑，慎重处理。但也要快，大病小病都是耽误不得的。传统戏据说也生了这样那样的“病”，而且并非晴雯那样的小病，只清饿一下就行，应该抓紧治疗、调理。这首先就要求提高医疗水平，也就是说要使我们的戏剧评论的水平大大提高一步，这样，才有可能开出对症有效的处方来。

一九八〇年十月九日

随感

戏曲剧目座谈会结束了。从《人民日报》的新闻标题上看到，这次座谈会提出的剧目政策要点是“传统戏、新编历史戏、现代戏三者并举”。新闻简短，无法了解更多的内容。只知道会上热烈讨论的问题有继承传统与革新创造、传统剧目的社会作用和新编历史剧等问题。

只从这些简短的消息中，也可以看出，这前两个问题，大抵已经讨论了三十年了。前两年在这样的讨论座谈中，人们总是以极大的愤怒集中控诉林彪、“四人帮”一伙给传统戏曲带来的毁灭性灾难。这是很自然的，也是非常必要的。后来思考逐步深入，大家发现，挫折并非仅只始于十年动乱之时。这当然是一个进步，因为人们逐渐悟出，历史是不能割断的。我有时就想，更远一些，甚至在三四十年以前是不是也同样存在着这些问题呢?

回忆自己在三十多年以前试写所谓“剧评”时的情形，是很有趣的。当时我最讨厌的是一些保守的、陈腐的旧“剧评家”，当时的舆论阵地几乎全掌握在他们手里。他们主张复古，反对哪怕是鸡毛蒜皮的革新，有时几乎达到了可笑的程度。我写剧评，一开始就是对他们加以攻击。

这种攻击直到今天我也并不觉得有什么不对，不过后果却是可疑的。受到我攻击的旧剧评家和在他们影响之下的一些观众都以沉默作答，非但没有人来反攻，几乎一点议论、反响也没有。原因也很简单，他们根本不看我发表剧评的那张报纸。后来写得多了，具体接触到了许多剧目，这才开始有了反响，有时还很大。比如，在谈到《九更天》以后，就收到了不少反驳的来信。有些信还是老先生用毛笔、行书所写。他们来抗议了，说像马义那样的正面人物，怎么可以骂呢？此事给了我颇大的教育，接触实际的效果远胜于空谈。

另外想到的是，我当时自命为“新文艺工作者”，现在来谈旧戏，是深入下层，是走出“象牙之塔”，来到“十字街头”，不容否认是带着一些可笑也应该害羞的“优越感”的。总觉得比某些人高明，例如，那些旧剧评家。持这样的态度，那就不论是旧戏本身，连同旧戏班、旧演员、旧观众、旧剧评家，都将被看作存在着许多严重问题，需要彻底改造……谈问题时不顾社会条件、具体情况，只有一条自命为非常正确的“原则”——这原则几经演化，结果必然会成为棍子，不管它是“金的”还是木头的。

譬如，我曾严厉斥责过像《纺棉花》这样的戏。这在今天看来，也不能说是批判得不对，不过，我并没有花更多的力气去分析产生这种剧场现象的社会因素，只是简单地把责任推在“落后”的演员和“落后”的观众身上。显然，这样的批判，力量小得很，几乎和空谈差不多。回想我当时之所以不曾弄得一败涂地，重要的原因即我是个戏迷，非常喜爱民族形式的旧戏曲。或照某些论者所说是中了很深的“毒”了，因此在批判时，良心未泯，不曾讲太多的违心之论，因此而较少胡说八道而已。

实事求是的态度是很重要的。即以传统戏的“封建毒素”而论，无疑是大量存在的。怎样逐步改造它，在实践中怎样恰当地处理，演出这些传统剧目的社会效果究竟怎样，这些问题都是不大容易解决的。不过有一条我总是坚信的，千百年来，一直欣赏着这样货色的中国人民，是伟大的、聪明的、勇敢的，这是不能否认的。当然，像江青、康生这样的坏种也出了一些，也许他们是看了坏戏才堕落的吧？

必须有个清醒的估计，必须有点深入的而不是浮皮潦草的研究。前些时讨论《恶虎村》，我曾经说过一点肤浅的意见。我认为《恶虎村》是一出优秀的传统剧目，而且相当深刻。最近看到一位同志的文章，他说：“有的同志说，《连环套》《恶虎村》中的黄天霸，剧作者对他还是有批判意思的，这是自欺欺人之谈。”为什么呢？他是从窦尔墩、濮天雕、武天虬的脸谱和黄天霸的扮相，而一眼看出谁是正面人物和谁是批判对象的。“按照京剧舞台上的习惯”，只消一瞥就能解决问题，人们却为之花了如许口舌纸墨，不是典型的浪费又是什么呢？

为了说明我不是“自欺欺人”，我可以用二十多年前写过的一篇《谈恶虎村》作证。

还有一位同志最近在另一个地方说：“一出《法门寺》，

从头逗到底，但始终没有忘记歌颂‘太后老佛爷’的‘慈悲心肠’，刘瑾虽然颠三倒四，干的却是成人之美的大好事。谁说这个戏只讲娱乐性而不顾思想性?”这又给我们指出了判断剧目思想性的道路。

仅此两例，我看就足以说明当前讨论的一些特点。

从这样的基础出发来动手鉴定、修改加工传统剧目，不免使人感到准备工作少嫌不足。也许还要花些口舌与纸墨，也不一定全是浪费。可惜的是，老艺人的凋谢和舞台演出的零落已经相当严重。据说有些现仍存世的老演员连脚本自己也没有了，需要千方百计从国外进口。这就无法不增添我们的紧迫感。讨论是必要的，清谈可以适当减少。我们还是清醒一些，实际一些，以祖国优秀艺术传统为重。边发掘、边演出、边修改，切切实实做些工作，让我们对祖国的年轻一代多少能有一些交代。

梅兰芳在京剧发展改革中的许多经验，是值得总结、借鉴的。梅兰芳不是保守派。他创造了时装戏（也就是现代戏）、古装戏、新编历史戏，有成功也有失败，失败了还要继续干下去。他一生都在不间断地实践，并不间断地总结实践的经验。

梅兰芳从来就是两条腿或三条腿走路的。他也绝不关起门来修改加工，等到十全十美了才拿到台上去，他的修改加工过程是通过舞台实践，由广大观众参加一起逐步完成的。今天，不只他留下来的保留剧目是可贵的遗产，就是他的失败经验也是可贵的，可惜至今还没有人来进行总结。

三十年前梅兰芳曾经提出过“移步不变形”的京剧改革思想，当时曾被有些同志认为是保守思想，也许还要更严重；听说现在也得到了新的评价。我看这是代表了他既反对保守，也反对冒进，一贯坚持改革前进的艺术思想，是他多年艺术实践中经验教训的总结、结晶，是行之有效，真能为戏剧事业带来繁荣进步的思想。

产生梅兰芳、程砚秋等一大批京剧舞台灿烂群星的厚实基础是繁荣的戏剧园地。广大观众是最基本也可以说是唯一的评判者与支持者。在那个时代，戏剧批评的力量是微弱的、缺乏指导力量的。今天情况不同了，批评、指导的工作将由人民自己的戏剧家来执行，那就理应要求执行得更正确，更好些。

朱翁子

来到白沙（浙江建德县治所在）以后的第三个早晨，我们乘车到梅城去，准备从那里下船沿建德江一直驶到严光的钓台。车子沿江边的山路行进，对岸连绵不断的群山在澄碧的江水里投下了一连串淡绿色的三角形倒影，好看极了。出门时开始落起了微雨，公路上没有一点灰尘，江上更是清澄明澈，眼前的一切好像一起封进了一座水晶匣子。空气的清新，用不着呼吸器官来辨别，只要通过视觉就可以断定了。

这以后，车子就开始钻进了群山。没好久，在一处山脚下，速度慢了下来。驾驶员问要不要去看一下朱买臣的墓，我立即响应了他的建议。在手边的一份导游简介里，一起罗列了九个风景点，其中并没有朱买臣的墓，虽然在游览示意图里是留下了一个地名的。这就是说，这是当地的一处古迹，但却不一定使每个游人都感到兴趣。

顺着山脚曲折的小坡爬上去，窄窄的山路，高高低低，分布着错落的农舍，竹林，小小零碎的菜畦，水泥铺起的打谷场，悠然踱着方步的鸭子，还有黄狗。山村的景色在这里是应有尽有的。一切显得非常拥挤，可以看出，这是一处古老的山村，经过多少年的滋养生息已经很少扩展的余地。房子多半是土坯筑成的，不容易保存得长久，很难从地面建筑判断村落的年岁，但无疑是很古老了。

我们转到一座土黄色的农舍后面，那里是一座小山，满布着杂树和丛莽，就在农舍的后窗外面有一个不起眼的土堆，前面立着一座小小的石碣，这就是朱买臣的墓了。

没有石坊，没有墓道，没有翁仲，只是一座小小的土堆。墓前的石碣上写着“汉右相朱公讳买臣之墓”，上下款是“大明万历十一年岁的癸未□月日”和“赐进士知建德县事华亭俞汝□立。”碑是明碑，但碑上字写得很幼稚，也许是后来的翻刻也说不定。

我们又被带领着到右边高处去看洗砚池。这只是一座长方形的小池塘，里边是浑黄的泥水，有两只鸭子正在塘中游泳。但据说距墓东五里左右还有一个“朱池”，那里过去还曾有过朱氏的祠堂。也许那才是真正的洗砚池吧，那里的大队就叫“朱池大队”。而这里墓址所在的这座小山也有一个美丽的名字——幽境山。

在浙江的好几个地方都有朱买臣的墓，到底哪一个是真的很难断定。负责风景旅游事务的建德县的同志们举出了一个证据，是唐代寿昌（今属建德）的著名诗人李频在他的《梨岳诗集》里有过一首诗，中间有“家临浙水旁，岸对买臣乡”的句子，《汉书》的传里说：“朱买臣，字翁子，吴人也。”说得笼统，现在李频证明买臣是他所敬重的同乡先贤，可以算是一个有力的证据。此外，据说解放前在浙江做过地方官的国民党大员黄绍竑、朱家骅等都曾关心过这座墓。特别起劲的是后者，来过不止一次，还捐款重修过，也许朱家骅收藏的家谱里记载着买臣是他的X世祖吧。

海盐胡震亨《读书杂录》卷上有这样一段话：

吾郡杉青闸北十里有羞墓，盖朱买臣去妇之墓也。买臣本会稽人，为会稽守。汉会稽治所在今吴门。其妻死葬于此，或有之。至吾郡城东东塔寺有买臣墓，则相传之讹耳。《隋唐嘉话》云，玄宗封太山之岁，洛阳平御路北市东南隅，得铭云"汉丞相长史朱买臣墓"，知买臣自有墓也。昔年尝游东塔，叩一老僧，云："此寺，志言买臣舍宅建。吾为沙弥时，郡守偶邀客来饮，值寺中方修葺，以残土堆殿后，郡守顾众僧曰，此买臣墓耶？众僧不敢辨。尽应曰，然。明日守题石碣至矣。"余谓老僧"师言墓之伪，是矣。第未知舍宅之说是否耳。当付汉明帝时白马寺主一并勘明，于师意何如也"。因一笑而散。

康熙中张大纯撰《百城烟水》，在"苏州"卷结尾的地方说：

吴郡旧治。按《越绝书》云，今太守舍者，春申君所造后殿屋，以为桃夏宫。今宫者，春申君子假君殿也。太守府大殿者，秦始皇刻石所起。朱买臣载故妻到太守舍，即此。

从这些旧记里可以知道，过去有不少人对朱买臣是有兴趣的，给他造了许多墓。而他的真墓却在洛阳，这也正在情理之中。朱买臣后来是被汉武帝杀掉的，不一定有归葬的福气，很可能是就地掩埋了。其次，胡孝辕所记老僧的话，生动地写出了这一类古迹产生的经过。那位到寺里来吃酒的长官是一个雅人，头脑里装满了朱买臣的故事，看到一堆土就猜它是买臣的墓。在旁边伺候的和尚也只有随声附和，谁也不敢扫老爷的兴。长官又很积极，第二天就送来了碣石上的题字。这样，一件假古董就算制造完成。胡孝辕的话说得很俏皮，他实事求是，假的就说是假的。他的态度我觉得也不错，在这类问题上，用不着斤斤计较，只要大家心里明白就是。此外，特别使我感到兴趣的是朱买臣有了墓，他的离了婚的夫人也不能没有，不过为了区别对待，并表示社会舆论的倾向性，姑且称之为“羞墓”吧，和陈后主、张丽华跳下去避兵的“辱井”正好是一对。考证吴郡旧治的沿革时，也不忘记朱买臣及其故妻。总之，朱买臣之得以成为名人，是和他的婚姻波折分不开的。李卓吾在《藏书》里抄下了《汉书》里的朱买臣传，却列入“文学”一类，好像也没有什么评论。对这件著名的婚变，过去时代士大夫所采取的、正统的、严正的立场，可以举出明嘉靖中清江敖英在《彩雪亭杂言》里的一段话作为代表。

“或问，朱买臣养去妇于官舍，陆放翁会出妻于沈园，而皆及其后夫焉。于义礼何居？愚曰，买臣之妻，自厌糟糠而去，放翁之妻，得罪姑氏而离，与庙绝矣。况二妇无良，再醮稿砧，揆之义礼，二子养之、会之，不亦过乎！夫养之、会之且不可，而又及其后夫焉。男女之防，不亦渎乎！或曰，放翁之妻之出也，以母命也，放翁不能忘其结发之情，四十年间而会于沈园者三焉。其视买臣忿妻厌贫求去，而骄之以富贵，养之以终身者，不有间乎？愚曰，不然。妻之出也，母之憾也。忘母之憾而溺妻之爱，可乎！彼既别有所天，此犹不能割爱，不已惑乎！律二子之失，犹鲁卫之政也，皆不可以为训。”

敖英的意见，是严格按照封建道德标准对社会现象加以衡量所得的结论。这结论是很严酷的。值得注意的是，他的批判只是针对着男方，女方的事情则并未进行怎样讨论，早已判为“无良”，撇在一边了。两千年来，虽然不能说没有出现过一点不同的意见，但可以相信，这是占压倒优势的“公论”。

从班固在《汉书》中为朱买臣立传开始，一直到《烂柯山》《马前泼水》这些剧目的出现，二千年来，朱买臣可以说一直是一位历史名人。虽然说不上家喻户晓，知道他的事迹的人是多的，而这事迹又并非政治、经济、文学上的事功业绩，主要就是他的婚变。在封建社会里，这样典型的，富有传奇性的，特别是有利于封建道德宣传的社会问题是不多的。只要看看班固为他所写的传就可以知道班固着重介绍的是他的婚变故事。“富贵归故乡”的故事，至于他“受诏将兵”以及与御史大夫张汤互相排陷的种种，则写得很草率，几乎得不出一个清楚的概念。不久前师陀寄给我的一封信中说：

“班氏父子在史学界评价虽然超过《史记》《三国志》，在文学成就方面是逊色的。例如这朱买臣，若不看他的对立面，简直看不出他是好人坏人。但我却认为他是正派人，只是太刻露了一些。”就分明看出了这篇传记的特点，也就是缺点。

朱买臣的对立面是张汤，这是一个多诈、“舞智而御人”的刀笔吏，得到汉武帝的信任，在全国造成了“令天下重足而立，侧目而视”的局面。在互相倾轧之中朱买臣向武帝告发了他的“阴事”，迫使自杀。买臣自己也随即为武帝杀掉。这许多，在班固看来，算不上是朱买臣的主要方面。他应该以一个惩罚不忠的妻子的正人君子的形象出现在历史之中。史家的特识大抵正表现在这种地方。

朱买臣读书是用功的，家贫，靠打柴度日，一面挑着柴担一面还不停地在嘴里念念有词。妻子也跟了他一起劳动，多次阻止他在路上高声吟诵，怕旁人听了笑话。这时买臣就说出了五十岁必然富贵的“预言”，妻子的回答是：“如公等，终饿死沟中耳，何能富贵?”因此两人分离。后来买臣在打柴时遇到再嫁后随后夫上坟的前妻，“见买臣饥寒，呼饭饮之”。

这里有一点是值得注意的。出现在后来戏剧中的崔氏，作家只是强调了她受到的经济压力，把离异的动机解释为嫌贫爱富，这是不大公道的。崔氏一直随了丈夫一起劳动，她只是希望买臣收敛一下书呆子的脾气，原因是受不了社会舆论的讥笑。她后来说的那些话，也不过是夫妻口角中的气话而已。当然，崔氏并不相信买臣五十岁就会发迹的预言。仅只是贫穷，恐怕还不能拆散这对姻缘。

买臣和他的故妻在坟头相遇，和陆游与唐婉在沈园重逢，是十分相似的戏剧场面，崔氏也对故夫表露了某种同情。但在戏剧中却并没有描写这个场面，在著名的《痴梦》一折中，也只是刻画了崔氏的失悔、幻梦……，完全没有触及他们之间也许还未全部断绝的旧情，剩下的只是压错了宝赔光赌本的悔恨。这是并不真实也不深刻的。原因可能是把崔氏所受的社会压力简单化了，恐怕也离不开根深蒂固的封建道德对妇女的偏见。

班固下面写的是买臣到会稽太守任上的故事。他先是穿了破旧的衣服戏弄了衙门里的胥吏，着实尝到了衣锦荣归的快乐；接着又在路上看到了奉命为新官除道的故妻及其后夫。“买臣驻车，呼令后车载其夫妻，到太守舍，置园中，给食之。居一月，妻自经死。买臣乞其夫钱，令葬。”

班固在这里的描写是不坏的，并没有什么“马前泼水”的细节，表面看来，朱买臣还是挺善良，挺不错的，没有给故妻怎样难堪。相反，倒还颇为优待。只是这女人羞愧难当，自杀了。虽然没有什么过细的描绘，读者完全可以借助自己的想象，得知她住在太守衙门后花园里的日子是不好过的。

朱买臣通过这一切为自己复了仇。应该说，这才是他衣锦荣归更重要的内容。复仇自然是痛快的，不过在平常人看来，这样做也并不容易，因为这到底不是什么光彩的事，可是他竟“勇敢”地做了。

郁达夫在《毁家诗纪》中有两句诗，“多情不解朱翁子，骄俗何劳五牡骓”，诗注说：“朱翁子皓首穷经，终为会稽郡守。古人量似太窄，然亦有至理。”

郁达夫这里说的是沉痛的俏皮话，不过也多少透露了古今人之间的隔阂。

自古以来，男子负心遗弃妻子是一种“常规”，人们也大抵习以为常、见怪不怪了。只有特别恶劣的如王魁、陈世美之流，才特别受到人民的痛恨、谴责。至于女方遗弃丈夫的，那就绝无仅有。无论有着怎样正当的理由，只要一旦改嫁，就已是大逆不道，为了维护封建秩序，是非加以严惩不可的。因为用封建道德的标准观察，妇女只不过是一种活的物件，并没有真正人的地位。从班固开始，一直到《烂柯山》和《马前泼水》的作者，都是这一观点的坚决拥护者。像《痴梦》这样的古典剧目，在艺术上有不平凡的成就，但在思想上，依旧不能不是属于过去旧范畴的作品。在妇女没有在政治上、经济上获得独立地位以前，这情形就不可能有什么真正的改变。明、清两代许多政治性的悲剧，丈夫被处死，流放，妻子以及大批家口不是跟着一起被“处理”，或做官妓，或当奴隶，就是索性像牲口一样成批地被出卖。她们依旧被看作一种“货色”。这样，对她们最高的要求不过是“殉节”，也就是保障男子的占有权，神圣的财产私有权。

自从“不怕老婆离婚”作为仅次于“不怕杀头、坐牢”的一种思想准备被提出以后，才真正显示了妇女在政治上的独立地位，虽然这仍旧是站在男人立场上的说法。

这时，人们对妇女在严酷的政治考验面前，在处理婚姻问题时的表现，才提出了正面的、严格的要求。人们不再使用“从一而终”之类的标准，而主要是在政治上加以衡量、判断。艺术家在表现这样的题材时，也不再做出简单的判决，而是真实、全面地考虑人物遭受的社会政治压力，再现人物在经受严酷考验时的挣扎与痛苦，在她们表现勇敢时给以赞赏，失败、退却时表示惋惜、遗憾。在近来涌现的大量作品中，我们可以找出不少优秀之作，都能证明这样的方法比起简单的鞭挞、斥责来往往更为有力。据班固的记载，马前泼水的情节是并没有的，朱买臣只是将故妻和她的后夫一起接进太守衙门，让她过“无忧无虑”的“好日子”。只一月，就把她从精神到肉体都摧毁了。看来朱买臣是懂得并使用了同样的方法的。他实在是一个刻露得有些可怕的人物。

一九八一年六月廿九日

谈曲话

中国古代文学批评中有大量的“诗话”，“词话”就比较少，只是从晚明开始才陆续成批地出现。后来也有人加以收集，编成了《词话丛编》。至于曲话，情况要算是最差的了。我们只知道焦循、李雨村、梁廷枬等所作的寥寥几种，多半已是清代中晚期的东西。明人也有过一些著作，如王骥德的《曲律》、沈宠绥的《度曲须知》《弦索辨讹》等，但他们着重研究的是剧本作法、唱腔音律等，是以专业人员为对象而写作的。一般普通的观众不大容易发生兴趣。李渔的著作算是最有名的了，基本上也还是继承的这个传统。也许这正是曲话的正宗，最符合文学批评的要求也说不定。

我觉得在“曲话”中间，应该还有另外一个系统，即记载一个特定时期的剧场演出情况、剧种和剧目、演员的生活、艺术，以至社会风习、观众好尚……的书。我自己是很喜欢读这样的作品的，我想一般普通的观众也是如此。除了票房里的票友、预备当演员的热心人以外，人们的兴趣与关心大概也都在这一面的。只可惜这样的作品实在不多，写得好的尤为难得。这一类近于笔记的小文写来很不容易，一不小心就要变成捧角文章，使人看不下去。同时，带有这种倾向的文字，史料价值必然要相应减低，没有太多的文献价值了。

这里想介绍的是罗瘿公所作的《菊部丛谈》，比起收进《燕都梨园史料》里的那许多作品来，它的时代要晚一点，但离开今天却近一些，文字水平和欣赏水平也高一些。他这《丛谈》本来是在1918—1919年间北京《公言报》上发表的，后来由李释戡加以校补，又由樊樊山加以批注，由涉园精刻行世，时在1926年。像这样的作品，正是过去社会上所看不起的、不登大雅之堂的东西，竟能如此阔气地刻板印行，实在难得。这虽然只是刻于五十六年前的一册书，算不上古本，不过也实在是很难得了。五十年代我曾买到过两本，一本送给了刻书人李释戡先生，当时他自己手里也早已没有了。

《丛谈》一开始就记录了清末著名演员的演出收入（堂会、外串），如梅巧玲（梅兰芳祖父）每出戏只能得到十两银子，庚子以后谭鑫培每场五十两。袁世凯过五十生日堂会，付给谭的报酬是一百两。到了民国以后就长到五百圆。如果有谁收集一下这方面的材料，从名演员开始下至等级最低的舞台工作人员的收入，按时代先后做一个统计，我想从中是可以看出许多问题来的。这关系到戏剧史，也与社会经济史有牵连，还能找出过去的班社制度与戏剧事业兴旺衰落密切相关的联系。

李释戡在小序中说："顾其（罗）所述，亦间有失实未尽者，辄摭所知，附为案语。"这又是本书的一种特色。不只李氏的按语，就是樊樊山的批注，也往往提出了与原著不同甚至针锋相对的意见。这许多都按照原样，不改不删，使异说并存。这种办法也是极好的。过去人们说“各尊所闻”，实在是一种很好的学术风气。不同的意见摆出来，并不彼此攻讦，这就给后来的读者以充分比勘、分析的根据。这种作风，我看直到今天还是值得提倡的。意见尽管分歧，又何必像乌眼鸡似的势不两立呢？如陈德霖、罗瘿公说：“北方伶人中，昆曲字正腔圆可称稳练者，惟德霖一人而已。”李氏《校补》则说：“至其昆曲，但能《惊梦》《断桥》《刺虎》《风筝误》等三数剧，皆少时学于科班者。以识字无多，又不谙曲律，吐字发音，每有未协。不得谓为精能。”看来《校补》的说法，应是较近实际的。又如《校补》说胡喜禄“拙于跷工”，而樊樊山在眉批中就指出：“紫云（胡）跷工极佳，《戏凤》一出，至今无继者。”这是干脆的抬杠了，但李释戡照刻不误，是可以看出刻书者的风度的。

《校补》记杨小楼出科以后，只充“打英雄”。（原注：“打英雄”为武戏术语，称傍立不开口之裨将与教师好汉也）“演打时枪刀每落地，屡得倒彩。众戏呼为象牙饭桶，因其为名父之子也。”后叙其努力学习练功，终成名演员。又说：“小楼登台，雍容华贵，有儒将风。声音体态，无一不佳，武生之全才也。四十以后极偷懒，为时诟病。近年力渐衰，即欲不懒而不可得。然其风度犹无两也。”

对杨小楼的这种评价，我以为也是实事求是的。近来读到过一些回忆杨小楼的文章，内容都很丰富，极有史料价值，也给今天的演员提供了可贵的学习参考资料。微感不足的是极少提到杨的缺点，仿佛他真是一位完美无缺的人物，这就有点可惜。我看到杨小楼更在《校补》成书十年之后。那实在是一位好演员，不夸张地说确是一位杰出的表演艺术家，这以后我也没有看见达到如此水平的武生（尤其是长靠）。但正如《校补》所说，他是有偷懒的缺点的。如《长坂坡》，当刘备携带了两位夫人以及随从、将佐夜间宿营，在台上排成一排席地而坐时，杨小楼所扮的赵云就坐在一边闭着眼睛打盹，这是他善于利用剧情之处。后来赵云惊醒，用极清脆高亮的嗓音说道“主公且免愁肠，保重要紧！”时，双眼猛地睁开，真觉得光彩逼人，精神抖擞。这又是他能将缺点化为优点的聪明之处。不过在其他场合，有时闭眼或眯缝着双眼就不一概可取。但就有那样一些“本本主义”的“杨派传人”，别的优点学不成，只注意到了这“闭眼”，力求步武。这并非笑话，确有其人其事，就是我中学时代的一位老师。这就不能不引起我的联想，近年来许多演员，在学习某些表演大师的艺术时，因为只看到了他们的晚年，并未见到他们的盛年，因而对他们艺术的衍变、进化过程缺少理解。在这样的基础上，如果更采取了教条主义的学习方法，那效果就将是十分值得怀疑的了。

由此可见，实事求是的原则是极为重要的，两分法必须坚持。在谈到无论怎样有着光辉成就的人物时，不可只讲好话，而略去其缺点，甚或将缺点说成优点。对名演员自然也不例外。我们不提倡作“谀墓文”，这对后来者没有什么好处。

《丛谈》又记："项城曾令人编一剧，付第一舞台，令其演唱。其剧名余忘之矣。杨小楼饰张勋，慈瑞全饰孙文。其后有人谏止，遂未演也。有谓在公府曾演过一次，未知确否。然第一舞台确已排过此剧矣。"《校补》补充说：

> 迦按：项城恶革命党，命人编剧，名曰《孽镜台》，结构至鄙俚可笑。剧情大略述一新闻记者，梦至阴司。见孽镜中现种种妖相……嗣至如来佛处，见佛遣诸金刚，即冯国璋、张勋、段祺瑞辈，下界除妖，大杀一阵，便终场矣。贾洪林饰新闻记者，李顺亭饰如来佛，杨小楼饰冯国璋，钱金福饰张勋，金仲仁饰段祺瑞，姚佩秋饰孙文，慈瑞全饰黄兴，姚佩兰饰秋瑾，其他则余忘之矣。此剧在第一舞台试演一次，公府亦演一次。盖浅人迎合其意而为之者也。

1946年我在报上写《旧戏新谈》，谈到一出《新安天会》的剧目，根据的是刘成禺的《洪宪纪事诗本事簿注》。看来和《丛谈》所记的《孽镜台》就是一回事。那篇小文所提供的史料，曾引起张奚若和吴晗两位很大的兴趣。吴晗是史学家，张奚若则是参加过辛亥革命的老革命党人，他们对这一段史料的注意是可以理解的。新闻记者登上京剧舞台这恐怕也是第一次。如从戏剧的角度看，就更是珍贵的现代剧史料。革命者和反革命者都非常重视戏剧这一武器，他们对现代戏也都是有兴趣的，这就是真实的证据。反革命对革命者的仇恨可以达到怎样的程度，他们使用的伎俩的无聊、无耻可以达到如何的高度，都是颇难想象的。像这样的史料，无疑有资格收入有关辛亥革命的史册之中。

《菊部丛谈校补》自然也有它的缺点。总的说来这书到底是出于五六十年前作者之手，已是一种历史文献了，必然带有种种陈腐、落后的痕迹。例如志盦所写的长序，就充满了遗老气，什么“光宣间知事无可为，乃陶写丝竹，寄托荃荪。东墅苍生，归琼枝之软舞；南朝坐部，寻玉树之新声。艳体诗繁，秋痕意远。浅见讥其溺志，达者察其幽忧”。文章是写得漂亮的，但不也在辩解中透露了这一群遗老、名士的精神状态么？对光宣以还二三十年中间北京一隅旧文化的余烬，也是一种很好的写照。这位满怀幽忧寄托荃荪的旧诗人与培植、造就了杰出表演艺术家程砚秋的正是同一个人，只要我们善于运用清醒的分析方法，就能从无论什么旧文献、书本中发现并吸取对今天的人民说来是有用的东西。这是没有疑义的。

一九八二年二月八日

古典舞台

——吴门读曲记之一

苏州的拙政园里有一座古色古香的小舞台，就在文徵明手植藤的侧边，现在划归了苏州博物馆。平常日子这里是戏剧史陈列的一处实物标本。在两省一市昆剧会演中，有些剧目就在这里演出。这是一座清代建造的供私家使用的舞台，始建年份已不易确定。有人说是同治时所建，也有可能是在原有的基础上重修的，那么它的历史就可以推得更早些。苏州人通常称之为“忠王府戏台”，那么当年李秀成是曾经坐在台下看过戏的了，这是很有意思的。如果再向前推，清初、明末在拙政园中都是没有舞台的可能的。

在江南，这个小舞台可能是仅存的一处遗迹了。它不同于北京故宫的几处戏楼。不用说像畅音阁那样三层重台的大戏楼，就连重华宫漱芳斋的戏台也比不上。它不是露天的，是一座室内舞台，和恭王府里的戏台倒有点接近，舞台少少高出地面，呈方形，台角有四根圆柱。（漱芳斋舞台台角有三根柱子）台中挂着一块写着“普天同庆”的匾，应该挂着“守旧”的地方用一扇雕花木屏风代替。屏风中间是一个可以开合的月洞门，打开来时，场面就坐在碧纱屏幕后面，设计很是巧妙。屏风左右是扇面形的“出将”“入相”上下场口，都挂着半旧的红绸饰有流苏的门帘。舞台四周有矮矮的围栏。

台上铺着一块半旧的灰色台毯。为什么不是红氍毹呢？柱子漆成黑色，舞台其他部分则是暗赭色，并不鲜艳，但端重得正好，自然更没有漱芳斋那样盘龙彩绘贴金的华美藻井。舞台四面是回廊，廊上有一排玻璃明窗，都用蓝幕遮起。台前左右挂着大小十来盏宫灯。观众席是许多错落安排着的藤椅，不只是正面，坐在左右两侧也能很好地观赏台上的表演。这对古典戏剧表演风格的形成是起了不小的作用的。许多前辈表演艺术家都曾用不同方式强调过一个“圆”字。仔细研究他们的表演、舞姿，就能知道他们努力追求的是完整的、立体的美，不只满足于构成一幅理想的平面舞台场景。我们听到过有些表演艺术家背上也有戏的“神话”，这当然不是演员背向观众时才会出现的“奇迹”，更重要的原因恐怕是他们知道观众是从前后左右不同角度欣赏他们的表演的。这是区别于外来戏剧表演方法的一个特点，也是很大的优点。在继承、探索、发展我们民族形式的舞台表演艺术时，不应该忘记它。

在我国许多地方，至今还留下了不少古老的舞台遗构，特别是西北一带，如山西，这样建造于元、明的古戏台是很多的。看了这些矗立在平野上的舞台，很容易理解在大漠风沙中产生了急管哀弦、紧锣密鼓的原因，这和浅斟低唱、在红氍毹上出现的舞台景致是截然不同的。“舞低杨柳楼心月”，这样的表演风格、情调，只能出现在拙政园中、忠王府内的小舞台上。那一天在开幕之前，也曾经有过长长的闹台，也就是开场锣鼓，但这和北京过去的闹台不同，用的是“细乐”，同样的打击乐器，却没有打出那种火炽的噪音。绣帘开处，演员出场时要由人帮助掀开；没有频频开合的二道幕，不能不请检场人协助调整桌椅道具。开始时还是由两位扮了龙套的演员上场，但与剧情并不谐调。后来索性由穿了整洁便装的舞台工作者出场，他们像游离于表演之外似的进行工作，奇怪的是丝毫没有破坏表演的完整，比拉个不停的二道幕的效果还好一些。

在古典舞台上又重现了古昔，使观众不只看到了过去时代的局限性，同时也看到了某些优越性。这对理解产生于江南的昆曲的形成与发展是有帮助的。

在晚明出版的戏曲小说的大量插图中，我们可以看到一些私人宴饮演剧的场景。那往往是在三面排好的席面中间，放置一块台毯，演员就在那上面表演。那是比古典舞台还要严格的全景立体表演，四面八方都有观众。此外就是这种三面向观众开放的舞台。晚明的官僚地主家庭养着戏班的多得很，主人们自己编剧、自己导演，精心培养演员。在舞台装置、布景砌末等方面也有很多新的创造，如《陶庵梦忆》中所记。这风气在清初似乎仍在继续流行，人们都熟知《红楼梦》里从苏州买来的小戏子组成的戏班。这许多，都是中国戏剧史上还没有受到应有注意的史实。不过这些都是书面上的材料，还不见实物。昆剧会演在忠王府戏台上演出了折子戏，使过去了的历史场面再现于今日，不能说没有意义。

临去秋波

——吴门读曲记之二

在古典舞台上演出的第一折戏是《游殿》，就是《西厢记》第一折里的《遇艳》，看来似乎是以法聪为主的改编演出本。据说明书“现在演出的是十六世纪的改编本”，不知道究竟是什么本子，是否曾付刊刻？据我看，时代恐怕还要晚得多。法聪的台词，几乎就和弹词评话没有什么两样，也不是改编者一气写出，而是陆续添加丰富起来的。许多内容都各有来历。如老虎也怕和尚的化缘簿，就曾是出名的流行笑话。法聪指给张生看寺里的联匾、诗文，把“周夫子”说成是“周仓的爷”，说“一个鼻头丈二长”是“吃素吃的”，等等，几乎尽情地把和尚生活揭露嘲笑了一通。凡此种种，都是古本《西厢记》里所不见的。

于是我们就看见了一个事实，过去的艺人、艺术家们对即使是经典性的古典名著如《西厢记》，也并不抱着怎样诚敬的态度，该改就改，想添就添。《游殿》的绝大部分内容，原剧里就都没有，改编者的胆子大得很。现在是这改编本也已成为古典了，在许多《西厢》异本之内，也算是“一家之言”，留给广大观众欣赏评说。这个事实有助于我们破除迷信，解放思想。

同时我们又看到，《游殿》的丰富、增添并没有破坏了原剧的基本结构，它只是单独存在的一折，当莺莺与红娘出现以后，改编者的努力就集中在如何形象地具体地再现原剧的精神之上了。从“颠不剌地见了万千”开始，原作写张生的心情变幻、写莺莺惊鸿一瞥随即逝去的身影，都借张生口中唱词曲曲传出，真是曲折丰满，笔酣墨饱。把这许多化为舞台上的表演、舞姿，实在是艰巨非常。表演者重点采用了这样的手段。扑蝶，这是原剧中没有的，是红娘与法聪的戏，张生只是站在一旁看，可是他看见了多么丰富的内容啊。接下去就是当“门掩了梨花深院”以后，舞台上只剩下张珙、法聪，他们在努力用舞台语言解释如下的一节唱词，虽然并不曾唱出：

> 若不是衬残红芳径软，怎显这步香尘底样儿浅。且休题眼角留情处，则这脚踪儿将心事传。见慢俄延，投至到栊门儿前面，刚那了一步远。刚刚地打个照面，风魔了张解元。

张珙与法聪细细研究莺莺离去之前在苍苔上留下的脚步印痕，就像侦察人员察看脚印那样地细致，但两人专注所在与对现场与情景的解释是全然不同的。张珙要法聪在脚印上再走一遍，用以证明他在心里形成的解释，在一处脚尖对脚尖的停顿转折处，张珙认为这就是她“顾盼小生之处”。法聪是不能懂得张生的心曲的，几下子就把莺莺的步痕踏掉了。

这一节，就是“怎当他临去秋波那一转”的细致、生动、相当深刻的舞台阐述。

演张珙的石小梅有颇出色的表演。在张生身上有书卷气，举止飘逸，但没有外在的卖弄；张珙遇见莺莺时露出的是一个年轻书生本能的惊喜，还带点痴呆，动作收束得恰好。张珙也时时表现了天真的欢快，但完全没有流行的风流小生的气味，有着角色应有的气质。

张珙的服装精美而非俗艳。浅黄绸衫在袖口襟边绣了淡雅精致的纹样，戴的是黑色软翅的巾子，恰合书生的身份，没有任何无原则的珠光宝气。这也是昆曲固有的特色。

还有一点值得说的：在这座古典舞台上，没有也不需要现代化的音响装置。台前没有插着难看的扩音器，也不必担心突然传来震耳欲聋的怪声。在这里十分难得地听见了演员的本色喉咙，真是好听，好像也只有这样才能真正显示出歌唱家的真实本领。

“案头”与“场上”

——吴门读曲记之三

苏州的昆曲会演中有好几台《牡丹亭》，没有全部看到，但会中会后却听到不少议论，很自然地使我想起龚自珍的一首《己亥杂诗》：

> 梨园爨本募谁修，亦是风花一代愁。我替尊前深惋惜，文人珠玉女儿喉。（元人百种、临川四种，悉遭伶师窜改，昆曲俚鄙极矣。酒座中有征歌者，予辄挠阻。）

龚自珍前些年曾被尊为法家代表人物，使人很不舒服，但不论如何，他到底是一位重要的思想家、诗人，留下了不小的影响。他这首论剧诗，读了却使人怀疑他在戏剧问题上是个保守派。他对旧社会戏班中的伶师的意见不小，把批判的矛头直接指向了他们。他举出的例子就有“临川四种”，其中就包括了《牡丹亭》。龚自珍认为，在他生活的那个时代，舞台上演出的古曲剧作已经被删改得很不像样，连清唱也不例外，全被改得一塌糊涂，俚鄙极了。他告诉了我们一种知识，像《牡丹亭》这样的剧本，在不断演出中曾有过很大的改动、变化。龚自珍其实也没有看到过《牡丹亭》早期演出的原始面貌，他发议论的根据不过是汤玉茗的原著。而原著与演出的矛盾，可以说从一开始就已存在了。

剧作家创作的剧本，不经过导演、演员的辛勤劳动，纹丝不动地被搬上舞台的事，恐怕从来就没有过。有过这样的传说，汤显祖的剧本虽然写得漂亮，但如照原样在场上唱，一定会拗断演员的喉咙。我想这恐怕是事实。汤显祖是诗人，他写的是诗剧，放笔抒写时，可能很少考虑到演出的实践，何况他对这些也未必内行。

于是剧本就分成了“案头”和“场上”两类。有些只以传抄形式在演员中流传的台本也许不成问题；名著，特别是文学性强的、美丽得像诗一样、传诵人口的作品就不同，它们不只活在舞台上，更重要的是活在人们的口头、案上、记忆中间，这样长久积累下来的影响是不能忽视的。为了一些著名诗篇的不同异本，人们会不停地争吵。像《牡丹亭》这样的作品，那些许多人能背诵的章节，如果遭到删改，会伤害多少人的感情啊。我想，龚自珍多少带些偏激的意见，不是不可理解的。

晚明臧晋叔为了便于演出，曾就《牡丹亭》原本加以删削、整理。这也难怪他，照原本四卷、五十五折搬上舞台，是不可想象的。但他的删削立即引起了朋友的不满，明朱墨刊本《牡丹亭》前有茅元仪序，就有这样一段话：“雉城臧晋叔，以其为案头之书，而非场中之剧。乃删其采，锉其锋，使其合于庸工俗耳……于作者之意，漫灭殆尽，并求其如世之词人俯仰抑扬之常局而不及。余尝与面质之，晋叔心未下也。”一场争论，谁也没有被说服。可以看出，茅元仪的意见，大抵也就是龚自珍的意见。同书茅映序中又提到了汤显祖原作的缺点：

> 论者乃以其生不踏吴门，学未窥音律。局故乡之闻见，按无节之弦歌。几为元人所笑，不大难为作者乎！

这可能是当时戏剧界的普遍看法，他们认为汤显祖是一位土里土气的作家，完全不懂戏剧中心地区舞台歌唱的通行规律。但他们到底还是不能不千方百计地上演他的剧本，因为“四梦”所提供崭新的命意、构思与清词丽句，在当时的剧坛上确是无比的。

剧本有“案头”与“场上”之分，就是这样提出来的。这种区划是符合事物的客观实际的。

把“案头之书”改为“场上之曲”是戏剧家无可逃避的责任，不过这是很艰巨的工作，因为这必须同时获得读者与观众的批准才行。而在许多情况下，观众同时也就是读者。

从四卷大书中，删去繁冗的情节场次，小心保留作者思想与作意，这是可能的。按照通常的惯例，在改编中，作者是应该受到尊重的，最好能取得原作者的同意、谅解。外国有一种作者授权的改编本，就是这种合作或妥协的产物。可惜汤显祖久已逝世，不能再征求他的意见了，但他的原著是保留下来了的。这就给今天的改编者以很大的自由，可以放胆地对原著做出自己的解释，并进行新的创造；但同时也有着约束，观众可以对照原著对改编进行批评，从思想上与技术上批评。这里是有广阔的学术讨论天地的。

譬如杜丽娘的生魂遇到了“鬼判”，因他的同情得以返魂，这在明刻朱墨本中就已如此了。有一位诗人对我说，鬼判看来是不如花判的。原作中的花神，经过表演艺术家的创造丰富，出现了富有诗意的“堆花”的表演。这就将一场梦里的幽欢用美丽的诗样的帷幕加以笼罩，有些朦胧，但原作的意境保持了下来并烘染得更为浓郁了。那么，还魂一幕，依旧请花神来主持，是可以考虑的，我想也并不违反汤显祖的原意。森严的地府判官的出现，在冤魂、厉鬼李慧娘那里是必要的，但对杜丽娘就多少严重了些；而阴阳宝扇的化为“返魂香”，也确是有些雷同了。

陈最良这个酸腐的老学究，在原作里确是作为封建人物而受到讽刺的。不过观众从传统的“闹学”里所见的陈老夫子和春香，是一个酸腐的老学究与一个天真好弄的小姑娘，在他们中间出现了矛盾、冲突，展开了一场喜剧，作者有的是善意的嘲讽而不是严厉的批判。真正的批判对象是那个一本正经以正人君子面貌出现的杜宝，他是和《红楼梦》里的贾政同一类型的人物。他们手里并没有拿着刀，不过杀起人来，即使是自己的儿女，也决不手软。汤显祖对杜夫人的态度就不同，“宛转随儿女，辛勤作老娘”，点明她只是个“从犯”，还不曾完全泯灭了良知；至于陈最良就更是个有些可怜可笑的“工具”，完全没有必要把他刻画成一个油腔滑调，见风使舵，受了柳梦梅两句吹捧就立刻改变态度，放弃了原则与职守的人物。这样写，不是连柳梦梅也被丑化了么，如此一位走江湖、开后门的能手，恐怕绝非杜丽娘所能容忍。陈最良以马派老生的姿态出现，做了那许多戏，看来是不经济也不合适的。

像《牡丹亭》这样的名著，今天以全本面貌搬上舞台，必须有所增删，这是没有争议的。不过主要的力量，似乎应该放在删上，增的部分则应十分慎重。为了联贯情节，弥补痕迹，便于表演，技术上的增补是可行的，却不宜大量添加脱离原著思想人物的内容。改动原剧唱词就尤其要慎重，像“梦回莺啭”“袅晴丝”“姹紫嫣红”等一连串美丽的诗篇，在广大读者观众心目中已经深深扎下了根。正是“词藻警人，余香满口”，连林黛玉听了都会“心动神摇”“如醉如痴”“心痛神痴”。如果没有高出汤显祖的才情，看来还是不动为好。我想龚自珍的主要意见也正在这里，这是不能一概笼统地称之为保守的。

《山坡羊》曲中，“没乱里春情难遣，蓦地里怀人幽怨”，汤显祖在这里说“怀人”，仿佛杜丽娘心目中确有一个什么“人”。其实这“人”并不是现实的存在，这是使作品更典型，更有普遍性，并区别于通常传奇满纸文君、子建公式的特异之处。《懒画眉》曲又有一句，“最撩人春色是今年”，这里的“春色”却是实实在在的，是“今年”的眼前的“春色”。试想把“撩人春色”句的动词，搬到《山坡羊》中，改为“撩人幽怨”，那后果将如何？一位幽闺少女将立即化为楼头的思妇。文字有时就有这样不可思议的力量。

作家是应该受到必要的尊重的。作家写出了作品，就要为作品一直负责下去，无论是谁都无权改变作家自己的意愿。

像《牡丹亭》这样的作品，其中许多传唱已久的著名单折，完全可以独立存在下去；但不宜删去过场戏合并演出，那无疑会产生沉闷的效果。但这却不是汤显祖应负的责任。

白描

——吴门读曲记之四

台上就是两个角色，几乎没有唱工，场景也没有大变换，只是小丑和净在进行谈话，谈了将近一小时。他们也没有做什么身段，甚至连较大幅度的动作都没有。小丑穿白，净角穿蓝，小丑涂着白鼻子，净是揉脸。传统戏曲的艺术手段简化到只剩下了说白。就这样，演员把全场观众的注意集中起来了，从他们的谈话里人们了解到他们正在进行着一种怎样的交易，并不由得担心这场交易的后果。进行着这种交易的双方穿着古衣冠，但谁都觉得他们好像是熟人，不久以前还碰见过的，自然没有白鼻子，不过这也没有什么妨碍。观众已经闯进了他们内心深处，一时真舍不得离开。就这时，他们的谈话结束了，交易做成了。人们需要过一忽儿再回到现实中来，再热烈地鼓掌。

从座位上站起来，意外地发现主教这折戏的老师王传淞同志就坐在后面，于是冒昧地、情不自禁地向他祝贺握手。真奇怪，我好像很久不曾在剧场里产生这种激动了。

剧情是简单的。一个地头蛇为儿子向缙绅求亲，遭到拒绝还受了侮辱，这就使他感到不能做人了，于是带了银子去找讼师贾主文想个法子出这口恶气。这时贾主文因作恶太多，劣名昭著，正躲在家里“韬晦”，念佛过日。“心为黄金黑，腮因白酒红”，但其实并未真心悔改，老本行是不能放弃的。听他的自白：“早上爬起来，念几声阿弥陀佛，好似毒蛇叹气；晚间头替人刀笔，浑如鸡见蜈蚣。”这情形，地头蛇刘君玉心里是明白的。他也自有他的方法：“将我白老鼠，钓他赤练蛇！”袖管里的银子摸进摸出之际，毒蛇果然被引出洞来了。

即使是“在临安城中间颇有些名望”的暴发户、地头蛇，要与做过官的缙绅作对，还是毫无把握的。在这里，就显出了贾主文这种角色的非凡价值。只有凭空诬陷，无限上纲。“挽个大头目出来，替渠作对。你竟在云头里看相杀便罢！”这“大头目”是秦桧，诬陷的罪名是图谋行刺丞相。

戏是明朝人写的，剧情被规定发生于南宋。但赤练蛇却从开天辟地起就已存在了，也永远不会绝迹。只不过有时群起出洞咬人，有时藏在洞里叹气而已。

这就是这一折《写状》的主题所在，也是它所显示的强大现实主义力量的源泉。

《写状》是《鲛绡记》里的一折。原剧作者不详，或云平湖沈鲸作。据说在明代中叶的苏州就已是流行的剧目了，是申时行家里戏班的拿手戏。在剧场里看演出，我一直担心来不及记下那许多如珠的妙语。这里说妙语，指的并不是俏皮话，其实是真正的性格化语言。回来后查《古本戏曲丛刊》，那是影印顺治时的旧抄本。使我吃惊的是，剧场上的演出，竟与原本绝少差异。这恐怕是仅见的忠实于原作的演出，连《西厢记》《牡丹亭》的作者也没有这种运气，可见原本此折写作水平之高。当然，小的增改也是有的。例如两个角色第一次见面，原本只写着“奉拜”“承顾”“轻造”这两句对白，在演出中就还有许多客气话，可惜我来不及记下。这些都是有时代特征的语言，他们在流水般说着这些寒暄的“废话”时，就正在打量、掂着彼此的分量，可见这其实并非“废话”。又如，银子从袖管里摸出，放在案上，移来移去，也有许多张致，原本有“学生个性极癖个，到子手，写了有兴了”，却不曾记下表演的细节。这许多，就只保留在老一辈表演艺术家的身上与肚子里。

贾主文拿腔作势，不肯接这笔伤阴骘的买卖，刘君玉作势要走，又被唤了回来：

“罢了，你要上天快了。”
“我果然要上天，只是没个样长梯。”
“观音菩萨在那里叫你。”
“等他自叫，我只做勿听得罢了。”

在这以前，贾主文装神弄鬼，指引刘君玉看云端里的观音，并传达观音给他的指示……这场交易并不是立即拍板成交的，其中有许多周折。没有这些周折，人物就站不起来，也看不出“白老虫”怎样一步步引“赤练蛇”出洞。

如果把这看作一篇短篇小说，其剪裁之洗练，对话之精确，挖掘之深，形象之活，绝不下于果戈理、契诃夫的杰构。

人们说，昆曲是一座蕴含着丰富艺术宝藏的宝山，实在是一些都没有虚夸的老实话。

一九八二年六月

后来得见《写状》剧本，主客两人见面时的寒暄就有这样一连串："奉拜""承顾"，"轻造""请进"，"勿放""舍下"，"占哉""请"……这一连串今天是难得听见了，但在明代，恐怕是人人都会随口说出的套话，因之，是现实生活的记录。今天写历史小说时，想写出这样精确传神的对话，只靠关起门来冥想，是不行的；翻古书，怕也难以寻觅。但却极偶然、幸运地保留在戏曲演员的肚里、嘴边，这样的"活化石"，不能不说是极为难得的。

一九八二年八月廿三日重校记

柳梦梅

今年又到了应该纪念汤显祖的年份，临川在重建玉茗堂，不久前《牡丹亭》也纷纷献演，而且有许多台。这就使我忽然想起到底有没有柳梦梅这个人呢？不，更明确的说法应该是，汤显祖写《牡丹亭》时，是不是把柳梦梅当作一个真实的人物来刻画的呢？

在我们这里，人们是习惯并非常喜欢对号入座的索隐法的。一本小说发表了，有人就纷纷猜测，小说里影射的是谁，说的是什么事，兴趣盎然，而尤以某些受到批评的人物受到了更为密切的关注。英雄人物么，问题倒不大，我就没有听见谁说过“那本小说里写的英雄模范就是区区”这样的话。《牡丹亭》是“临川四梦”之一，作者首先就指出了这里写的不过是梦，不可当真，看来似乎可以逃过“索隐”之难了。不过且慢，我们又知道，文学艺术作品里的人物，不管出之于什么题材、样式，不必以特定的某一个具体的人，但必须以现实生活中活生生的人为模特儿。也许是一个，也许是许多个的组合。如果没有现实生活的依据，那是不行的。那么，《牡丹亭》里的柳梦梅又怎样呢？

汤显祖是聪明的。在《惊梦》中他让柳梦梅拿着一枝柳条遮住脸部，倒退着从后台走出场。这是很新颖别致的手法，比女吊颈边挂着的白纸钱高明得远了。不必费什么力气，就使观众明白，这是一个活生生的人，但又不是现实的人；直截了当地说是一位“梦中人”，半真半假。

柳梦梅可不是一个傀儡或木偶，他是有血有肉、会哭会笑的。不过这个人是汤显祖创造出来的，也许应该说是杜丽娘创造出来的。

杜丽娘是个大门不许出、二门不能迈的深闺少女。可以想象，她看见过的青年男子是不多的，可能比林黛玉还要少。不过这不能禁止她对美好生活的憧憬，对理想恋人的想象。这一切在封建卫道者看来是违法的，可耻的；但在广大读者观众看来却是合理的，值得同情的。像在水里照见了自己的影子似的，她在梦里寻到了理想的爱人。是不是汤显祖特别缺乏勇气，不敢像《西厢记》那样正面描写青年男女的爱恋呢？恐怕不能这样说，也许在汤显祖看来，只有这样，才能写出真正理想中的人物。他不是怯懦，而是更为大胆的，他选择了一条前人没有走过的艰难的道路。

我看这应该是“临川四梦”所以区别于“元人百种”以及这以后无数爱情戏的所在。不一定说这是最好的方法，但不能不承认这是一种可贵的创新。

罗两峰画《鬼趣图》有名，但这比他画自己的老师金冬心的画像（《蕉阴午睡图》）容易得多。魂梦中的影像，描画起来是更为困难的。因为尽管可以驰骋想象，但半点不能离开真实，汤显祖为此付出了艰巨的劳动。而这一切又不应该记在刻画柳梦梅的账上，写柳梦梅是为了写杜丽娘。从一个人的爱好、欣赏……不是可以更容易看出他或她的内心世界吗？我们常常听见“低级趣味”这样的评语，这指的是一种更为微妙、细致、朦胧的标准，比酸、甜、冷、热……更不易说明，但又是明确无误的一种标准，人人都能会意的。杜丽娘应该有怎样的一种精神境界、情操？她向往、憧憬的是什么？这都是作家困难的课题。汤显祖选择了一个最经济的手段，只要成功地写出了她理想中的恋人，问题多半也就得到了解决。

因此我想，演柳梦梅比演杜丽娘恐怕还要更困难些。

艺术就是克服困难，这话是不错的。我们应该努力。

一九八二年七月十三日

关于川剧

看戏小记

小叙

我是喜欢看川戏的。到了重庆，又正碰上在举行川戏的传统剧目鉴定演出，就抓机会连续看了几次戏，大本戏和单折戏都看到一些。听四川省川剧院席明真院长（《川剧浅谈》的作者）说，省川剧院初步统计了一下剧目，大约有一千二百个节目，其中八百个是有剧本的，三百到四百个则只存在老艺人的肚子里，需要口述、记录。可以想见这份遗产是如何丰富了。我看的这几出，真是连沧海一粟都说不上。然而我仍旧愿意把一些印象记下来。一个外行观众的印象有时候是非常有趣的，我觉得。同时，一定也有更多的读者愿意知道一些川剧发掘遗产的情况的，这样也可以多少给他们止一下“渴”。至于因为知识缺乏而会有种种缺点，那自然是意中事。

鉴定剧目的演出，在这里，不是只演给专家和有关的人看，而是公开卖票与广大观众见面的。开起座谈会来，除了专家、艺人之外，也邀请观众出席，同时还有大量的观众写了信来。我觉得这种做法很好，大大纠正了过去闭门造车、自以为是的办法。听陈书舫同志说，她就经常收到观众的大量来信，提出各式各样的问题、表扬与批评。从她的激动的口气中，可以知道这些来自观众的声音对艺人是怎样有意义的事。

重庆有三四个演出川剧的剧场，在邹容路上的重庆剧场是省川剧院的演出地点。每逢假日，每天演出三场，不但有日场晚场，而且还有早场。舞台剧而演早场，在全国范围里说，怕也是仅有的。时间是早十时半到下午二时，二时半到六时，七时到夜十时半，真是够紧张的。老演员有时也一天二三工，虽然不一定都是重头戏，可是也很值得佩服了。

《铁冠图》

——看戏小记之一

在张德成老先生演出《铁冠图》的那天早晨，我在七星岗川剧院宿舍里拜访了他。老先生已经七十岁了，可是依然轻健得很，一早就起来去泡茶馆了。我到宿舍的时候刚八时，他已经出去了，等了一会儿他才回来。

他穿了一套整洁的浅蓝布制服，手里拿着一把折扇，竹骨子都变成了古铜色。他的相貌清癯得很。双眼奕奕有神，雪白的双眉，眉梢有不太长的寿眉；雪白的胡子疏疏的，也不太长。走起路来，和他台上的步法一样，也是摇摇的。古画里经常可以看到的那种古衣冠人物的神采，在张老先生脸上、身上都活现着。

他很健谈，令人想起盖叫天先生来。轻轻的四川话里，有很多成语旧句。他讲给我听，一个演员的最高任务是把人物演活，是“生死人而肉白骨”。可是同时这到底是演戏，不是真实生活的抄袭，就算把真的诸葛亮从坟里掘出来，使他复活，他到底还是不会唱高腔也不会走台步的。

老先生平常最喜欢带着学生到茶馆里去说戏，据说他会说得有声有色，妙语如簧。我们的谈话却是在办公室里进行的，可是我已经感到很大的满足了。

当天晚上他演了多年未动的《铁冠图》。

这是个争执较大的剧目，主要问题是把崇祯帝作为正面人物处理了。这是一部清初的作品，《刺虎》就是其中的一折，本来是昆曲。现在演出的高腔本，似乎也仍未演全，费宫人曾经一度出现，但并无下文。

戏从李闯王发兵演起，主要场次在描写崇祯帝的垂死挣扎。写国丈周奎和田皇亲这些人物的腐化生活，饮酒作乐，不理国事，把告急的塘报都扔在大门以外，酒喝得高兴，吩咐院公说："皇帝老子来了也不见。"后来果然崇祯帝自己来了，也不得见，却拾到了地上的塘报。

崇祯帝带着王承恩，到钟楼上撞景阳钟，撞不响，后来总算响了，来了两起保驾的人马。李国桢和一个早已勾通闯王的守城内监。崇祯帝在这里发出了最后的命令，敌兵入城时悬起三盏白灯的信号。然后就回宫去，杀死了长平公主，逼死了周后，到煤山自缢了。

张老先生演后半的崇祯帝。前半由薛义安演，这也是一位老艺人，六十多岁了。

最突出的是最后一场《血诏》。

崇祯帝出场，穿青衣，系白裙。无冠，原来黑色的须发已经完全变白，用黄绫包头。脸上涂油彩。他一出场，就是一个扑跌，两只靴子同时甩出，一只甩进台角，一只留在身边。等他再爬起来时，就将这一只靴子背在肩上，赤了双脚在台上走。

剧本上说有小鬼出场，但台上未见。

他扑在地上啮破了手指，用白须须尖濡血在白绫上草遗诏。

台上一只覆着红椅披的椅子上面，缚着一根高竿，竿顶扎着四面靠旂。旂下长垂两条红绫，这就是崇祯帝自缢的那棵树了。

最后自缢时是将写好的诏书向红绸上一挂，演员就此进场。

这些处理，都是值得注意的。像穿青衣，赤双足，这些都是野史里原有的记载，当时演出可能是尽量接近于历史真实的。而一夜之间，须发尽白，这种处理，也是非常大胆的。

整个戏在刻画崩溃之前的帝王家的真实情况上是成功的，十分深刻。作者无疑是同情崇祯帝的，比如他就好几次强调过“朕非亡国之君，臣皆亡国之臣”的话。但是遇到守城士兵和像李国桢这样的大将时，却也好几次鼓励他们努力守城，“太平之时，多多升赏”。或者鼓励他们毁家纾难，“太平之时，加倍奉还”。这种十分商人气的口吻，却不能不说是对崇祯帝的讽刺。

作者写作剧本的时代，是在清兵已经入关之后，所以这里面也必然包含着浓厚的民族意识。封建社会里，皇帝总是用来象征国家民族的，这一点是应当注意的。

这个戏还有一些地方值得注意。演周后的是著名的老演员杨云凤，梳大头，穿普通的红披，并不着宫装。这种地方似乎可以看出地方戏的因陋就简之处，其实无论皇帝陷入了怎样的困境，皇后总还是穿黄龙宫装的吧。又，崇祯帝在易装巡城时，穿箭衣，黄披风，最特别的是一顶金色的半边帽子（只有前半帽檐），上有短短的貂尾。这种装束也没有见过，倒颇有些像清朝服制了。

王承恩戴了一副草黄色短短的横八字须。这种胡子，别的戏里是没有的。

第一场上五将，排成一排。念牌子，每人一句，各四字，第五人念五字。李自成由著名老艺人蔡如雷演，戴金盔，红脸，祭旗传令时，兵士卷大红旗站在台前，李立旗后。每传令一句，军士齐声声诺。这许多场面处理都是京戏所无的。川戏高腔包含了很多这种奇特的导演手法，如《铁龙山》即是特别突出的例子。这些都值得很好地记录、分析、整理。传统歌剧在一座空台上，不靠布景，能够有那么多变化的格局，这中间积累了多少年来艺人的心血，应该大大地重视。如果好好整理，我相信，是会出现一部辉煌的导演体系的。

《逼霸》

——看戏小记之二

这是由名演员老艺人吴晓雷演出的一折胡琴戏。吴先生的名作《五台会兄》也是胡琴戏，他的嗓音非常醇厚，唱这一类戏最好，特别富于苍凉悲愤的情调。使人想起已故的北方弋腔老艺人陶显庭，他们的唱法很有相似之处：虽然没有怎样高亢的亮音，然而有时倾喉一啸，却激动人心。

戏的结构很简单，是个很好的独幕剧。手头无书，不知道是否即是《千金记》中的一折。人物只有亭长和项羽两个。亭长做渔夫装束，先出场，荡舟。从他的道白中可以感到面前就是烟波浩渺的乌江天险，他是来接项羽过江去的。在他说道“远远望见，大王来也”以后，项羽登场了。

项羽手执长矛，牵着乌骓，从上场门出来。川戏里的霸王脸谱，和京戏里大不相同。三块瓦的脸谱只留下左右眼角各有一条黑色。在近额角处，又画着小小的白蝴蝶花纹。正额当中和鼻尖处，用粉红色画了九粒小圆点，嘴上则仍旧是像张飞似的双钩黑纹。整个脸部的底子则是白色的。

他们见面了。亭长说明驾了一叶小舟来找他重返江东的来意以后，他同意了。这时汉兵追来了，霸王仍旧不失英勇，要杀他个三进三出。果然，一阵鼓声，他将跟踪追来的汉兵杀得落花流水地退去了。

现在该渡江了。

他拉着乌骓要一起渡江，被亭长拦住了。说扁舟甚小，不能并渡，于是就只好先渡乌骓，不料乌骓在上船以后，随即覆没江中，项羽闻报，惊愤之余，长啸一声，把长矛也掷了出去。他颓然斜坐在山石上，开始唱起苍凉悲壮的反二簧来。

胡琴戏里这个调子不知道是不是即是“反二簧”，它与京戏是非常相似的，只不过在小地方稍有不同，也用鼓点配音，苍凉极了。霸王历数出兵以来的许多战绩，和他被张子房用楚歌吹散了八千子弟兵的经过。这大段的唱工，真将项羽英雄末路的情怀完全唱出来了。使人想起《碰碑》，可是情调又并不全同，都是英雄末路，项羽却比杨继业更激越，他原可不死，也还有余勇可贾，可是他终于死了。

他唱到后来，想起了心爱的妃子虞姬，他像一个梦幻者似的仿佛看见浑身血污的虞姬就站在他的身边。他把亭长误认作妃子，这就使亭长大吃一惊，以为项王已经神经错乱，自己先驾小舟逃走了。

这时汉将又追了上来。项羽和他们对话，说可以将龙头交给来将，去献给刘邦。来将说“不敢”，项羽说：“谅你也不敢！”人物的霸气是到最后也还不曾消失的。

他是自刎的。拔剑向自己项上一横，尸身却挺立不倒。

终于由汉将将他的头割了下来。

吴老先生是在四川最受人民爱重的演员之一，凡有群众性的演出，没有他大家就不满足。他演完《逼霸》以后就到狮子滩水电站去了。（这个水电站在去年国庆节开始发电，它是全国自建的水电站里规模最大的一个，发电以后可以解决重庆区工业用电的问题）估计吴先生在狮子滩一定要被挽留多演几天，决不会放他早回来的。人们最爱听他的花脸胡琴戏。花脸，不只是艺术家的“案头清供”，其实倒正是人民最喜爱的东西。那些讨厌花脸和小丑白鼻子，以为这是违反了真实的落后表现方法的专家们，实在应该多到群众里走走，听听群众炽烈的掌声，使自己的头脑清醒一下。

《打金枝》

——看戏小记之三

川戏的《打金枝》是胡琴戏。

这是在全国各剧种都有的一个传统剧目，情节与演出大体上应该是没有什么差异的，但川剧却也有它的特点。老艺人蔡如雷连日所演的许多角色当中，我觉得他在这里所演的郭子仪是最出色的。

这里有许多鲜明的处理手法，特别是郭艾和郡主打架的一场。

当吃醉了的郭艾责问郡主为何不给父亲拜寿，郡主理屈词穷说出了“君不叩臣门!”和“你父子有功，我父王有赏”以后打架开始了。彼此对扑，先摘去了她的凤冠，扔在地上践踏了；接着是脱去龙凤衣扯碎；最后郭艾抓住了郡主的散发，站在桌子上面打。这种姿势一直维持了很久，一直等到郭子仪夫妇闻讯赶来，老夫人进来给郭艾一龙头拐杖以后才结束。

郭艾是畏惧父亲的。郭子仪不便走进去，他对郭艾说：“你出来跟老子两个打!”郭艾却不敢出去，要他进来。等郭子仪一步踏进时，郭艾就拉起郡主向父亲身上推去，撞个满怀以后，郭子仪只好又倒退了出去。这种场面一共有两次。

身为汾阳王的郭子仪对待皇家的兢兢业业，对不但是女性而且是郡主的媳妇的敬而远之，刻画得真是淋漓尽致了。

郭子仪实在是一个非常爱自己儿子的严厉的父亲。他绑子上殿，疾言厉色，但是在走上丹墀时却要为儿子设计辩解的方法，他唱道："为父与你打主意，天子问，就说带酒醉。"几次三番地嘱咐，连续地比出吃酒的手势。老人的慈爱在这些小地方都曲曲传出了。见了皇帝，那种不卑不亢，脱略形迹但又不逾越一定范围的态度，真是处处充满了人情。

郡主的娇憨也是描写得非常好的。她缠住了父王，说驸马欺负了她。父王答应给她新珠冠、新衣服，她却非说"旧的好"不可。后来父王答应把郭艾杀了替她出气时，她又吃惊了："真的要杀啊！"几次三番回来，又不好改口要父王不杀，只好说："杀了驸马，儿……"

唐王，作为一个热爱女儿的父亲，和一个非常理解政治策略的皇帝，写得也是出色的。在金殿上，他叫道："叫人来……"这时出现了紧张的场面，郭子仪用空虚的声音在假喊："杀，杀……"郭艾脸上也变了色，侍尉们也感到了情况的严重，可是他却不慌不忙缓缓地唱出："把他的绑松去。"千斤的石担一下子落了地，紧张气氛立刻松弛下来，古典剧作家是多么善于使用喜剧手法啊！

唐王不但把郡主"降格"为郭家的儿媳，而且还允许郭艾"任你拳打与脚踢"，可是他接着又轻轻地唱道："要打还要轻打些。”郭家父子听了以后都笑了，观众也都舒服地笑了，因为他们真正地摸到了人物的内心而感到了满足。作为一个戏剧工作者，不管是作家、演员……，都应该这样努力，使观众能自在地摸到人物的心。当我看到坐在旁边的解放军、老大娘、工人都舒服地笑了出来时，我真感到高兴，为演员们高兴，为不知名的剧作者高兴。他们在这里真的做了一件非常好的工作。

《归正楼》

——看戏小记之四

这是一出怪戏。原出李笠翁的《十二楼》，是高腔。它的结尾一折是《三变化身》，在川剧团路过上海时，曾经表演过一次。全本我是这次才看到的。这是非常受群众欢迎的一个节目，两天接连贴了两场。

从这出戏里可以看出一系列有趣的问题来，像高腔能不能演时装戏，服装的杂糅与统一，川戏生命力的强盛，它对急遽变化着的社会的敏感和反应的快速，这些问题都从《归正楼》里明显地显示了出来。

我不知道这个节目最初出现在什么时代。李渔的《十二楼》写作和出版是在清初康熙前后，那么进行戏剧改编必然是这以后的事。也许是演员和观众不满足于李渔所塑造的那个主要人物，嫌他与社会、时代距离太远了吧，于是逐步加以改造，直到今天，可能只剩下了一个戏名和情节线索，以及最后的“三变化”是原来的样子，其余最主要的场次都已经是崭新的东西了。

情节很简单。一个纨绔子弟荡尽了家产，最后想使老婆当娼；正巧遇见一个侠客解囊赠金，可是又被他赌输了，最后依旧把老婆卖到妓院里，还是那个侠客把他的老婆从妓院里救走了。

李渔写了一个三百年前江南的破落地主，到了川戏里就变成了本地的绅粮（地主）子弟。这个绅粮子弟的面貌又不断改变，于是在现在的戏里，丘元瑞就成了一个“银行公司都有股”“乱讲恋爱把摩登追”“学英文只晓得密司脱莱夫”“讲历史我不知东坡他姓苏”的人物了。

看到这里，读者一定会觉得剧本是荒谬绝伦的吧，特别是当我听到帮腔“红衲袄”唱到“有了钱到香港、伦敦、纽约当大绅粮……”的时候，也不禁笑了出来。但是问题不只如此，戏依旧吸引了我，因为对于破落绅粮子弟丘元瑞这个人物的刻画实在是非常深刻而成功的。

这个人物，走出来坐在一条长凳上，有大段的自白，对观众说明他的经历和心情，这还是一般旧戏的套子。等他将老婆唤了出来，跟她说明自己“做生意”的计划时，绝妙的演出就层起叠出了。

虽然穷到如此，无耻到如此，可是他依旧要讲面子，他要求老婆对自己彬彬有礼。说到难为情处，他还有三分羞耻。老婆说道：“嫁汉嫁汉，穿衣吃饭。”他也腼觍地答道：“讨媳讨媳，吃饭穿衣。”当第一次把侠客找到家来，自己又被一脚踢出门外以后，他也有一番激动，想反悔，想打进门去。可是揎拳捋袖之际，又发现了胸前揣着的五十两一锭大银，就又“算了”！

他第二天从老婆那里接过赠金，向天发誓不再赌钱以后，又出门去了。这回走出场来的则是个标准的四川绅粮，头戴黑丝绒瓜皮帽，身穿蓝宁绸袍子、蓝绣团花马褂，戴了眼镜，还打着一柄洋伞，举止行动也温文尔雅，真是“一肥遮百丑，谁个又不尊”。

他来到了一群袍哥赌棍家里，又装腔作势，神气起来。接着桌子抬出，赌具放好。站在中间当起庄来时，就又是一副可怜的专门吃亏上当而又自作聪明的绅粮少爷神气。

盆子一响，出现了四个六点、两个幺点。袍哥大爷言道：“这是四大天王吃汤圆。”把他吃掉了。第二庄当他自己也掷出同样点子，喜之不胜时，大爷又言道：“四大天土吃两个汤圆，郎个够吃嘞!”被吃掉的还是他。脱衣吊打，写下欠据，赶出门来，依然是第一场的那个丘元瑞。

老婆卖到妓院，拿着身价银子，走在当街，不禁双泪齐零，把银子放在地上，恭身下跪，叩下头去。一拜起来，不料银包却变了借据，原来是袍哥兄弟收了欠账去了。

我这里只不过是记下了一鳞半爪，这个人物塑造得其实是丰满得很的。观众十分喜爱演丘元瑞的演员——刘裕能。川剧丑角人才很多，在几位前辈刘成基、周裕祥、周企何之后，也还有不少有成就的新人。这是个可喜的现象。

《归正楼》的这种夹杂了从明代直至清末的服装，十七世纪直至二十世纪的语言的特殊情况，说明这戏有不少问题，可是也说明了川戏在表现日常生活时的时代限制也并不很严。

这使我想起京戏中小翠花所演的《双钉记》《双铃记》那种描写市井生活的戏。同样的服装、语言混杂情况也是存在的，也同样显示了表演时装戏的可能性。这个戏留给我们很多值得思索的问题。

《孙琳逼宫》

——看戏小记之五

记得从前有一个讥笑农民见识不广的笑话，那大意是说，一个乡下老太婆在终日劳动之余，十分羡慕宫廷生活之暇豫，叹息着说："皇后娘娘多写意，她现在一觉醒来坐在龙床上，唤道：'丫头，给我拿个柿饼来！'于是柿饼就拿来了。"

这自然是地主阶级对农民的嘲笑，笑话农民没有见过世面的。但是反过来，农民在很多地方对皇帝生活的想象，却是士大夫们连想都不敢想的。这种生野、朴实、大胆的想象保存在戏文里的特别多。我有时候在想，这恐怕是中国民族戏曲里面包含着浓郁的人民性的一个原因。

川戏里有很多皇帝（如周幽王等）都用丑扮，这是劳动人民对封建帝王的讽刺，是显而易见的。但是也有把皇帝描写得很有人情味的，如《打金枝》里的唐王，这就很难为人理解，于是就产生了猜疑，戏里的阶级意识恐怕是模糊不清的吧。

历史人物，一经表现在作品中间，又经过多少年人民的孕育、丰富，这个人物往往就已经脱离了他本来的身份。（自然也有完全没有脱离人物的真实性，反而发掘得更为深刻的例子）在批判、分析具体作品时，主要的依据应该即是作品本身。人物的本来身份以及具体的历史考证等是值得参考的，但不能喧宾夺主，作为批判分析主要的依据。

这就是为什么历史学者和文艺批评家是属于截然不同的两个行业的原因。

以上算是闲话。

为什么会引起这样的感想呢？那是看了几出描写宫廷生活的川戏以后的结果。

《孙琳逼宫》描写的是后汉三国的故事，孙琳篡了他侄子孙亮的皇位。这样的事件表现在戏曲里的很不少，最著名的应该是人尽皆知的《逍遥津》。不过这里的处理方法却不大一样，不完全正面写怎样逼宫，倒是在着力写那个皇帝的恐慌无策的可怜相，以及孙琳怎样在自己的姊丈身上搜出了皇帝求救的血诏来。

皇帝在朝上受了孙琳的威胁，回来向皇后哭诉，修好了血诏，找来了可靠的臣子全义，交给他去求救。他临走的时候，本来应该说两句吉利话相送的，可是惊恐得连话都说不清楚，颠三倒四，反而说出“愿他父子灵魂早归天界！”来。

《搜府》一场的人物刻画就更是大胆。因为接受了血诏的全义和他的父亲全尚的老婆，正巧是孙琳的女儿和姐姐，他们之间的这种翁婿、郎舅关系就给戏剧带来了更大的波澜。

孙琳把血诏从全尚的帽子里搜出以后，就拿来挂在自己的翎子上，得意之至。这时他有几句道白和身段。他说：“舍不得眼前富贵。”得意地摆弄着自己的袖子向前移动着脚步，又说，“哪管死后凄凉！”这时就耸肩摇袖。孙琳这时的复杂心情，就在这明快的语言和鲜明的动作里表现无遗了。

全尚全义在就死以前还要“骂贼”几句，不但骂，而且还要饱孙琳以老拳。最妙的是，当两人死后，他们的未亡人，孙琳的姐姐和女儿跑出来向孙琳要人时，孙琳却毫不在意，说道：“何必泪两行！打轿都督府，三餐茶饭弟承当！”

从这些地方都可以看出地方戏的生野气息。这真是非常可爱的写法。这种剧本，不是神经衰弱的知识分子写得出来的。如果这样写了，一定也会有一百零几条意见，说什么不合人物发展规律咧，看不出人物的远景咧……一定要改得爱憎不明，人物僵死而后已。

这些没有留下姓名来的剧作家，能这样大胆地写自己的人物，分明自己的爱与恨，自由发挥，不受干涉，倒的确不能不说是幸福的。

一九五七年一月

访陈书舫

一个有着好太阳的早晨，我到七星岗至圣宫的川剧院宿舍里去拜访了川剧名演员陈书舫同志。想从她那里听听有关几年来川剧整理、改革工作的意见，和最近传统剧目鉴定的情况。非常感谢她热情的接待，我们进行了两个多钟头的谈话。谈话的内容十分丰富，牵涉戏改工作的很多方面，有很多值得注意的经验与意见。

书舫同志自称为中年演员，她称呼老一辈的先生们为老师，称新进一辈为青年演员。她的许多见解，也正可以代表川剧界重要的中坚力量的看法，不保守也不偏激。她懂得老艺人的甘苦，也了解新人的心情。

我们的谈话是非常自由的。虽然大体上也分了剧目、音乐、化妆、服装几个方面来谈，可是也并没有明确地条分缕析。她的话说得极有风趣，处处洋溢着对她自己所从事的事业真正热爱的激情。

以下就是她的谈话。

川剧剧目整理的工作，1951 年开始进行的时候还比较好些。虽然有些偏差，但究竟不大，因为参加工作的人员中间，老艺人占多数，只有一两位同志掌握政策。那缺点是没有吸收音乐工作者参加，碰到曲牌这类问题的时候，大家就弄不通。川剧和其他戏剧一样，是一种综合性的戏剧艺术，演员、音乐、导演……这几方面都是缺不来的。

也有过一个时期放手让作家来写新剧本，可是困难重重。他们不懂川剧，有很多东西安得不恰当，弄得非驴非马。这种情况到后来才逐步得到纠正。

到了1952年以后的西南川剧院时代，情况变了，工作几乎没有了老艺人参加，只是由几位干部同志关起门来在那里“写”。他们又实在不懂。川剧的形式是多样化的，他们却不加选择，凭着个人的爱好，砍掉了很多剧目。两三年里只编了几个戏，像《貂蝉》《太平天国》，简直是要不得。

艺人们对研究室有意见，真真拿出主人翁的身份来爱护自己的遗产，可是工作硬不要他们参加。这些人也不晓得是郎个的，硬是不懂装懂。光管主题，不管艺术性，观众看了都说：“还不如去听大报告好些。”领导上也说，你们这么搞太慢了。可是我们艺人们整理《柳荫》《玉簪》《彩楼》三记，每个戏也不过是二十来天不到一个月。

群众意见最大的一个戏是《芙蓉花仙》。这本来是个老戏，可是各方面都改得凶啊，不只是剧本，连很多表演艺术也给抹杀了。

这个戏原名《花仙剑》，里面有整整一幕给刷掉了，只剩下了几句，好词全给弄掉了。本来女主角是要戴帅盔耍翎子的，现在扮得就像自由神那个样子。青年艺人的艺术修养不够，帅盔又很重；翎子，手上没功夫就弄不起；披纱多方便。

音乐方面，出来了这么一场，硬搬《荷花灯》。这郎个得了！剑没有了，成了花；小生在那里洒水、搞恋爱。高腔里配着打击锣鼓使身段，多好看；可是纱披得多长，怕踩了，身段就没了。

用大提琴的问题，在最近开的座谈会上，争论得好凶！演员都参加了。争论主要有两个问题：一个是高腔要不要谱腔；一个是中国乐器和外国乐器的问题，也就是加不加西洋乐器的问题。演员们都很气，有些老师说，这么一来简直就成了“穿西装戴瓜儿皮”（瓜皮帽）。新音乐工作者的看法是，“大小提琴无所谓，主要是看方式方法”。

今天要求每一个演员都像郭兰英，是否合乎要求？我们的理论水平固然不够，可是有个十二年规划，是不？今天一下子就要求我们怎样怎样，那怎么成！我们一定要学习，可是新音乐工作者就是看不起艺人。

青年同志们学音乐学得快，抓得快，唱得也快。可是旧曲牌的味道还没有抓得住，结果张嘴一唱就是“歌”。像我的女儿，小舫（十六岁）就是这样，听起来真急人！把川戏昆曲唱成洋歌，是最容易走味的。

现在好喽，争鸣了，老师们过去都不肯说话，怕不团结。其实过去是一团和气、顾虑重重的团结，就怕新音乐工作者多心。现在新音乐工作者也好了，老艺人有什么不愿意的，就请他们说出来，不像过去那种庸俗化的团结。

川剧音乐还有一个问题，“宗派问题”。照四川人的说法，川戏有成都、重庆、资阳、泸州这么几路。比方说最近死去的俞绍武（?）先生的鼓，就有他的创造，跟以前的不同。他打的是花锣鼓，就跟过去说京戏里有“海派”一样。可是花旦就需要花锣鼓，打出来好听；当然他还有些没有完全搞得恰当的地方。代表老路的资阳的鼓，就是按老规矩打的。这几年来没有能把这几条河（按，川剧分资阳河、嘉陵河等几路戏）的音乐特点记录下来，综合起来，再求丰富。这个工作没有做，一下子，就先要求新的创造，就不行了。说来说去还是没有好好地清理遗产。

我收到了观众好多封信，他们需要乐谱，他们质问我们，没有鼓师，就是有剧本，自己想演还是不行。一定要做出书来。最近出了一本《柳荫记》的川剧乐谱，就很好。

我个人的看法，在现在这个过渡时期，重要的是先把旧的清理一下。我这个想法是从各方面的观众意见里形成的。不但是戏剧界，人民也是迫切需要这样做的。

我觉得新音乐工作者有他们的成绩，当然也有缺点。他们把重点搞成了次要的，把次要当成了重点了。过去遗产搞得少，专门搞配乐器。新音乐工作者在谱腔上是有成绩的。像张德成老先生的唱腔好听，照老法教，一句三天也学不下，有了谱就容易学了。像帮腔，过去是十分杂乱、五音齐发的，现在有了音阶，张口就准。

演员过去多半没有读过书，什么音阶……都说不出，我们应该向科学进军，应该赶紧学。特别是接班人的新演员们，更应该丰富自己的音乐知识，可是这并不等于丢掉了自己的东西完全来学一套新的。可是在目前一般演员的音乐知识都不够的情况下面，新音乐工作者今天就要求我们达到某种水平，他们自己又不懂川剧。这咋个要得拢！

我觉得高腔要谱腔是有问题的。我们有很多唱法，是没有一定的严格不变的腔的，全看个人临场情绪的掌握而定。我以为应该区别开来，有很多传统的老戏，在人民中间生了根的，就不一定非谱不可。

关于配音问题，也应该注意多样化的发展。像有些神话戏、儿童剧的高腔，可以活泼些，适当地配音。今天我们有许多新观众，他们对音乐的欣赏也是有发展的，应该考虑到。当然我不是主张用外国乐器。

关于服装的问题，现在也有一些改变。接受了观众和专家的意见，男角的化妆改得多些，可是也有问题。像川剧里的一些袍带戏，袖子是比较大的。这种大袖子能使身段更美，像刘成基老师的《赠绨袍》，那大袖子舞起来多好看。现在是向京戏路子走了，袖子小了，就不好看了。还有帽子上的绒球，有些演员整了一脑壳的绒球，那实在是要不得。小生的褶子，过去用麻布做衬里，使起身段来，有线条、有棱角，现在都改成了京戏路子的缎子衣服，全身就都给裹起来了。

川戏旦角的化妆变得最快。我从小学戏的时候还看见过清朝式样的化妆，网子包头连耳朵都包了起来，后面用一些珠饰。闺门旦比较漂亮些，戴一些翠花，梳个偏髻。京戏的“大头”兴了不到几年，川戏就走上了下坡路，兴些小妆。这倒不是全国会演的影响，是老早就有了的。

有人说川剧里的小生全是梁山伯，我看这也有道理，梁山伯和《玉簪记》里的潘必正就没什么两样，应该看不同的剧情换换服装。如果人物风流一些，穿件背心也没什么不可以，不能说这就是学的越剧。过去川剧的风流小生就穿“鸳鸯褶子”（内外两件褶子，外面一件的小襟系在里面一件上面的一种打扮），这也是一种创造。

应该注意多样化。一下子全改了或者一点都不改是不对的，《红楼梦》里的林黛玉如果梳上个大头就不顺眼。川戏过去的女衣原来是有不少式样的，今天条件好了，演员图好看，就跟管戏箱的同志争，专挑好看的穿，不是神仙也挑件云肩道衣穿，这就不好。

女角化妆，我觉得在一不丢掉旧的艺术，二不妨碍舞蹈的条件下，适当地用一些新的化妆也是好的。

新乐器也有不同的效果。像洋琴，就比较接近川剧（四川的民间曲艺里有洋琴一种），像“红鸾袄”这样的牌子，用洋琴配，听起来就舒服。可是大提琴一出场，就只听见呜呜之声，演员的嗓子都给压下去了。有些戏里用了布景，我们换布景的本事又不够，就来个“幕前曲”，观众不习惯，常常吵着要出去。

清规戒律使我们不敢用很多好的旧曲牌，像《游龙戏凤》里的“瓜子金”就是个好牌子，过去就不敢用。《英奴传》（一个新整理出来的“弹戏”，颇受欢迎）过去只用胡琴，现在加上了琵琶、三弦、提琴，也觉得吻合些。有些北方观众说，川戏号称“昆、高、胡、弹、灯”，可是听起来全是高腔，只是“吼”，不满意。后来他们听了多种多样的音乐，也满意了。

上面就是我们随意漫谈的记录，也还谈到一些别的问题，演员的生活问题和学习问题。她说目前感觉最苦恼的是时间不够，演出太忙，开会紧张，有些老师就无法教徒弟。青年演员早晨起来，早操、吃饭、开会、排戏……排得紧紧的，就是没有时间跟老师学戏。她自己早就想跟阳友鹤先生学《醉酒》，跟杨云风先生学《打神告庙》（《焚香记》），到现在老师还是挤不出时间来。为了完成企业化的任务，演出一本戏，往往只有二十天左右的准备时间，连剧本都不熟，当然就谈不上什么表演艺术了。

这两点，给我的感触是很大的。后辈演员的接班问题，演员的进修问题，演出水平的提高问题，都是值得大大注意而往往是被忽略了的。审查一个剧院的工作，应该不只是看它演出了多少个剧目，而是看它演出了多少出好戏。像《柳荫记》《彩楼记》《玉簪记》这样水平的演出，最近在川戏里是难得见到了。当我参观重庆国庆节游行的时候，在行列里看到川剧院的队伍，高举着大牌，说明一年中间演了多少场次，等等，和工厂增产的提法一样。我总觉得不全面，甚至是把不同业务的特点混淆了。

上面提到的一系列问题，不仅是川剧独有，有些也是全国各剧种同样面临的问题。因此，也应该是引起更大的注意的。

一九五六年十月

首先想起的

——川剧随笔之一

川戏对上海的观众来说，已经不是什么太生疏的剧种了。在成都市川剧团离开以后不久，以周慕莲院长为首的重庆市川剧院又到了上海。这次来沪的只是这个院的第一团，同来的有许多著名的老艺人和有一定演出水平的青年演员。他们带来了不少精彩的节目，给上海的观众留下了鲜明深刻的印象。川剧演员的人才之多，川剧界对新生力量培养之重视，川剧传统剧目遗产之丰富，都是使人惊异的。

成都市川剧团带来了《拉郎配》等几个精彩的大幕戏，这次重庆市川剧院除大戏以外更带来了大量的折子戏，使上海的观众看到很多既古老又新鲜的节目。像明人所作的《焚香记》在赵尧生先生的改编、周慕莲院长的整理下成为今天舞台上的《情探》，布局之紧凑，词藻之美丽，表演的深刻、集中，都是突出的。更古老的《琵琶记》也重现于今天的舞台，不但保留了剧本，而且保留了丰富饱满的传统表演艺术。川剧工作者在这方面为人民做了很大的好事，而这样的好事正是在党和政府的领导、支持之下才能出现的。不能不想起四川省川剧剧目鉴定委员会的出色工作。在成渝两地，他们发动了大量艺人，把许多湮沉已久的剧目重新搬上舞台，依靠了专家和群众的力量加以鉴定、修改，进行了充分的讨论。这样，我们今天才能看到一连串在舞台上出现的珍珠。

还不能不想到，已经出版了记录川剧锣鼓、曲牌的学术性专书，大册小册成套的川剧丛刊。今天得到欣赏川剧艺术机会的观众都不能忘记这些。还不能不想到，党和政府对老艺人的尊重、关怀，去年在成都时看到了从雅安回来的彭海清先生和他的杰作《打红台》《放裴》……这些老艺人老演员都是在解放前的黑暗社会里流离失所，几乎转于沟壑了的。当你坐在台下，亲耳听到那么高亢、激越、柔婉、凄楚……不同情韵的帮腔，为美妙的歌声所陶醉了的时候，更不能不想到，这些有好嗓子的女孩子们，是最近几年训练出来的。她们代替了从前由音乐场面人员兼做的“齐呐喊”，的确提高了帮腔的艺术感染力量。

当你坐在台下，欣赏一折折优美的节目时，你不能不想到这些。

《放裴》
——川剧随笔之二

重庆市川剧院带来了三个不同风格、不同情调的描写复仇的鬼魂故事的节目。《焚香记》里的《情探》，《红梅记》里的《放裴》，和《活捉子都》。

也许有人会说，《红梅记》里的李慧娘，到裴生的房里来，是为了放他逃走，并不是什么复仇。是的，李慧娘的放走裴生，是为了对他的爱与同情。但她的所以这样做，还是应该理解为向贾似道的复仇。她在游湖的时候，望见裴生，只说了一句“美哉少年”，就被贾似道害死了。李慧娘只是向一个年轻人表示了一些爱慕的心情，就被迫害致死。她要复仇，她要使在生前活活被摧折了的一点爱情幼苗强烈地发展下去，死也不能阻止她热爱裴生的意志。她这样做，就正好无情地抨击了那个不合理的封建社会，也就是无情地抨击了以贾似道为代表的那种残酷丑恶的封建道德。贾似道在人间有着无上的淫威，他所能发挥的最高威力也就是害人至死，在人间终止人们意志的发展。可是贾似道的淫威也就仅止于此了。李慧娘的行动告诉了观众，她的爱情生活还要继续下去，即使她现在已经做了鬼魂。

李慧娘和裴生的关系是不同于王魁与桂英的。他们之间的爱情刚刚开始，他们彼此还不怎样稔熟，他们俩对当前局势的认识与体会也截然不同。

戏剧性就隐藏在这些不同的具体情况下面。演员抓住了每一个细节进行刻画，把人物树立起来。

裴生完全不知道对方已经是鬼，更不知道自己即将遭到的厄运。他只是面对着一件意外的恋爱遭遇，而且他也真的完全爱上了慧娘。在开始时，裴生就只有这么一点单纯的心情，可是在对方就完全不是如此。慧娘必须告诉裴生她已经是鬼了，必须告诉他逼近的祸事，必须设法带他逃走。而这一切，在一对初恋的爱人之间，特别是要由女方主动提出，是多么困难啊。

慧娘的心事负担还不止此。她是热烈希望他们之间的爱情生活发展继续下去的，可是她却不知道，裴生能不能经得起这种考验，当他知道她已经是鬼，而且知道自己的祸事也是由她而起的时候，他会不会动摇。以常情而论，他是完全会动摇的，人和鬼的恋爱是不能想象的。如果他经不起这样的考验，可怎么办？难道她自己生命以之的爱情还必须遭到这看来不可避免的致命挫折吗？她是多么痛苦，而这一切，在她说来又是多么难以启齿啊！

而这一切，又只能按照正常的恋爱方式来进行，逐渐说破，急躁不得。这就是剧情前半主要的矛盾所在。一对具有单纯、复杂不同心情的爱人，不能不在很多地方发生误会，甚至怄气，处处都看得出这种感情冲激的棱角、波澜。

《放裴》在川戏里是以舞蹈身段繁复美丽著名的。而这些舞蹈的开始出现就正在戏剧后半，在前面所提到的一些症结说破以后，姜尚峰、琼莲芳两位的表演是非常出色的。在戏的前半裴生的心情还一直是平静的，以一个潇洒的书生姿态出现；等到他知道了慧娘的遭遇，进一步又知道了自己的处境时，虽然他依然坚持了爱情，没有动摇，可是惊恐、焦急是不可免的。这些繁复的身段就恰当地传达了他当时的复杂心情和错乱的行动。正相反，慧娘在前半的内心是激动的，她坐立不宁，语言失措；但到后来，却解除了那些内心的痛楚。她带了裴生跃墙逃走，动作增多、繁复了，可是却没有了慌张失措，他们俩人的身段虽然是以对衬的格式同时出现的，但那基调却有明显的不同。老艺人琼莲芳的脚下功夫是突出的。李慧娘在舞台上以迅如回风的姿态出现，但却完全体现了女性的婀娜。他不曾做什么夸张的化装，却从行动的飘忽上使人感到这不是一个普通的女人。

慧娘是个拥有美丽灵魂的女性，她的舞台形象也应该是美丽的，她的特殊身份是应该通过别的方法体现的。这就正是表演艺术应该发挥作用的时候。

《芙奴传》

——川剧随笔之三

当明代南戏最盛之时，著名的剧作家大抵都出现在江南一隅，西南一带的作者是少见记载的。四川戏剧作家的老辈，应该数乾嘉之际，罗江三李之一的李调元（雨村）为最早。他不但创作剧本，也有戏剧理论方面的著作。他所写的《苦节传》是川剧弹戏四大本之一，经过整理就是今天舞台上的《芙奴传》。

故事还是一般佳人才子的老故事，可贵的是鲜明有力的反封建的主题，和作者反击封建势力的可爱的激情。作者就自己认识的局限，用全部的热情安排了像金髯大王这样在当时被认为"水盗"的人物，见义勇为、热情奔走的盲人贾瞎子……这些人物所构成的正面力量是雄伟的，在一定程度上勾勒了与封建统治阶级战斗的劳动人民的广阔的阵势。

贾瞎子是一个可爱的人物。他因为经常从芙奴那里得到赠画，卖画赖以存活；于是当芙奴被狗官苏冉所害，陷入妓院被企图纳为妾侍时，就勇敢地站了出来帮助她进行斗争。这种斗争是不可想象的。一个弱女和一个残废的城市贫民，却要与当地的知府斗争。也正因为这样，剧本才体现了被压迫的劳动人民不可抑止的反抗意志。

李雨村还设计了一种奇妙的情节。由芙奴把被迫害的事实写成“新闻”，贾瞎子就上街头去卖。“每天抄写几份，我与你传扬街坊，让杭州军民人等，知道狗官所作所为和你一家苦况。如能激动公愤，姑娘不难拨云见天。”

饰演贾瞎子的是一个优秀的演员。他捉摸、刻画一个盲人是惟妙惟肖的，更可贵的是他真实地塑造了这个正直、勇敢的城市贫民的形象。他不只是见义勇为，也有一个弱者求生的本能。他在芙奴家里跟市侩韩妈妈争画的时候，就并不怎样老实，他知道，对待不同的人必须采取不同的手段，才能在那个社会里存活。他在卖《芙奴传》（就是他所设计的新闻）时，也是看具体情况，不二价或买一送一的。

《芙奴传》里的“新闻”虽然是李雨村在戏剧里的创造，但在封建社会里是不无事实根据的，人民的确采取过这种手段向封建势力斗争过。戏剧情节的巧妙安排使这种“新闻”激起了劳动人民的义愤，使狗官苏冉读了为之失色，使芙奴的未婚夫读了赶到了菜花院，使金髯大王读了拔刀而起，杀官复仇。说明白些，《芙奴传》的作用是鼓动并推进了封建社会的阶级斗争的。

戏剧的力量，也就正在这里。

《吵闹》

——川剧随笔之四

这是《琵琶记》里的一折。人物只有三个，赵五娘之外，就是她那一对老迈贫困的公婆；情节也极简单，只是描写了这一对老夫妻之间琐屑的吵闹。但这一折小戏不但完全没有使观众厌烦，却带来了浓厚的兴趣。三个人物都是有血有肉的，他们的情感的复杂变化被刻画得真实而深刻。这些地方都在在显示了古典戏剧的力量。

舞台上的人物虽然只有三个，但却有一个更重要的没有出场的人物无时不在，那就是赵五娘的丈夫，蔡公蔡母的儿子蔡伯喈。这个被父亲逼往京城赴试的人物的离去，在这个家庭里引起了性质不同的思恋，构成了戏剧矛盾的主线。

一对老年夫妻之间的闲是闲非被引起了。虽然只是全剧里的一场，但观众可以知道，在这个家庭里这种情况不是偶然，而是经常出现的。蔡母的老妇人的闲言碎语成为揭开矛盾的契机，她处处借儿子作题目，用冷言冷语刺激蔡公，她着重说出了对蔡公逼试的不满。她说自己只有半个儿子，因为一个儿子已经被老狗逼去赴科，要是没有媳妇，那么就连半个也没有了。她把一家三口说成两口，因为蔡公半截都钻了土，算不得人。对蔡公的每一句话，她都要找差错，斗闲气，都离不开儿子。在这一对老夫妻的冲突中间，赵五娘的处境是艰难的。她不得不把自己思念丈夫的满腹离思暂时放下，应付当前家庭里的苦难和难以解决的纠纷。

吵闹的最后是蔡母提出了要分家，蔡公不得不负气出门，长街乞讨。通过这些细节，充分显示了三年荒旱以后陈留县人民的苦难。蔡母在蔡公出门以后还说出了：“让他去！这下我的病好了！”弓弦到这里已经拉满，被客观因素掩盖了的本质即将出现，闲是闲非到底掩复不了老夫妻之间浓挚的感情。当五娘提出蔡公年老跌着怎办时，蔡母再也支撑不下去了，她拄起拐杖，由媳妇搀着摇摇地赶了出去，奔了出去。这情景，真的揭露了人物的心灵，也真能使人为之泪下。

是什么给这个家庭带来了这样的悲剧？观众不能不考虑这样的问题，虽然要解答这个问题也还并不十分简单。

戏剧发展到这里，矛盾似乎得到了暂时的解决。观众为这一对苦难的老夫妻的和解而高兴，似乎已经忘却了引起纠纷的主要矛盾——蔡伯喈。不，剧作家不能让人们忘记这个。在这一折的结尾，一对老夫妇双双归去的时候，蔡母突然强睁迷离的双眼，遥遥地指着远处说：“吓！你们看，那不是我的伯喈！”而且还喊着告诉他回家应走的路。老妇人心中兴起的这个美丽的幻景，没有停留好久，那实在只不过是经商客旅。戏剧就在这个幻梦破灭以后结束了。

这不禁使人想起《宇宙锋》金殿赵女下场时和哑奴拥抱的场景。古典剧作家善于挥下这样浓浓的一笔，把悲剧的精神突现出来。正像传说里叶公的画龙，当最后把龙的眼睛点出时，它就真的夭矫地飞腾而去了！

图书在版编目（CIP）数据

黄裳论剧杂文；彩色的花雨．上/黄裳著．-- 济南：山东人民出版社，2022.1
（黄裳集．创作卷．Ⅷ）
ISBN 978－7－209－13324－1

Ⅰ．①黄… Ⅱ．①黄… Ⅲ．①杂文集—中国—现代
Ⅳ．①I267.1

中国版本图书馆 CIP 数据核字（2021）第 116315 号

黄裳论剧杂文　彩色的花雨（上）
HUANGSHANGLUNJUZAWEN　CAISEDEHUAYU（SHANG）
黄裳　著

主管单位　山东出版传媒股份有限公司
出版发行　山东人民出版社
出 版 人　胡长青
社　　址　济南市市中区舜耕路 517 号
邮　　编　250003
电　　话　总编室（0531）82098914
　　　　　市场部（0531）82098027
网　　址　http://www.sd-book.com.cn
印　　装　天津图文方嘉印刷有限公司
经　　销　新华书店

规　　格　16 开（160mm×230mm）
印　　张　20
字　　数　200 千字
版　　次　2022 年 1 月第 1 版
印　　次　2022 年 1 月第 1 次
ISBN 978－7－209－13324－1
定　　价　56.00 元